제28회 전태일문학상 수상작품집

걸어도, 걸어도

제28회 전태일문학상 수상작품집

걸어도, 걸어도

2020년 11월 6일 초판 1쇄 인쇄
2020년 11월 13일 초판 1쇄 발행
지은이 조도영 외
펴낸이 윤철호·고하영
펴낸곳 (주)사회평론아카데미
편집 최세정·문정민·김혜림
디자인 김진운
마케팅 최민규
등록번호 2013-000247(2013년 8월 23일)
전화 02-326-1545
팩스 02-326-1626
주소 03993 서울시 마포구 월드컵북로6길 56
이메일 academy@sapyoung.com
홈페이지 www.sapyoung.com

ISBN 979-11-89946-80-7 03810

제28회
전태일문학상
수상작품집

걸어도, 걸어도

조도영 외 지음

사회평론

전태일 50주기에 부쳐: 삶과 함께하는 문학

1970년 11월 13일 한 청년의 이름을 2020년 11월 13일에 불러 봅니다. 스물세 살 그는 여전히 현재형으로 살아갑니다. 그의 이름은 모든 노동자의 이름으로 불릴 수 있는 현재의 시간을 살고 있습니다. 청년 전태일은 노트에 소설을 쓰는 등 문학에 많은 관심을 가졌습니다. 그의 문학적 글쓰기를 통해 변화에 대한 간절함을 드러냈습니다. 50년이 지났어도 그의 수기가 목소리로 전달될 수 있는 까닭은 그의 손으로 쓴 글이 여전히 자리 잡고 있기 때문입니다. 문학은 그 무엇도 변화시킬 수 없지만, 그 힘으로 많은 것의 변화를 가져올 수 있습니다. 삶과 함께하는 문학은 힘이 있고 역사가 있습니다. 전태일이 노동자, 문학청년으로 불리는 것은 완전에 가까운 결단을 내리는 날까지 삶과 함께하는 글쓰기를 통해 기록했기 때문이 아닐까요.

올해로 전태일문학상이 28회, 전태일청소년문학상이 15회가 되었습니다. 많은 문학상이 생겨났다 사라졌다를 반복했지만 전태일문학상은 여전히 이어가고 있습니다. 전태일문학상은 309명이 1,208편의 시를, 소설은 134명이 170편의 소설을, 116명이 149편의 생활글을, 6명이 6편의 르포를 응모하였습니다. 시 부문은 '시민의 삶을 축약된 언어로 적절하게 상징했'다는 평을 받은 「장미아파트」 외 4편을 보내온 박이레 님이, 소설 부문은 투박한 문장 속에 용솟음치는 진정성으로 묘사했다는 평을 받은 단편 「어금니」의 이정수 님이, 르포 부문은 아시아 곳곳을 찾아다니며 기록되지 않은 역사를 드러냈다는 평을 받은 「다크 투어」의 김여정 님이, 생활글 부문은 평생 노동자로 산 아버지의 병간호를 통해 서로를 이해하는 과정을 서정적으로 그렸다는 평을 받은 「걸어도, 걸어도」의 조도영 님이 당선되었습니다.

전태일청소년문학상은 101명이 307편의 시를, 145명이 145편의 산문을, 14명이 14편의 독후감을 응모하였습니다. 시 부문은 청소년들이 마주하는 현실에 대해 오래 마음을 들였다는 평을, 산문 부문은 주제의식이나 서사적 역량이 뛰어났다는 평을, 독후감 부문은 『전태일평전』을 읽고 다양한 방식과 관점으로 사유할 수 있다는 평을 받았습니다. 청소년들이 전태일과 함께 글을 쓰고 있는 상상력만으로도 벅찬 감동을 느낍니다.

특히, 올해는 독후감 부문 단체상을 신설하여 한 팀이 수상하였습니다. 함께 읽고 함께 쓰는 과정을 경험한 청소년들의 노력에 박수를 보냅니다.

함께 주최하는 경향신문사에, 해마다 수상집을 출간하고 있는 사회평론사에, 후원해 주는 민주화운동기념사업회와 한국작가회의에, 어려운 여건에도 흔쾌히 심사를 맡아 주신 심사위원들에게, 그리고 소중한 글을 보내 주신 응모자들에게 감사의 마음을 전합니다. 전태일문학상과 전태일청소년문학상이 여기까지 온 데에는 많은 분들의 보이지 않은 애정이 더해졌습니다.

전태일 50주기에 이렇게 한 권의 책을 내놓습니다. 스물세 살 전태일의 마음을 들여다봅니다. 어린 노동자들의 열악한 노동환경을 보면서 분노하고 변화시키고자 행동했던 한 청년의 모습이 오늘의 청년들과 다르지 않습니다. "제 글을 읽는다고 해서 각자의 삶의 문제가 해결되지는 않을 겁니다. 다만 각자 삶의 순간 속에서 언젠가 우리와 같은 위치에서 걸었던 전태일을 떠올릴 수 있다면, 그것으로 저는 행복할 것 같습니다"라고 전한 한 당선자의 목소리가 전태일문학상의 존재 이유가 아닐까 생각합니다.

전태일문학상과 전태일청소년문학상이 이렇게 좋은 작품으로 성과를 낼 수 있었습니다. 우리가 딛고 사는 이곳 이 시간에서 함께 움직이겠습니다.

2020년 10월
전태일문학상 운영위원
김인철 맹문재 박미경 유현아

차례

제15회 전태일청소년문학상 수상작

박이레

•

장미아파트 외

박이레

- 안양공업고등학교 기계과 졸업
- 기계 일을 하며 다시 시를 쓰기 시작
- 성균관대학교 사회복지학과 및 국어국문학과 졸업
- 1997년 심산문학상 시 부문, 1998년 성대신문문학상 평론 부문 당선
- 성균관대학교 일반대학원 국문학과 장기 휴학으로 중퇴
- 어머니와 아버지의 암 투병 간병 및 아내 간병, 밥벌이와 두 아이 육아
- 등단 여부에 관계없이 활동하고 싶었으나 결국 2018년 『시와세계』
  여름호로 시 등단

장미아파트

장미 피었네
담장 위 철망까지 올라
붉은 장미 만발하네

101동과 111동은 직선거리 일이 분
담장 못 넘으니 돌아서 십여 분
지난봄, 가시철망 공사가 보강되었네

100동 사람들은 110동 사람들 임대충*이라 하고
옆 단지 사람들은 100동 사람들 주공 거지*라 한다는데
세상모르고 장미꽃, 자꾸 덤불을 이루고

전거지*와 월거지*로 전락해 105동에 사는 나
저 덤불, 오래 바라보네

덩굴장미 더 피어오르네
아파트 값 오르고 내리는지 모르고

* '임대충'은 임대아파트에 사는 사람들을 비하하는 용어로, '주공 거지'는 '주공아파트 거지'의
  준말로 쓰이며, '월거지'는 '월세 사는 거지', '전거지'는 '전세 사는 거지'를 가리킨다고 한다.

가시철조망 왜 더해졌는지도 모르고
철망 위로 오르고, 오르네

벌레와 거지의 눈길 난무하던 허공 사방으로
장미 덩굴 타오르네
자정 넘은 가로등 아래서도 온통, 붉네

혹한기도 길었는데
폭염기가 길고 기네

한여름 밤의 꿈, 매질
— 자화상·2015

누군가 내 뺨을 갈겼다, 이 정도밖에 못해 이 새꺄!
병신이라는 말이 인사말처럼 붙었다
누군가 또 내 뺨을 갈겼다
너 같은 게 왜 사냐는 다그침 뒤에 역시
병신 새끼라는 말이 추신처럼 달렸다

너랑 아무 상관없는 배가 가라앉고
너랑 아무 상관없는 염병이 돌아도
그거 하나 대처 못 하고
공화국에서 준다는 소상공인 긴급지원금마저 못 타고
신용 등급이 낮아서 안 되겠네요 소리나 듣고 돌아온
네까짓 게 뭘 살겠다고 지랄이냐며
또 한 대의 귀싸대기가 야물게 올라왔다
억울하다고 항변했지만 비웃음만 첨부된 채로

배가 침몰하고 역병이 도는 데 내 잘못은 없잖아요,
나는 잘못이 없잖아요, 나는 정말 잘못이 없잖아요,
마흔 넘은 사내새끼가 질질 짠다고 더 얻어맞았다

찌질한 새끼, 억울하면 출세해 이 새꺄!
사나운 말들이 손찌검 뒤에 따갑게 따라붙었다
안 되면 콩팥이라도 팔든가 병신!
그럴 수 있으면 나도 그러고 싶어요……

눈시울도 뺨도 뜨거워 눈을 뜨니
내 오른손이 내 오른뺨을 갈기고 있었다
쪼그린 몸을 매질하는 손끝엔 하나님, 하나님,
본 적 없는 이를 찾는 말들이 시든 꽃잎처럼 매달려 떨었다
아내와 아이들은 안방에서 한밤을 덮고 자는데
연체 고지서들 위에 엎드려 자던, 한여름 밤의 꿈

지구의

참조은정형외과가 석 달째 닫혀 있다
내부 수리 중, 급하게 쓴 글자가 출입문을 막고 섰다
입원 치료 중인 먼지 일가의 수가 부쩍 늘었고
오늘 외래 환자는 나와 골절된 바람뿐

집 앞 에이플러스마트도 한 달 넘게 닫혀 있다
내부 수리 중이라는 글자도 없이 셔터는
주먹만 한 자물통에 멱살 잡혀 떨그럭거리고
철 지난 현수막이 시도 때도 없이 펄럭일 뿐

참조은정형외과 원장을 처음 본 건 2년 전
시멘트벽에 주먹질해 손뼈가 부러졌을 때
사기 치고 간 친구새끼보다 불운에게 주먹질하던 시절
막 개원한 그는 아내가 나와 같은 일을 한다며 다정했지
의학 서적까지 보여 주며 작은삼촌처럼 큰형처럼
암 투병하며 환자 본다는 풍문을 들은 건 4개월 전쯤

24시간 영업하는 에이플러스마트가 들어오자
사람들은 개업식이 아닌 날에도 몰려갔고

오늘의 세일도 없고 없는 게 더 많은 보람슈퍼는

텅 빈 채로 보람도 없는 침묵만 쌓아 두고 있었다

오늘은 없는 게 없는 에이플러스마트도 정적만 팔고 있다

정형외과 원장의 부음과 빚 얘기를 들은 건 두 달 전쯤

그의 아내가 급매로 병원을 처분한 걸 들은 건 어젯밤

지역을 쓸던 마트 사장의 과로사 소식을 들은 건 2주 전인가

그 자리에 하나로마트가 들어온다는 말을 들은 것도 어젯밤

어떤 현수막이 또 내로라하며 펄럭일까

누군가 지구본을 돌리고 있나 보다

병원이 다른 병원으로 슈퍼 삼킨 마트가 다른 마트로

울컥, 구역질이 아니라 현기증이 났다

김 원장이 아직도 병원 문을 흔들고 있나 보다

노상 방뇨

42번 국도 주정차 금지 구역에 택시가
비상등을 켜고 서 있어요
경인운수 글자 너머 엉거주춤 서서 오줌 누는
기사의 다리 사이로 가는 오줌발이 떨어져요
가로수 벚꽃도 따라서 지고 있네요

전동차 기관사들 페트병에 소변
보고 더러는 신문지에 큰일도
본다지요 그나마 남자들은 그렇게라도
한다지요 여기관사들은 어떻게 하나요

주정차 금지 글자를 보고도 짝다리로
길가에 서서 내 아버지가 오줌발을 밀어내듯
수치심도 털어낼 테지만 누다 만 오줌 같거나
눈치 보다 그만 바지에 지린 몇 방울의 누런
오줌 같은 생의 오후가 가고 있어요
연분홍 벚꽃들이 얼굴을 돌리며 지고 있네요

절뚝거리며 밥을 벌어온 세월들 있지요

영양실조에 걸린 우리의 언어도 사랑도
사랑이란 이름의 사상도 푸석한 삶도
수레바퀴처럼 굴러가는 뭐 그런 것들도 야위어가고
42번 국도 위 길 잃은 꽃잎들
노을 속으로 분분히 흩날리고 있네요

우두커니에게

205호 남자가 서 있다
난닝구에 쓰레빠 차림으로

내복만 입은 여섯 살 딸아이와
지난가을에도 이 거리에 서 있었다
한 다리를 저는 저 사내는

낙엽들이 길바닥에 쓸리는 날
그의 아내는 딸아이를 두고 집을 나갔다
아이는 길거리에서 울다 떨고 있었다고
출근한 아빠가 되돌아오도록

또 손목을 그었단다
딸아이가 보는 앞에서
아이는 울음보다 오줌을 더 흘렸다지만

슈퍼 아저씨가 잠바를 벗어 난닝구 위에 입히고
206호 내 아내가 아이를 보듬는다
앰뷸런스가 황급히 간다

달이 우두커니 멈춰 있다

수상 소감

"무고한 생명체들이 시들고 있는 이때에 한 방울의 이슬이 되기 위하여 발버둥치오니 하나님, 긍휼과 자비를 베풀어 주시옵소서." ― 전태일의 (사망 3개월 며칠 전인) 1970년 8월 9일 일기 중에서.

1.

당선 소식은 아들이 받은 전화를 통해서였습니다. 서울 번호로 제 전화기가 울렸지만, 광고인 줄 알고 안 받자 바로 뒤 집 전화기가 울리는 걸 들으면서 당선을 알리는 전화로 직감되었고, 역시 그러했습니다. 담당자께서 축하 인사를 건네셨는데 제 마음은 담담하고, 기쁘다기보다는 올 게 왔구나 싶은 생각이었습니다.

전태일문학상 투고를 처음 고려하던 때가 떠오릅니다. 20대 초중반 시절입니다. 규장각 건물 냉난방 관리를 포함해 서울대학교 기계실에서 일할 때부터 조금 늦게 대학에 들어가 사회복지를 공부할 때, 그리고 국문학을 본격적으로 공부할 때까지였으니 어느덧 25년 전후의 시간이 흘렀습니다.

고려했지만 투고하지 않았던 것은 전태일과 연루된 삶을 살 것 같은 두려움 때문이었습니다. 칠흑 같던 공고 기계과 시절을 빼고도 총 3년 정도―대학 가려고 공부에만 집중한 시절이 중간에 있었고―를 공돌이로 살았는데, 그래서 대학 전공도 하고 싶던 종교학이나 철학이나 어릴 때부터 엄마 같고 애인 같던 문학이 아닌 사회복지학을 택했는데, 전태일문학상에 투고하지 않은 일은 '사회복지정책' 분야의 교

수 겸 실천가가 되려던 바람을 철회하고 '시인의 운명'을 수용하고서 문학으로 전향한 스물다섯 살의 선택과도 유사한 맥락이겠습니다.

2.

경향신문 문학 담당 선명수 기자와의 인터뷰 때에도 말했지만, 이 상을 받으며 '전태일'에 대해, 중년이 된 지금 운명처럼 결국 엮이게 된 그의 마음과 정신에 대해 다시금 생각하게 됩니다. 근로기준법 준수를 외치며 22살에 스스로 불이 되어 산화해 간 이, '노동자의 예수'라 불리는 이, 작가 지망생이기도 했던 순수하고도 처절한 청년 전태일.

22살, 책임자에게 어렵게 허락을 얻어 규장각 지하 2층 ─보다 좀 더 아래에 있는─기계실 한쪽을 손봐 책 읽고 공부하고 자던, 그 깊은 동굴에서 빨래도 하고 촛불을 켜 놓고 글도 쓰던, 2년 넘게 지내던 '육 첩방(六疊房)' 같은 나의(?) 방이 아주 오랜만에 떠오르기도 합니다.

수상 소식을 듣고 시간이 지나면서 내 삶에, 그리고 내 시와 문학 행위에 '전태일 정신'을 어떻게 계승 발전시킬 수 있을지 자주 생각하게 됩니다. 여전히 복잡한 마음이 가만히 오래도록 흔들리고 있습니다. 다만 '치열한 리얼리스트이면서 첨예한 모더니스트'로, (남의 집 마루 밑창에 가마니를 깔고 자던 모자가) '추운 밤이면 치마를 벗어 잠자는 아들을 덮어 주는 어머니의 마음으로, 상의를 벗어 어머니를 덮어 주는 아들의 마음으로'(조영래, 『전태일평전』, 전태일재단, 72쪽 참조) 제 앞의 길을 걸어가고 싶습니다.

3.

이 수상이 부담만큼 위로가 되었다는 것도 말씀드리고 싶습니다. 두 아들의 가장이 된 후 시(詩) 없이 살기 위해 오래도록 이를 악물기도 했습니다. 우리 문학사의 한 페이지를 빛나게 장식하고 모국어의 발전에 기여하고 싶다는 20대의 열망 따윈 다 버리고서요. 하지만 시인의 운명을 자각한 후 한 순간도 '시인(詩人)'을 부인할 수 없었듯이, 그 무렵 내 어딘가에 새겨진 후 사라진 적 없는 말, '모두가 잠든 시간에 홀로 깨어 있는 한 사람'의 자세로, 그리고 현실에 뿌리내리고 어딘가에 있을 시의 우주로 언어의 가지를 뻗어 가겠습니다.

이를 통해 허물 많은 제 삶과 시와 글쓰기가 날마다 1mm씩이라도 자라 가기를, 숨이 멎을 때까지 시와 삶의 노동을 잘 감당하길 원합니다. 포기하지 않고, 자살하지 않고, 힘을 내 여기까지 걸어올 수 있도록 도와주신 모든 분들께, 청년 전태일이 이 땅을 떠난 지 50주기가 되는 어수선한 계절에, 합장하여 감사 인사를 드립니다.

이정수

·

어금니

이정수

- 1991년 대전 출생
- 2017년 디멘시아문학상 최우수상 수상
- 2018년 중편소설 『섬』 출간

팔이 아팠다. 팔을 펴면 아팠다. 가령 소변기에 서서 일을 보기 위해 지퍼를 내리거나 혹은 바지춤을 내리려 팔을 펴는 동작을 하면 아팠다. 소변이 마려우나 팔이 아파 소변을 봐야 할지 말아야 할지 망설이기 부지기수다. 소변을 보자니 팔이 아프고 팔이 아파 소변을 참자니 그로 인한 후환들이 두려웠다. 소변을 참으면 정력이 좋아진다고 옆 라인 최 씨 아저씨가 말했다. 그는 양 입꼬리를 내리며 눈썹을 치켜 올리는 그 특유의 음흉한 표정에서 나는 그의 말이 거짓이라는 것을 알아차렸다. 때문에 다른 후환들에 대하여 쉬는 시간 담배를 태우며 생각했다. 후환. 피오줌을 싼다거나 도가 지나쳐 암이 걸린다거나 하는 생각도 해 보았지만 무엇보다 제대로 서 있기 힘들다는 점이 두려웠다. 맡은 일을 진행할 수 없으니 말이다. 내가 맡은 일을 할 수 없다면 나는 가차 없이 버려질 것이다. 이러한 생각의 원인에 대하여 생각해 보았다. 단연 팔의 통증이다. 그러나 팔이 아프다는 사실을 누구에게 말해야 할지 몰랐다. 그렇기에 참고 작업을 진행했다. 고통을 참아 보려 무심코 어금니를 물었다. 쉬는 시간마다 어금니가 아려 왔다. 퇴근을 한 이후에는 음식을 씹을 수 없을 정도로 어금니가 아려 왔다. 팔의 고통을 견뎌내는 시간과 비례하게 어금니가 아려 왔다. 어금니는 참 위대한 부위이다. 어금니를 맞물린 채 위아래로 짓누르면 알 수 없는 힘이 솟는다. 이러한 사실을 알면서도 이따금 어금니를 물어야 하는 순간에 이를 잊고 팔을 뻗거나 하면 다시금 고스란히 고통이 밀려왔다. 옷을 갈아입거나 담배꽁초를 버린다거나 버스에서 내리기 위해 천장에 매달린 손잡이를 잡을 때. 그럴 때면 아무도 모르게 소리 없는 신음을 지른다.

병원을 가 보려 해도 쉬는 날이면 어김없이 병원 문은 굳게 닫혀 있었고 직장 동료가 아닌 사람들, 목욕탕 주인아줌마나 담배 가게 아저씨 또는 포장마차 사장님에게 물어보았다. 팔이 어떻게 아픈데 왜 아픈 것이며 어떻게 하면 나을지. 나름 동네에서 주인이고 사장이고 높으신 분들인데 하나같이 다른 이유를 말했다. 목욕탕 주인아줌마는 부러진 것이 아니냐며 호들갑을 떨었고, 담배 가게 아저씨는 무리해서 그렇다고 하고 포장마차 사장님은 자신이 그 이유를 알면 의사를 하지 이 짓거리를 하겠냐며 외려 나를 나무랐다. 하지만 그들은 하나같이 쉬라고 말했다. 쉬면 낫는다고. 그렇다, 쉬면 나을 것이다. 쉬면 감기도 낫고, 몸살도 낫는다. 물론 팔이 아픈 것도 나을 것이다. 쉬면 아픈 것이 낫는다는 것은 당사자인 내가 더욱 잘 안다. 그럼에도 쉬지 못하는 이유, 쉬면 나는 버려진다. 버려지면 어디 하소연할 데도 없다. 하소연을 한다고 해도 내가 팔의 통증에 대해 물었던 동네의 어른들밖에 없을 것이고, 나의 하소연을 들은 어른들 중에서 심심한 위로를 하는 이들이 있는 반면 꾸짖는 이도 있을 것이다. 하지만 그 어른들 중 누구도 나를 책임질 사람이 없다. 그래서 그들의 대답을 듣고 싶지도 않으며 그에 앞서 나를 위로하거나 꾸짖을 빌미도 주지 않을 것이다.

얼마 전 나와 같은 공간에서 작업을 했던 병철이가 회식을 마치고 술에 취해 집으로 가다가 길가의 벤치에 정강이를 찧어 정강이에 금이 간 일이 있었다. 녀석은 며칠 결근했다. 녀석이 결근한 날 나는 녀석이 결근한 이유를 몰랐다. 그냥 결근한 줄 알았다. 그 후 얼마 지나지 않아 녀석이 나타났다. 작업복을 입지 않은 차림으로 나타났다. 청바지에 흰 티, 슬리퍼 그리고 목발. 녀석은 씩씩대며 사무실로 들어갔다. 사람들 모두 그의 모습을 보았나. 나는 주변을 둘러보았다. 사람들은 녀석에게 신경을 쓰지 않고 제 앞의 일에 열중했다. 어쩌면 녀석이 나타났다는 사실조차 모를 수도 있겠다는 생각이 들었다. 하지만 그런 사람들 틈에서 나는 녀석을 보았다. 나는 내 앞의 일에 집중하는 척하고 있었지만 나의 신경은 모두 사무실 문을 향해 있었다. 사무실은 내가 작업하는 자리에서 우측으로 3미터 정도 거리에 있었다. 녀석이 들어가자 얼마 지나지 않아 큰 소리가 났다. 작업반장님의 목소리다. 반장님의 목소리는 목에 가래가 한두 덩어리 정도 끼어 있는 듯 걸걸했지만 톤은 낮았다. 때문에 작업장의 사람들 대부분이 그의 말을 알아듣기 힘들다고 토로했다. 기계들이 돌아가는 작업시간의 그의 목소리는 더욱 알아듣기 힘들었다. 하지만 병철이가 들어가 있는 사무실에서 들려온 큰 소리는 분명 반장님의 목소리다.

"이 새끼야. 네가 어디서 술 퍼마시고 다쳐서 일을 못 나온 것을 왜 여기 와서 지랄이야? 일을 못 하겠다며? 그게 그만두겠다는 말 아니야? 너 말고도 일한다는 애들 수두룩해. 어디 주제 파악 못 하고. 당장 꺼져."

말이 끝나기 무섭게 사무실 문이 열렸다. 그리고 병철이가 나왔다. 녀석의 표정에는 아무 색도 없었다. 눈알의 초점도 좌표를 잊은 채 발끝 저 멀리를 향해 놓여 있었고 인중은 중력을 따라 아래로 길게 늘어져 있었다. 녀석은 짚고 있는 목발 탓인지 부자연스럽게 출입문을 향해 걸었다. 이윽고 출입문 앞에서 그는 좌로 살짝 고개를 돌리고는 다시 제자리를 찾았다. 그러고는 목발을 쥐고 있지 않은 왼손 손바닥을 눈 주위에 대어 무언가를 닦고는 나갔다. 그 모습이 녀석의 마지막 모습이었다. 사람들은 아무 일도 없었다는 듯 일을 하고 있었다. 어쩌면 무슨 일이 있었는지조차 인지하지 못하고 있다는 생각이 들었다. 지금 와서 다시 생각해 보면 병철이라는 녀석이 있었는지조차 모르지 않았을까. 그렇게 녀석은 사라졌다. 어쩌면 존재조차 하지 않았다. 어쩌면, 어쩌면 존재조차 못 했다는 표현이 어울린다.

나는 그를 기억하고 있지만 누구에게 그를 기억하고 있다고 말해야 할지 몰랐으며 입 밖으로 꺼내서는 안 되는 것 같다는 판단이 들어 아직 나만의 기억으로 자리하고 있다. 반장님은 기억할지 모르겠다. 하지만 그가 녀석을 기억할 때 '그 새끼'로 기억을 하고 있을 것 같고 또 내게도 꺼지라고 하지나 않을까 두려운 생각이 들었다. 병철이와 나는 담뱃불 빌리는 사이 그 이상도 이하도 아닌 각별하지 않은 사이다. 그리고 병철이와 반장님 사이에 무슨 일이 있었는지 몰랐다. 하지만 나라도 기억해야겠다는 생각이 들었다. 이러한 일은 부지기수다. 지게차 발에 발목을 부딪쳐 그만둔 두용이, 자재창고 안 어긋나게 쌓여 있던 목재 파렛트가 무너지는 바람에 다쳐 그만둔 덕규, 가열판에 화상을 입어 그만둔 석 씨 아저씨, 눈이 뻑뻑해져 잠시간 쉰다더니 돌아오지 않는 인정이 누나. 내가 기억하는 범위

밖에서도 무수히 많은 이름 모를 사람들이 작업장을 스쳐 지나 갔다. 어쩌면 그 사람들도 아직 작업장에 남은 사람들에게 존 재했는지조차 의문인 사람들이 아닐까. 물론 반장님에게는 '그 새끼'나 '그년'으로 싸잡아 묶여 불릴 이름. 나는 반장님에 게 '그 새끼'로 그리고 이곳의 사람들에게 존재조차 못 했던 사 람이 되기 싫었다.

고로 나는 오로지 나의 어금니에 의존해야만 했다.

작업장 내의 사람들은 하나같이 친절했다. 제 할 일만 하고 이따금 쉴 때면 공장 마당 구석에 쪼그리고 앉아 담배를 피우 는 이들이 있는 것 빼고는 다들 친절했다. 간식이 배급되면 멀 리 있는 이에게까지 손길을 뻗어 나눠 주었고, 담배가 없거나 라이터가 없으면 담배를 나눠 주고 불도 나눠 줬다. 자판기에 서 음료수를 뽑을 때 동전이라도 부족하면 보태 주어 같이 뽑 아 먹고, 여름이면 물도 나눠 먹었다. 힘든 일이 있거나 기쁜 일 이 있을 때, 시간이 아침이면 순댓국밥을 저녁에는 두부김치를 먹으며 그리고 소주와 막걸리로 목을 축이며 위로하고, 축하해 주었다. 이상하게도 축하할 일보다 위로해야 하는 일이 더 많 았다. 이유는 모르겠다. 나는 언제나 그들 틈에 끼어 짐짓 그들 의 행동을 어색하게라도 따라 하려 노력했다. 그렇게 서로가 서로에게 친절했다. 하지만 나는 그들의 친절이 불편했다. 불편한 이유도 알 수 없다. 그들의 친절이 불편할 뿐이었다. 그들의 친절을 어색하게 따라 하는 나의 친절도 불편했다. 이유는 알 수 없다. 그저 불편할 뿐이었다. 이런 이유에서인지 나는 팔이 아파도 친절을 베푸는 그들에게 팔이 아프다고 말할 수 없었다.

그들을 믿을 수 없었다.

얼마 동안 팔이 아팠는지 가물가물하다. 이제는 팔의 고통과 저린 어금니가 자연스럽게 느껴진다. 한참 동안 서서 비닐포장지를 곱게 편다. 사실 내가 다루는 것이 비닐은 아닌 것 같다. 하지만 비닐 비슷한 것이라 비닐이라고 부른다. 내가 다루는 것이 무엇인지 알 법한 사람은 반장님밖에 없다.

내가 처음에 했던 일은 1공장 작업장에서 널따란 검정 유리판 위의 흠집을 찾아내는 일이었다. 검기만 한 유리판에서 무슨 흠집을 찾아내라는 것인가. 유리판을 한참 동안 보았다. 얼마나 보았을까. 흠집 하나가 보여 하얀 펜으로 둥글게 표시했다. 그리고 또 한참을 보았다. 귀퉁이 쪽 흠집이 보였다. 그곳에도 하얀 펜으로 둥글게 표시했다. 옆 사람과 그 옆 사람을 보았다. 그들은 빠른 속도로 흠집을 찾아내고 있었고 표시를 마친 유리판을 본인 자리 뒤편에 어느 정도 간격을 띄워 정리해 주었다. 점심 식사를 마치고 같은 작업을 하는 이들의 뒤편을 바라보았다. 평균적으로 열 장 정도는 끝낸 것 같다. 하지만 나의 뒤에는 고작 세 장의 유리판만이 놓여 있었다. 별거 아닌 일이었다. 크게 수고롭지 않은 일이었다.

"이렇게 해서 밥 벌어 먹고 살겠어?"
"하기 싫으면 집에 가."

그날 퇴근 전 업무 보고에서 팀장님과 당시 반장님에게 들은 소리다. 내가 뒤처진다는 생각이 밀려왔다. 그래서 열심히 했다. 한 달 정도 작업하니 그들 못지않은 속도로 작업을 하는 나를 발견했다. 하지만 누구도 칭찬하지 않았다. 일이 익숙해지고 있었다. 일이 익숙해지며 하나둘씩 인사를 주고받는 사람들이 생겨나기 시작했고 나의 이름을 불러 주며 간식이며 물을 나눠 주는 사람들이 생겨났다. 이따금 술도 마시곤 하였다. 그러던 어느 날, 여느 때와 같이 크랙 작업을 하던 내게 지금의 반장님이 왔다.

"얘기 다 끝난 거니까 짐 가지고 나와."

나는 그의 말에 토를 달지 않고 캐비닛으로 갔다. 캐비닛 쪽으로 가는 동안 여러 작업장을 거쳐야 하는데 누구도 나에게 시선을 주지 않았다. 내게 간식을 건네주었던 아름이 누나도,

내가 땀을 흘리고 있을 때면 조용히 얼음물을 주었던 상선이 형도 그 외 어떤 누구도 나에게 시선을 주지 않았다. 나는 캐비닛 안에서 출근할 때 들고 오는 물건들, 이어폰이나 보조배터리, 지갑 등이 담긴 종이가방을 들고 지금의 반장님에게로 갔다. 그에게 가며 내게 호의를 베풀었던 이들에게 인사를 해야 하는지 말아야 하는지 잠시 고민했지만 나는 그들에게 인사를 하지 않고 그를 따라나섰다. 누구도 내게 시선을 주지 않았으니.

"어디로 가는 건가요?"
"2공장."

나는 지금의 반장님 차에 올라탔다. 2공장은 1공장과 500미터 정도 떨어진 곳에 위치해 있었다. 멀지 않은 곳이었다. 통근버스도 같이 탄다고 했다. 때문에 출퇴근할 때라도 아름이 누나나 상선이 형과 그 외 동료들을 만날 수 있다고 스스로를 위로했다. 2공장에 도착하자 그는 나를 데리고 2공장 작업장으로 향했다.

"작업장 안쪽에 캐비닛 있으니까 거기다 짐 놓고 여기로 와."

새로 배정받은 캐비닛 쪽으로 가며 작업장 안의 사람들을 훑어보았다. 모두들 자신이 맡은 일에 열중하고 있었으며 나를 거들떠보지도 않았다. 나는 빈 캐비닛에 짐을 두고 그에게 돌아갔다. 그는 사무실 근처 작업장에 나를 데려가더니 한 라인에 서 있는 덩치 큰 남자를 보라고 했다.

"비닐 곱게 펴고 있는 거 보이지? 저 일을 이제 네가 하면 돼. 이제 반나절 남았으니까 충분하네."

지금의 반장님은 사람 좋은 미소를 보이며 나의 어깨를 툭툭 치고 사라졌다. 크랙 검사에 갓 익숙해져 '능숙함의 경지'까지 도달한 내게 새로운 일은 크랙을 찾는 일보다 큰 동작을 요했다. 옆 라인 프레스기가 압축하여 뽑아낸 사각의 넓은 반투명 비닐 포장지의 모서리 양 끝을 잡고 반듯하게 펴낸 후 스무 장씩 정렬하여 레일에 까는 작업이었다. 새 작업을 함에 앞서 덩치 큰 남자가 작업하는 모습을 지켜보았다. 덩치 큰 남자는 아무 표정 없이 작업을 하고 있었다. 기계처럼. 프레스에 찍혀 나온 비닐 포장지의 끝을 잡고 공중으로 한 번 넓게 편 후 반듯하게 제 아래 다른 비닐 포장지 위에 쌓았다. 프레스는 일정한 간격으로 비닐 포장지를 뽑아냈고 그 또한 프레스와 레일의 속도에 맞춰 같은 박자로 작업을 했다. 종이 울렸다. 바람 빠지는 소리와 함께 기계들이 동시에 꺼졌고 레일도 멈추었다. 덩치 큰 남자가 나를 보았다.

"지금까지 하는 거 봤지? 내일부터 네가 해야 하는 일이다."

　다음 날 덩치 큰 남자는 나오지 않았다. 하지만 신기하게도 사람들은 그를 언급했다. 밥을 먹으며, 담배를 피우며, 자판기에서 음료를 뽑으며, 모두 덩치 큰 남자를 언급했다. 1공장에서 그만두었던, 내가 기억하는 이들의 존재는 마치 나만 헛것을 보기라도 한 듯 모두가 함구했지만 2공장의 덩치 큰 남자는 예외였다. 식사를 하며 생각해 보았다. 내가 기억하는 이들과 덩치 큰 남자의 차이를. 처음 작업장에 왔을 때 검은 유리판 위의 흠집을 찾는 기분이 들었다. 이어 흠집을 찾았다. 사고. 사고를 겪어 그만둔 이들은 존재했었는지조차 의문이 들 만큼 모두의 뇌리에서 사라졌지만 사고를 겪지 않고 개인 사정이나 다른 일자리를 찾아 공장을 떠난 이들은 공장의 사람들이 잊지 않았다. 심지어 어떤 이들은 사고를 겪지 않고 떠난 그들의 자리에 새로 들어온 이들에게 떠난 그들과 비교를 하며 수치심이나 자괴감 등의 불편함을 불러일으키곤 하였다. 인정하는 것이다. 그리고 사고를 겪은 이들이나 아픈 이들은 버려지는 것이다. 재활용의 가치도 없는 폐기물로 없어져야 하는 것이었다. 사고를 당하거나 아픈 것은 이 집단에게는 퇴물이요, 근무자격에 대한 자체적 검열인 것이다. 심지어 근무 중 재해를 입은 사람들까지도. 이러한 내용에 대하여 누군가 내게 가르쳐 준 적도 없거니와 공장 내 게시판 어디에도 기재가 되어 있지 않았다.

아프지 말고, 다치지 말라. 아프거나 다치면 버려진다.

새로운 파트에 능숙해지는 데 그리 오랜 시간이 걸리지 않아 보였다. 매 순간 같은 박자로 같은 동작을 하는 것이 무엇이 어렵겠는가. 무엇보다 옆 라인에서 프레스를 다루는 한 씨 아저씨가 많은 배려를 해 주었다.

그가 한 씨라는 사실을 알게 된 것은 누군가 그를 한 씨라고 불렀기 때문이다. 나는 그의 이름도 모른다. 다만 성이 한 씨라는 것과 성 씨로만 사람들에게 불린다는 사실만 알고 있다. 물론 아저씨를 한 씨라고 부른 다른 아저씨들도 그의 이름을 모를 것이다. 다만 그가 한 씨라는 사실만 알고 있을 것이다. 재미난 사실은 내가 언급했던 사람들 모두 그들에게서 직접 이름을 듣지 않았다. 누군가가 그들을 불렀고 누군가가 그들을 부른 호칭을 기억하고 있을 뿐이었다. 병철이도, 두용이도, 덕규도, 석 씨 아저씨도, 인정이 누나도, 아름이 누나도, 상선이 형도. 나는 그들의 성씨만 알거나 이름만 알았고 나이도 알지 못했다. 짐짓 외모나 행동으로 보아 나보다 어린지, 많은지를 가늠했다.

한 씨 아저씨는 평소 같은 박자로 찍어 내던 기계를 수동으로 전환시켜 놓고 작업을 하는지 나의 동작에 따라 프레스의 뚜껑이 매번 다른 박자로 닫혔다. 나는 그의 배려에 매번 감사함을 느꼈지만 배려하는 사람치고는 그의 표정에 짜증이 섞여 있었다. 한 씨 아저씨의 미간이 구겨져 있는 까닭에 대하여 생각해 보았다. 물량이 밀리면 나를 비롯해 그까지 싸잡아 욕을 먹기 때문이다. 곧 배려가 아님을 깨달았다. 공장에서 어느 한 사람 때문에 작업이 밀리면 밀리는 원인과 상관없이 미흡한 결과로 직결 지어 죄가 성립된다. 그리고 이는 곧 생산라인 전체에 대한 연대책임으로 이어지며 책임에 대한 값은 잔업으로 받아갔다. 개인의 의사와 상관없이. 물론 잔업에 대한 수당이 있으니 어떤 이들은 겉으로 티는 내지 않아도 내심 좋아하지만 대부분은 좋아하지 않는다. 이는 강제적으로 개인의 삶을 일정 부분 포기해야 하는 것이기 때문이다. 그렇기에 개인의 잘못은 곧 모든 이에게 큰 피해를 준다. 그리고 실수한 이에게 경멸과 멸시가 쏟아진다. 다시 한번 구겨져 있는 한 씨 아저씨의 미간을 보았다.

그도 같은 생각인가.

일은 곧 익숙해졌다. 프레스에서 일정한 속도로 비닐 포장지가 전달되었으며 나는 일정한 속도로 비닐 포장지를 쌓았다.

일이 익숙해지고 얼마 지나지 않은 때. 그때부터 팔이 아프기 시작했다. 팔을 비롯한 허리와 어깨 그리고 무릎까지, 모든 부위가 고통스러웠다. 그중 으뜸은 팔이었다. 팔이 아팠지만 나는 작업장 내 그 누구에게도 아프다는 말을 할 수 없었다. 내가 팔이 아프다고 하면 그들은 누구나 일을 하면 아프다는 이상한 논리에 나는 무너질 것이고 애써 적응한 두 번째 업무에서 다른 업무로 좌천이 되는, 좌천은 괜찮지 어쩌면 힘들게 들어온 이 직장에서 버려져 사무실 앞에서 산산이 부서지는 나의 모습이 눈에 선했다. 병철이처럼. 나아가 팔이 아파 일을 그만두었다는 말을 들은 고향에 계신 어머니의 표정이 눈에 선하여 나는 누구에게도 팔이 아프다고 말할 수 없었다. 아버지 밑에서 기술이나 배우라는 부모님의 말을 등지고 작은 가게라도 꾸려 장사할 밑천을 마련하기 위해 돈을 버는 처지에 고향에 내려가면 어머니와 친구들은 내게 뭐라 할까. 분명 누구나 일을 하면 아프다는 이상한 논리로 시작하여 끝내 기술이나 배우라는 말로 나를 설득하려 들 것이다. 팔이 아픈 이후로 모든 것이 불안해지기 시작했다. 이곳에서는 아프거나 다치면 버려지기 때문에. 팔이 아픈 후로는 줄곧 어금니에 의존했다. 레일 위에 같은 박자로 밀려오는 비닐 포장지를 따라 같은 박자로 팔이 아팠고 어금니가 아팠으며 어금니를 너무 무니 목도 뻐근하고 두통도 밀려왔다. 매번 같은 박자로 고통은 나를 좀먹어 갔다. 포장지를 쌓고 남은 박자에 프레스 파트 한 씨 아저씨를 보았다. 내가 작업에 능숙해진 것을 알았는지 같은 박자로 프레스에 소재를 넣고 찍어 냈다. 한 씨 아저씨가 찍어 낸다기보다 프레스가 찍어 냈다. 프레스를 다시금 오토로 돌려놓으신 것이다. 수동 작업을 하면 그의 입장에서 동작이 두 개가 더 느는 것이니 오 토가 훨씬 편할 것이다. 오토모드인 경우 흘러오는 소재를 일 정한 박자에 맞춰 오른손이나 왼손으로 레일의 정중앙에 맞추 면 그만이다. 언뜻 보면 어렵지 않은 과정이지만 작업 중 기계 의 일정한 박자 안에 팔을 빼지 못하면 그의 팔 한쪽은 고루 펴 지는 포장지처럼 짓눌려 버릴 것이다. 작업이 쉬운 만큼 위험 부담이 있는 것이다. 이러한 위험부담을 모를 리 없는 공장의 입장에서는 그가 오토로 작업하는 것이 더욱 좋을 것이다. 제 박자에 작업을 끝내니 말이다. 프레스를 수동으로 전환을 하면 한 씨 아저씨의 작업은 레일을 따라 프레스 중앙으로 들어오는 소재가 레일을 타고 오던 중 레일의 정중앙에서 벗어난 것을 제자리로 일일이 손으로 바로잡아 주어야 한다. 이 작업을 하 기 위해 기계의 우측에 있는 녹색 UP버튼을 누른 채 왼팔로 소 재를 정리해야 하며 정리를 마치고는 DOWN버튼을 눌러 프 레스를 내려야 한다. 한 씨 아저씨는 키가 작다. 때문에 오른손 으로 버튼을 누른 채 왼팔로 평판 위를 정리하려면 까치발을 들어야 한다. 그 또한 팔이나 다리가 아플 것이며 목도 아플 것 이다. 이렇듯 수동으로 작업을 하면 고통이 뒤따르지만 위험부 담은 줄어든다.

한 타임 작업이 끝나고 휴게실 자판기에서 음료수를 뽑았다. 음료수를 마시며 사람들을 둘러보았다. 모두 하나같이 팔이나 허리 혹은 목이나 다리를 주무르거나 두드리고 있었다. 아무 표정 없이. 고통스러워 미간을 찌푸리거나 입 모양으로 소리 없는 욕을 하는 이도 없었다. 다만 아픈 부위를 주무르거나 두드리고 있을 뿐이었다. 나 또한 왼팔을 주무르고 있었다. 그 속에서 한 씨 아저씨가 보였다. 한 씨 아저씨도 휴게실 창가에 앉아 왼팔을 주무르고 있었다. 한 씨 아저씨와 나는 눈이 마주쳤다. 나는 고개를 숙여 인사를 했지만 한 씨 아저씨는 시선을 창밖으로 던졌다. 그때 반장님과 사무실 직원들이 휴게실 문 앞을 지나갔다. 짧은 시간이었지만 모두가 동시에 주무르거나 두드리는 것을 멈추었다. 아저씨들은 옅은 큰 기침을 뱉고 형들과 누나들은 휴대폰을 보았다. 그리고 아줌마들 무리 중 하나가 대화 주제를 툭 던져 금방 주위가 시끄러워졌다. 나는 그들의 행동을 지켜보며 연신 팔을 주물렀다. 정말 짧은 시간, 반장님과 눈이 마주쳤다. 나를 2공장에 데려와 새로운 파트로 안내해 주었던 때와는 사뭇 다른 표정이었다. 서늘한 표정이었다. 그가 지나가고 나는 한 씨 아저씨를 바라보았다. 한 씨 아저씨는 나를 보고 있었다. 여전히 그의 표정에는 그 어떤 색도 없다. 아저씨는 콧바람을 흥 하고 불더니 다시 창밖을 내다보았다. 무슨 표정이었을까. 그 어떤 색도 담고 있지 않았지만 그 무색 너머에 다른 색이 있는 것 같아 보였다.

종이 울렸다. 종이 울리자 사람들 모두 앓는 소리를 내며 일어나 줄지어 작업장으로 향했다. 나도 그들 무리를 따라 작업장으로 들어갔다. 직원들 모두 작업장 입구에서 장갑을 끼고 마스크를 하고 머리에 망을 쓰고는 각자의 파트 앞에 섰다. 누구는 레일 앞에 누구는 프레스 앞에 누구는 작업대 앞에. 나도 나의 자리인 사무실 앞 레일에 섰다. 한 씨 아저씨도 뒤 제 파트인 프레스에 앞에 섰다. 레일이 움직였고 작업장 내는 기계 돌아가는 소리로 가득 채워졌다. 작업장 내에서는 누군가 옆에서 말해도 잘 들리지 않아 평소보다 큰 소리로 말을 해야 했다. 내가 2공장에서 왔을 때 덩치 큰 사내가 내게 화를 내는 줄 알고 지레 굳었다. 2공장에서 일을 해 보니 그가 언성을 높이며 말한 까닭이 다 기계 소리 때문이라는 사실을 알게 되었다. 기계는 사람에게 기계의 페르소나를 씌우기도 하지만 더러운 성질머리를 가진 사람의 페르소나를 씌우기도 한다. 이런 상황에서도 이상하게 작업 중간에 사무실에서 나와 업무 지시를 하는 반장님의 목소리는 옆에서 말하는 것이 아님에도 잘 들렸다. 그의 목소리는 작은 편이었다. 그럼에도 잘 들렸다. 이상한 일이다. 나만 그렇게 느끼는 것인지 알 수 없지만 참 잘 들렸다. 그렇기에 그의 이름 대신 '님'자 붙은 직책으로 불리는 것이 아닌가 하는 생각도 들었다. 나도 언제고 나의 이름 대신 '님'자 붙은 직책으로 불리는 날이 오겠거니. 반장님이 어떤 사람인지는 알 수 없다. 다만 그가 높은 사람이기에 그에게 복종하지 않는 것은 크나큰 잘못이라는 생각이 들었다. 아저씨들이 담배 피울 때 들리는 이야기로는 지금의 반장님이 아닌 지금 반장님의 선배 반장님 그리고 그 선배의 선배 반장님들은 쉬는 시간이면 지시대로 업무가 진행되지 않거나 이에 반항하는 이들이 있으면 깡그리 모아 공장 옥상에서 줄빳다를 때렸다고 했다. 아저씨들 말로는 그렇게 맞아도 아픈 티 안 내고 일을 해야 했다고 했다. 그래야 그들의 가족과 형제들 그리고 처자식이 굶지 않으니 말이다. 몇몇 아저씨는 줄빳다가 정의롭다고 두둔하기도 했다. 기강이 바로 서야 회사가 잘 돌아간다고, 줄빳다를 맞아야 뭐가 잘못인지 안다고. 그렇게 줄빳다의 논리를 폈다. 이에 고개를 끄덕이는 아저씨가 있었다. 그는 요즘 신입 직원들도 줄빳다를 맞아야 한다고 했다. 버릇이 없다는 둥, 툭 하면 일을 내뺀다는 둥, 조금만 아파도 엄살을 부린다는 둥. 이에 미간을 찌푸리고 있던 아저씨가 말을 했다. 지금 반장은 천사라고, 줄빳다는 물론이거니와 담배도 안 피운다고. 나는 아저씨들의 대화를 듣고 생각했다. 줄빳다를 안 때리고 담배를 안 피우면 천사인가. 그럼 줄빳다를 때리고 담배를 피우는 것은 악마인가. 아저씨들은 줄빳다를 때려야 한다고 말했다. 그들은 악마를 원하는 것인가. 내가 얼마 전에 보았던 병철이의 모습은 천사를 마주하고 나온 모습이었나. 내가 느끼기에 악마와 대면하고 처참히 부서진 사람의 모습 같았다. 만약 줄빳다를 안 때리고 담배를 안 피우는 것이 천사라면 천사는 도덕과는 거리가 멀다는 생각이 들었다. 줄빳다를 안 때리지만 담배를 피우는 나는 반은 천사고 반은 악마구나. 하지만 아저씨들은 지금의 반장님을 나무라는 듯 그에 대하여 말했다. 그들은 천사보다 악마를 숭배하는 이들인가. 배운 것 없고 그래서 아는 것은 없어도 나는 그들이 수치스러웠다. 그간 나보다 나이가 많다는 이유로 그들에게 조아리고 존댓말을 해 왔던 나 자신이 수치스러웠다. 그때 나는 나보다 나이가 많다고 도덕적으로 훌륭하지 않다는 것을 깨달았다. 하지만 여전히 지금의 반장님이 천사라고 해도 그는 하늘이었고 나나 다른 사람들은 짐승이었다. 그의 눈치를 살피며 아픈 티도 내지 못하고 그가 주변에 맴돌고 있으면 기계처럼 일만 하고. 때 되면 밥 먹고 때 되면 월급 받고. 어딘지 불편한 생각들이 피어오르기 시작했다.

사실상 우리에게 밥을 주고 월급을 주는 것은 반장님이 아니고 공장인데도 우리는 반장님 앞에서 긴다. 그는 하늘이니까.

이런저런 생각을 하지만 몸은 여전히 같은 박자로 비닐 포장지를 펼쳐 반듯하게 쌓고 있었다. 그리고 여전히 같은 박자로 팔이 아파 왔고 어금니가 저려 왔으며 목이 뻐근했고 머리가 아팠다. 그럴수록 어금니를 더욱 세게 물었다. 악순환의 연속이다. 누구도 나의 고통을 알지 못했다. 어느 순간 박자가 더뎌지기 시작했다. 그리고 점차 박자가 일정하지 않게 비닐 포장지가 흘러왔다. 한 씨 아저씨가 프레스를 수동으로 변환한 것이다. 나는 속으로 그에게 고마웠다. 휴게실에서 팔을 주무르던 나를 본 것인가. 어쩌면 그가 팔이 아파 수동으로 변환한 것일 수도 있다. 이유가 무엇이든 내가 팔이 아프고, 이가 아프고, 목이, 머리가 아픈 것이 더뎌졌다. 작업시간 동안 겪어야 하는 고통들의 총량이 줄어든 것이니. 나는 더뎌진 박자 사이로 그를 한 번 보았다. 그는 평소처럼 아무 표정 없이 프레스 뚜껑을 열어 레일을 타고 흘러들어 오는 소재를 정리하고는 뚜껑을 닫았다. 까치발이 아슬아슬해 보였다. 나는 그를 거쳐 흘러오는 포장지를 정리했다. 하나, 둘, 셋. 끊임없이 밀려오는 포장지를 정리했다. 아무 생각 없이. 아무 생각을 하지 않은 채 작업을 해야 시간 가는 줄 모른다. 시간에 대한 개념, 내가 하는 일에 대한 비판이나 목적, 이 공장에서 나아가 이 사회에서의 나의 가치에 대한 생각. 이런저런 생각을 하지 않고 오로지 기계를 보조하는 장비 정도의 존재로 스스로를 추락시킨 채 박자에 따라 같은 작업만 반복하는 사물. 나는 사물이다. 작업장 안의 그 어떤 누구도 사물 이상도 이하도 아니다. 다만 스스로 일의 강도를 조절할 수 있는 사물.

사무실 내의 사람들을 제외하면 모두 도구다.

얼마쯤 아무 생각 없이 작업을 했을까. 비닐 포장지가 흘러오지 않았다. 작업이 종료됐나. 하지만 작업장 내의 기계들은 끊임없이 돌아가며 귀가 먹먹해질 만큼 큰 소음을 내고 있었다. 뒤에서 인기척이 느껴져 돌아보았다. 노란색 완장을 찬 반장님과 사무실 직원들이 뛰어나오기 시작했다. 반장님은 뛰쳐나오며 말했다.

"에이, 씨발."

작은 소리였지만 그의 낮은 목소리는 정확하게 들렸다. 나는 나의 앞에 포장지가 흘러오지 않아 그들을 따라 시선을 움직였고 고개를 오른쪽으로 돌렸다. 그들은 한 씨 아저씨에게 뛰어간 것이다. 나는 한 씨 아저씨 쪽을 바라보았다. 피범벅이 된 한 씨 아저씨가 보였다. 한 씨 아저씨는 왼팔을 움켜쥔 채 쓰러져 있었고 기계들의 소음이 어설프게 맞아떨어져 소리의 공백이 있는 순간마다 한 씨 아저씨의 비명 소리가 들렸다. 처음 들어보는 비명이었다. 나는 한 씨 아저씨를 향해 다가가려 발걸음을 돌렸다. 반장님이 나를 무섭게 노려보며 까딱 턱을 움직여 다가오지 말라는 신호를 했다. 나는 손발이 저려 왔다. 그리고 머릿속이 하얘지기 시작했다. 작업을 하는 동안은 아무 생각을 하지 않아 아무 색도 띠지 않았었는데 한 씨 아저씨를 보며 무섭도록 하얀 것이 나의 머릿속을 집어삼키기 시작했다. 아무 소리도 들리지 않았다. 기계의 소음도, 한 씨 아저씨의 비명 소리도. 숨이 막혀 오기 시작했다. 나는 뒷걸음치며 나의 파트에 다가갔다. 주변을 둘러보았다. 하나둘 그를 힐끔 보고는 다시 제 일에 몰입했다. 나는 한 씨 아저씨를 보았다. 하지만 반장님의 시선이 나의 시선을 낚아챘다. 다시 턱을 까딱 움직였다. 사고가 난 쪽을 바라보지 말라는 신호다. 나는 나의 앞에 멈춰 선 레일을 바라보았다. 오른쪽으로 고개를 돌리고 싶었지만 짐짓 그러면 안 될 것 같은 생각이 들었다. 한 씨 아저씨의 신음 섞인 절규가 오른쪽 귀를 날카롭게 파고들었다.

어떻게 된 일인가. 한 씨 아저씨의 잘못인가. 프레스는 수동이었다. 오토였다면 박자를 맞추지 못해 사고가 벌어졌겠지만 수동이었다. 까치발이 균형을 잃어 오른손이 헛짓을 한 것인가. 왼손과 오른손이 따로 논 탓인가. 무엇보다 기계가 수동인 탓인가. 나의 고통 때문에 수동으로 돌린 탓인가. 그가 지쳐 수동으로 돌린 탓인가. 아니면 기계가 고장이 난 탓인가. 나의 고통을 훔쳐본 그가 기계를 수동으로 돌린 탓은 아니겠지. 나를 위해서 수동으로 돌린 탓은 아니겠지. 숨이 턱턱 막혀 왔다. 나 때문은 아니겠지. 이유가 밝혀지지 않았지만 나는 죄책감을 끌어안기 바빴다. 기계가 고장 난 탓이기를. 그가 수동으로 돌린 이유가 제 몸이 지쳐서이기를. 내 탓이 아니기를. 아무리 다른 이유에 사고의 탓을 돌리려 해도 알 수 없는 죄책감은 나를 향했다. 나는 나의 팔이 아프지 않음에도 어금니를 세게 물었다. 맞물린 어금니가 진동하기 시작했다. 손과 발을 따라서 진동하기 시작했다. 목이 뻐근해지기 시작했고 머리가 아파 오기 시작했다. 눈가가 뜨거워지기 시작했다. 내가 한 씨 아저씨를 저리 만든 것인가. 레일은 아직 멈춰 있다. 나는 화장실로 뛰어가 변기 뚜껑을 열고 연거푸 구역질을 했다. 헛구역질이었다. 숨통이 조금이나마 트였다. 어금니를 앙다문 채 숨을 몰아쉬었다. 세면대에 서서 입을 헹구고 거울을 바라보았다. 어금니가 쉽사리 벌어지지 않았다. 눈가는 핏발이 서 벌겋게 달아올라 있었다. 호흡은 정돈되기 시작했지만 가슴팍은 무섭게 뛰었다. 손발도 가슴팍의 박동을 따라 떨려 왔다. 세수를 하고 작업장으로 들어갔다. 멍청하게 서서 어금니만 물고 있었다.

팔이 아파서가 아니라 알 수 없는 이유로 어금니만 물고 있었다.

얼마 지나지 않아 기계들이 바람 빠지는 소리를 내며 멈추었다. 그리고 종이 울렸다. 나는 한 씨 아저씨가 있던 쪽을 바라보았다. 이미 그는 사라졌다. 그를 비롯한 반장님과 사무실 직원들이 사라졌다. 소름이 돋도록 붉던 핏자국도 사라졌다. 그 짧은 시간에 그는 사라졌다. 작업장 안의 사람들은 아무 일도 없었다는 듯 작업장을 빠져나갔다. 누구도 그가 있던 자리를 돌아보지 않았다. 나도 그들 틈에 끼어 작업장을 벗어났다. 밖으로 나가니 사무실 직원이 현관 앞에서 대걸레로 바닥을 닦고 있었다. 직원들 누구도 현관 밖으로 나가지 않았다. 쉬는 시간이면 어김없이 야외 흡연장으로 향했던 이들이 누구도 현관 밖으로 나가지 않았다. 모두들 휴게실에 앉아 팔과 다리를 주무르거나 휴대폰을 보고 있었다. 아주머니들은 평소처럼 수다를 떨지 않았다. 다들 조용히 앉아 있었다. 아무도 휴게실 창밖을 내다보지 않았다.

어떤 존재가 사라지는 과정이다. 어떤 존재의 흔적이 사라지는 과정이다.

종이 울렸다. 모두들 앓는 소리를 내며 엉덩이를 털고 일어나 작업장으로 향했다. 나는 그들을 바라보다가 그들의 맨 뒤에 붙어 따라 들어갔다. 그때 누군가 나의 어깨를 잡았다. 반장님이다. 반장님은 말없이 나를 바라보고는 나지막한 목소리로 내게 말했다.

"아무것도 못 본 거야. 아무 일도 없었던 거고. 무슨 일이 있었다고 해도 아무 일도 아니니까. 이해했지? 들어가서 일 봐."

나는 말없이 내 자리에 섰다. 여전히 레일은 멈춰 있었다. 이윽고 반장님이 들어왔다. 내 또래의 낯선 남자를 데리고 들어왔다. 반장님은 낯선 남자에게 아무 표정 없이 말을 하고 한 씨 아저씨가 직접 다루던 프레스 기계를 가르쳐 주고는 사무실로 들어갔다. 낯선 남자는 어정쩡하게 프레스 뚜껑을 열어 소재를 중앙에 배치하고 뚜껑을 닫고는 내 쪽으로 레일을 굴렸다.

비닐 포장지의 가장자리에 희미하게 빨간 것이 보였다. 나는 그 포장지를 걷어 냈다. 빨간 것이 보이지 않을 때까지 버렸다. 다섯 번쯤 버렸을까. 빨간 것이 사라졌고 나는 다시 정상적으로 그것들을 반듯하게 쌓기 시작했다.

팔이 아팠다.

편의점에서 담배를 계산하며 제가 받은 것은 담배가 아니었습니다. 잔액이 부족하다는 아르바이트생의 무신경한 말이었습니다. 계산하기 위해 다른 카드를 꺼내려 지갑을 열고는 잠시 생각에 잠겼습니다. 신용카드를 쓰면 돌아오는 달에 빚이 생기기 때문이었습니다. 수입이 불안정한 상황에 빚을 만드는 것이야말로 어리석은 짓이라는 생각이 들었습니다. 이런 저의 상황에 대하여 초지일관 무신경한 아르바이트생에게 씁쓸한 표정으로 인사를 하고 편의점을 나오며 여러 고민이 산발적으로 쏟아지기 시작했습니다. 나는 왜 회사를 그만두고 꿈을 좇아 새로운 일에 도전하여 이런 고난을 겪나, 적금을 깨야 하나. 나는 왜 담배를 끊지 못하나, 이번 기회에 끊어 볼까. 아니다. 저금통이라도 털어 보자. 4,500원이 없겠는가. 고민 위에 고민을 차곡차곡 쌓으며 집에 들어서니 모든 것이 귀찮아졌습니다. 장마인지라 비는 끊임없이 쏟아지고. 비를 따라 내 마음도 바닥을 향해 아래로, 아래로 늘어지고. 아무 생각 없이 물끄러미 책상 위를 바라보았습니다. 노트북. 노트북이 눈에 들어왔습니다. 팔 수 있는 것, 당장 돈이 되는 것. 노트북으로 써 내린 나의 글들은 팔 수 없는 것, 당장 돈이 되지 않는 것. 그래, 절필하자. 나의 글은 아무런 가치가 없는 낙서구나. 그렇게 노트북을 중고 거래로 팔았습니다. 헐값에. 그리고 저는 점차 비겁해졌습니다. 모든 것은 전염병 때문이라고. 전염병 때문에 돈도 못 벌고, 그래서 담배도 못 사고. 그리고 전염병 때문에 작가의 꿈을 포기하게 되었다고. 이렇게 모든 것을 전염병 탓이라 여기며 저는 저 자신의 선택에 대한 책임을 회피하려는 비겁한 이가 되어 갔습니다. 이렇게 자신을 비겁하다고 여기는 데까지 오랜 시간이 걸리지 않았습니다.

노트북을 팔고 일주일 후 모르는 번호로 전화 한 통이 걸려 왔습니다. 차를 빼 달라는 전화인가. 주차는 반듯하게 잘해 놨는데. 통명스레 전화를 받았습니다. 그리고 낯선 여성이 제게 말했습니다. 전태일문학상 소설 부문에 당선되었다고. 그녀의 말을 듣자마자 눈가가 뜨거워지며 금세 눈물이 맺혔습니다. 눈물과 함께 저의 건필을 응원해 주었던 사람들의 얼굴도 맺혔습니다. 저에게 글 쓰는 데에 재능이 있다는 그들의 말을 저주스레 여겼던 지난날들이 떠올랐습니다. 이어 그들에게 미안한 마음이 들었습니다. 그리고 돈 때문에 글을 쓰지 않겠노라며 꿈을 헐값에 팔았던 어리석음을 반성하였습니다. 아직 가능성이 있구나. 어디선가 나의 글을 읽어 주는 이들이 있겠구나. 많은 생각들의 끝에 다짐 하나를 마침표로 두었습니다. 좋은 작가가 되겠다는 다짐.

이렇게 수상 소감을 마치며 저의 글을 좋게 읽어 주신 모든 분들에게 감사합니다. 앞으로 좋은 작가가 되겠다고 다시 한 번 더 다짐합니다.

조도영

·

걸어도, 걸어도

조도영

- 제15회 경남청소년문학대상 고등부 독후감 부문 으뜸상 수상
- 연세대학교 철학과 휴학 중
- 군복무 중

그러니까 나는, 아직 이 세상이 너무나 수수께끼 같아서, 도저히 내가 배워 온 지식으로는 설명할 수 없는 감정들이나 사건들이 툭툭 튀어나오는 것이 두려워지기 시작했고, 그러다 보니 자연스레 오늘과 내일의 시간을 살아갈 자신 또한 희미해졌던 것이다. 너무나 모르는 것이 많은데 누구에게도 물어볼 수 없었고, 공감을 받을 수도 없었다. 사람들이 감정을 표현하기 위해 사용하는 용어를 아무리 정교하게 사용해도, 나의 감정을 제대로 표현했다는 느낌이 들지 않을뿐더러 상대방이 나의 감정을 완전히 이해한 것 같지도 않았다. 그래서 나는 종종 내가 겪은 일을 상대방에게 이야기할 때면, 나와 네가 같은 고통을 분유하는 것이 아니라 초대 게스트인 내가 방청객인 너에게 나의 사연을 이야기해 주는 토크쇼에 나온 것만 같은 느낌이 들곤 했다. 그리고 이러한 감정을 느끼는 빈도가 늘어날수록 나는 점점 나의 아버지와 관련된 일에 대해 말하는 것을 삼가게 되었고, 그 대신 홀로 걷기 시작했다. 그런데 나는 왜 그토록 혼자 걸어 다녔었는가? 걷기 시작한다고 해서 그날의 이미지들이 사라지는 것도 아니었는데 말이다.

태양이 보이지 않지만 밖이 밝아 오는 여명의 시간. 간호사 선생님께서 병실로 찾아와 나와 아버지를 깨우고, 나는 이불을 개어 간이침대의 머리맡에 정리한다. 그 후 아버지가 누워 있는 환자용 침대 밑으로 간이침대를 밀어 넣으며 신발을 신고, 간단히 세수를 마친 후 아버지의 마실을 준비한다. 왼쪽으로 편마비가 온 아버지는 왼팔과 왼 다리를 사용하기 불편하니, 워커에 앉힌 후 화장실로 데려가야 한다. 워커는 걸음이 불편한 환자의 보행을 도와주도록 만들어진 바퀴가 4개 달린 타원형 모양의 보조기구다. 가운데 부분에 의자를 설치하여 앉을 수 있어 짧은 거리를 이동할 때 종종 사용하곤 한다. 하지만 그 옮김의 과정에서 느껴지는 아버지의 몸의 무게와 아버지를 바라보며 느끼는 마음의 무게는 차마 글자로 담아낼 수 없는 부분인지라, 그냥 간단히 '힘든 과정'이라는 단어로 대체한다. 화장실 입구에는 1cm 정도의 문턱이 있다. 휠체어나 워커를 타면 이 1cm의 문턱 때문에 여간 고생하는 것이 아니다. 워커와 아버지를 통째로 들 수도 없는 노릇이니, 우선 워커를 살짝 후진시킨 후 약간의 속도를 주어 꽝, 하고 힘을 주어 돌진한다. 그리고 문턱과 워커의 바퀴가 부딪치는 순간 워커를 화장실 안으로 빠르게 밀어 넣어야 한다. 하지만 그렇다고 너무 빠르게 밀면 아버지가 앞으로 고꾸라질 수 있으니 재빠르게 밀고 또 재빠르게 당겨야 한다. 그 후 워커의 방향을 조정하여 볼일을 해결하고, 다시 워커의 방향을 틀어 세면대 앞으로 이동한 후 왼손의 소매가 물에 젖지 않도록 뒤에서 아버지를 안으며 그 부분을 잡아 주어야 한다.

여기까지가 우리의 아침 마실이다. 하지만 나는 그날 아침 마실에서 기어코 아버지의 심기를 건드리고 말았다. 병원에는 오전과 오후에 한 번씩 병실에서 벗어나 재활치료를 받는 시간이 있다. 그리고 그곳에는 엉덩이와 허리 부분을 고정해 강제로 서 있게 하는 '기립기'라는 재활기구가 있는데 힘이 들어가지 않는 다리로 10여 분 이상을 지탱하는 것이 만만치 않은 일이라, 아버지는 종종 기립기로 안내하는 재활치료사에게 가기 싫다며 말다툼을 하곤 했다. 그리고 그날 아침 마실의 끝자락에서, 나는 어제 기립기를 사용할 때 아버지의 자세가 왼쪽으로 너무 치우친 것 같다는 둥 다리에 힘을 넣어서 지탱해야 빠르게 다음 단계로 넘어간다는 둥, 하는 소리를 했던 것이다. 순간 아버지는 손을 닦고 있던 수건을 패대기치며 그딴 거 해 봤자 달라질 일은 없다며 역정을 내셨고, 나는 나대로 아버지에게 역정을 냈다. 하지만 사실을 말하자면, 나의 화는 아버지의 역정을 향한 것이라기보다는 간병 생활을 시작하면서 발견한 새로운 아버지의 모습에서 느낀 당황스러운 감정을 향한 것이었다.

우연인지 필연인지는 몰라도 나의 아버지의 이름은 '태일'이다. 그리고 이름 때문인지 아니면 본래의 천성 탓인지는 몰라도, 나의 아버지는 두산기계 노조를 시작으로 30년 가까운 시간을 노동운동을 하며 보내셨다. 하지만 내가 기억하고 있는 아버지의 모습은 사무실에서 컴퓨터로 문서 작업을 하시던 모습인지라, 그 이전 아버지의 모습이 정확히 어떠하였는지는 잘 알지 못한다. 하지만 그 시절 아버지의 삶에 대해 아는 것이 얼마 없음에도, 적어도 아버지의 삶의 방향이 틀리지 않았다는 것을 보여 준 날이 있는데, 그날이 바로 아버지가 사고를 당한 날인 것은 참으로 아이러니하다. 원인은 평소 지병으로 앓고 계시던 고혈압 때문인 뇌출혈이었다. 나는 그때 과외를 막 마치고 근처의 맥도날드에서 빅맥을 주문한 후였다. 그리고 마치 영화에 등장하는 장면처럼 햄버거를 막 받아 앉은 순간에 어머니로부터 연락이 왔다. 그 순간이 참 미묘했다. 언제나 TV 속에서, 혹은 영화나 소설 속에서 단골로 등장하는 '가족의 갑작스러운 사고'가 나에게 그것도 예상치 못하게 들이닥쳤기 때문이다. 이제는 너무나 식상해져서 드라마에 그러한 내용이 등장하면 '진부하다'고 말해지는 일이 나에게는 실제로 일어난 것이다.

그때가 1년 전, 그러니까 내가 스무 살이 되어 성인이 되고,

12년의 세월을 입시를 위해 희생한 끝에 얻은 자유의 첫 여름이었다. 아마 내가 알지 못한 것은 성인이 됨으로써 얻는 자유의 이면에 숨어 있는 책임이었으리라. 다만 나의 처지에서 그 책임에 대해 변명을 해 보자면, 아무리 자유의 대가가 책임이라고 하더라도 스무 살 초입의 나에게 굳이 이 정도의 책임을 던져 줄 이유는 없어 보인다는 점 정도가 있다. 그래서 나는 아버지가 수술실로 들어간 후, 수술이 진행되는 8시간 동안 도대체 나에게 이러한 책임을 던져 준 존재가 있는지에 대해, 만약 있다면 어떤 존재이고, 왜 그러한 짓을 하는지에 대해 곰곰이 생각해 보았다. 하지만 아무리 기를 쓰고 생각을 해 보아도 나에게 이 책임을 던져 준 존재가 있는지 없는지는 끝내 알 수 없었다. 아마 있다면 신일 것이고, 없다면 '그냥' 나에게 이런 일이 일어난 것일 텐데 어느 쪽이든지 나의 고통을 해결해 주는 답변이 아니었기에 결국 끝에 가서는 그냥 질문을 머릿속에서 삭제 해버렸다.

그렇게 수술실 밖을 정처 없이 떠돌던 나는 수술실 앞으로 돌아와 의자에 앉았다. 그리고 그때 내가 보았던 것은 언젠가 아버지의 친구로서 뵌 적이 있던 아줌마들과 종종 아버지와 함께 술 동무로 지내시는 아저씨들이 나와 어머니의 옆에서 그 고통의 시간을 나누어 주고 있는 모습이었다. 그리고 정말 영화의 한 장면처럼, 나는 그러한 모습을 바라보며 아버지가 살아온 인생과 아버지가 맺어 온 연대와, 아버지와 함께한 동지들에 대해 생각을 해 보았다. 그러면서 나는 어렴풋이 느꼈었다. 내가 알지 못하는 아버지의 시간이 나의 상상보다 더 아름다웠을 것이라는 점과 그러한 인생을 견디고, 또 펼쳐 온 아버지라면 앞으로의 고통을 쉽게 극복해 갈 것이라는 점을 말이다. 그 후로 나는 중환자실로 면회를 갈 때마다 아버지에게 '투쟁'으로 인사하였고, 아버지는 '쟁취'로 받아 주셨다. 그렇게 상태가 조금 호전된 후, 아버지는 병원을 옮겨 서울 강동으로 오셨다. 서울로 병원을 옮긴 후, 월요일부터 목요일까지는 하남에 거주하시는 큰아버지께서 간병을 담당해 주셨고, 나는 목요일 점심부터 토요일 점심에 어머니께서 상경하시기 전까지 아버지의 간병을 담당했다. 그리고 간병을 위해 학교 기숙사를 나선 첫날, 나는 일부러 어딘가에 놀러 가는 분위기를 내며 지하철에 올랐다. 재활은 시간과의 싸움이다. 시작도 전에 지쳐서 혼자 우울해하고 슬퍼하는 모습을 보여 주는 것은 긴 마라톤을 위한 선수의 코치로서는 어울리지 않는 자세였다. 그렇게 지하철을 타고 1시간 30여 분을 달려서 병원에 도착한 나는 얼굴에 웃음을 띠고, 마침내 중환자실이 아닌 일반 병실에서 이루어진 우리의 만남을 축복하기 위해 병실의 문을 열었다. 그리곤 와장창! 이제 영화가 끝나고 현실로 돌아올 시간이었다.

아버지는 자신을 휠체어에 태워 밖을 구경시켜 주려는 큰아버지와 서로 고성을 주고받으며 잔뜩 심술이 난 표정을 짓고 있었다. 나는 우선 그 상황을 이해하는 데 시간이 걸렸다. 처음에는 당연히 큰아버지가 무슨 잘못을 하신 줄 알고 아버지 편을 들기 위해 자리로 다가갔는데, 두 분의 말씀을 계속해서 들어보니 굳이 화낼 일도 아닌 것을 가지고 죽자 살자 싸우고 계셨던 것이다. 하지만 무엇보다도 신기했던 것은 난생 본 적 없던 아버지의 심술궂은 표정이었다. 아주 그냥 용심과 악으로 가득 차 보이는 찡그린 얼굴이 표독스럽게 나를 쳐다보고 있었는데, 그야말로 '아이고 아부지' 소리가 절로 나오는 상황이었다. 이후 아버지를 어르고 달래 휠체어에 태우는 것에 성공했고, 병원 주위를 돌며 햇빛도 받고 바람도 쐬기 위해 엘리베이터 쪽으로 이동했다. 병원 로비에 도착한 우리는 정문을 통해 밖으로 나가려고 했지만, 아버지는 먼저 로비를 한 바퀴 돌고 싶다고 말씀하셨다. 왜 굳이 로비를 한 바퀴 도려 하나, 하고 생각했지만 아버지가 스스로 무언가 하고 싶은 일이 생긴 것이 신기하여 휠체어로 한 바퀴를 쭉 돌았다. 그런데 아버지가 로비를 돌며 지나가는 사람들의 뒤에 몰래 '퉤퉤퉤' 하고 침을 뱉는 시늉을 하는 것이 아닌가. 화들짝 놀란 나는 황급히 휠체어를 세우고 도대체 지금 뭘 하는 거냐고 물어보았다. 지금 생각해도 기가 막힌 것이, 아버지는 자신의 바이러스를 전파하기 위해 그러고 있다고 답변하셨던 것이다. 이런 아버지의 답변에 나는 그야말로 아연실색하고 말았다. 부끄럽지만 그래도 솔직하게 말하자면, 나는 아버지가 머리를 심하게 다쳐서 지적으로도 문제가 생긴 줄 알고 가슴이 얼마나 철렁했는지 모른다.

아버지의 개그 코드는 원래부터 익살이나 풍자에 가까웠다. 그래서 종종 아버지를 처음 만나는 분들은 그 코드를 잘 이해하지 못하고 당황하는 경우가 많았는데, 실제로 아버지의 개그를 이해하기 위해서는 지난한 노력이 필요하다. 특히나 수술을 받은 후에는 아버지가 하신 말이 농담인지 진담인지 헷갈릴 때가 많아 나도 여간 고생한 것이 아니었다. 일례를 들어 보자면, 아버지가 중환자실에 계실 때 면회하러 간 우리에게 아버지는 대뜸 전봉준 장군이 보인다고 말씀하셨다. 나와 어머니는 도대체 이게 무슨 소리인가 하며 혹시 뇌수술 이후에 종종 나타난다는 섬망 현상인지 걱정이 되어 발만 동동 구르고 있었는데, 알고 보니 아버지의 맞은편 침대에 누워 있는 몸이 야윈 아저씨 한 분을 보고 '전봉준 장군 같다'고 말씀하신 것이었다. 그 순간 나는 웃기는 것은 고사하고 속에서부터 울컥하고 화가 치솟아서 아버지에게 화를 낸 적이 있는데, 뭐가 그리 좋은지 요즘에도 전봉준 장군 이야기만 나오면 얼굴에 웃음꽃이 피신다. 이러한 아버지의 농담에 관한 일화는 몇 가지가 더 있는데, 나는 그 순간마다 인생에서 가장 힘든 순간을 경험하는 사람의 웃음의 힘을 느끼면서도, 혹시 그 웃음이 자조로 이어지고, 곧 이것이 자학으로 이어지지는 않을까 걱정이 되기도 하였다. 아버지와 나는 시간 대부분을 서로 농담하고 일상생활을 하는 것으로 보냈는데, 혹시 아버지가 지금의 상태에 체념한 것은 아닌가 하여 걱정되었던 것이다.

아닌 게 아니라 아버지는 통증을 이유로 운동하시는 것을 꺼리셨다. 그리고 그렇게 시간이 점점 흐르자 병원에서 지정해준 운동 시간을 제외하면 침대에 누워서 휴대폰을 하거나 TV를 보는 시간이 점점 늘어나기 시작했다. 여기서 나는 무언가 나의 계획이나 상상에서 거리가 멀어지기 시작한 것 같다는 생각이 들었다. 아버지의 수술실 앞의 얼굴들을 보며 느낀 희망의 불씨가 예전 같지 않다는 느낌이 들었기 때문이다. 사실 우리 집의 모두가 나와 똑같은 감정을 느끼고 있었는데, 우리 집은 아버지께서 스스로 당신의 위기를 극복하기 위해 밤낮없이 투쟁하리라는 것을 당연하게 생각하고 있었다. 내가 사람들에게서 들어오고, 나 스스로 지켜본 아버지의 삶은 불합리한 일을 해결할 가능성이 아무리 적다고 하더라도 본인이 할 수 있는 일을 함으로써 목표를 이룰 수 있다는 낙관주의적인 열정으로 가득했기 때문이다. 그랬기 때문에 '퉤퉤퉤 사건'이나 '전봉준 사건', 혹은 운동을 심히 꺼리는 아버지의 모습에서 나는 때때로 섬뜩함을 느끼곤 했다. 지금 내가 바라보고 있는 아버지의 모습이 사고 이후 변화한 아버지의 모습인지, 아니면 내가 모르던 아버지의 원래 모습인지 구분할 수 없었기 때문이다.

　모든 인간이 명확한 인과관계를 포착할 수 없는 사건 앞에서 경외를 느끼거나 두려움을 느끼는 것은 경험적으로도 알 수 있는 사실이다. 그리고 나는 그러한 상황에서 두려움의 감정을 더욱 강하게 느낀다. 그러한 상황 속에서 아버지의 변화한 모습은 도대체 우리 집에 왜 이러한 일이 일어났는지에 대한 질문과 함께 나를 사로잡았다. 그리고 해결할 수 없는 두 가지 문제를 동시에 안게 되면서 나는 종종 우울하다는 느낌을 받는 순간이 많아졌다. 하지만 그렇다고 해서 아버지 앞에서 울거나 힘들다는 소리를 할 수는 없어서 항상 아버지의 농담을 받아치며 시간을 보냈다. 그러다 그날 아침 마실의 끝에서 일이 터졌던 것이다. 하지만 이와 비슷한 싸움은 이전에도 몇 번씩 했기 때문에 우리 둘 다 크게 신경을 쓰지는 않았다. 다만 새로 병실에 들어오신 약간의 치매 증상이 있는 할아버지께서는 적잖게 놀라셨는지 눈이 동그랗게 변해 있었다. 늘 나보고 효자라고 말씀해 주시던 할아버지였기에 부자가 서로서로 역정을 내는 모습이 상당히 신기하게 보였지 않았을까 생각한다. 그리고 할아버지의 그 눈동자 속에서 나는 어느새 아버지에게 화를 자연스럽게 내는 나의 모습과 내가 꿈꾸었던 간병 생활을 비교하며, 이제는 어떤 모습이 진정한 나의 모습인지조차 구분할 수 없다는 무기력함을 느꼈다. 간병을 하는 시간 동안, 나는 아버지를 사랑하는 만큼 아버지가 미워지곤 했다.

이렇게 간병을 하면서, 더군다나 사랑하는 사람의 간병을 하면서 느낀 점은 간병이라는 일이 생각보다 빠르게 우리의 영혼을 잠식시킨다는 사실이다. 우리는 종종 평범한 상황에서 인지하지 못하던 사랑을 지나가고 난 후에야 알게 되었다고 말하곤 한다. 하지만 사실은 그 반대에 가깝다. 평범한 상황이야말로 우리가 가장 상대방을 사랑하고 있는 상태이다. 막상 불합리한 일이 닥치면 사랑 또한 그 상황에 적응하지 못해 방황하기 시작한다. 우선 이 사람이 내가 사랑하던 사람이 맞는지 의심하기 시작하고, 왜 나의 사랑을 이 정도밖에 받아 주지 못하냐는 생각이 들기도 하며, 어쩌면 나는 이 사람을 사랑한 적이 없었던 것일 수도 있다는 생각마저 들며 스스로가 무서워지기 때문이다. 내가 어떤 모습이 진짜 아버지의 모습인지 왜 나의 간병에도 불구하고 운동을 안 하려 하는지, 그리고 이런 식으로 아버지에게 무언가를 요구하기만 하는 내가 진정으로 아버지를 사랑하고 있는지와 같은 문제를 고민하며 스스로를 질타하기도 한 것처럼 말이다. 그러니까 나는 그러한 순간과 마주할 때마다 나의 태일이의 마음속에 있는 우물 하나와 마주했다. 아무리 그 우물 안을 들여다보려고 해도, 그리고 그렇게 바라봄으로써 태일이의 시간과 삶에 대해 더 이해하고 싶어도 도무지 밑에 무엇이 있는지 알 수 없는 우물이 언제나 하나 있었던 것이다. 그리고 부지불식간에, 나는 나의 마음속에도 나조차 바라볼 수 없는 우물이 있다는 사실을 알게 되었다. 그 안을 들여다봐야만 진정으로 내가 어떤 모습인지 알 수 있을 것 같은데 도무지 그 안이 보이지 않는 것이었다. 물론 시간이 지날수록 그 우물의 존재를 느끼는 순간은 줄어들었다. 하지만 그렇다고 해서 그 우물이 사라진 것은 결코 아니었다. 친구들을 다시 만나기 시작하고, 혼자서 우는 순간도 조금씩 줄어들었지만, 그렇다고 해서 친구들과 만나는 도중에 갑자기 우울해지는 순간과 혼자서 우는 순간이 완전히 사라진 것이 아닌 것처럼 말이다.

그러던 어느 날, 전태일기념관이 신축되었다는 소식을 듣고 나는 병문안을 마친 후 학교로 돌아가는 중간에 그곳을 방문해 보았다. 기념관 내부는 단조로우면서도 묵직했다. 의외였던 것은 태일이가 직접 기획했다는 사업과 관련된 내용이었고, 언제나 가슴을 아프게 하는 것은 나의 기숙사 방보다도 좁은 태일이의 작업장이었다. 그렇게 기념관 안을 천천히 둘러보다가, 나는 『전태일평전』에서 읽었던 '풀빵 길'을 직접 지도로 표시한 안내문을 읽었다. 시다들에게 풀빵을 사 주고, 돈이 없어 평화시장에서 도봉산까지 약 15km 정도 되는 거리를 태일이가 종종 걸어가곤 했다는 사실이 그 순간에 매우 묘하게 다가왔다. 태일이는 그 길을 걸어가며 무슨 생각을 했을까. 중학교 시절 처음 『전태일평전』을 읽었을 때는 정의감과 분노로 가득 찬 태일이가 씩씩거리며 길을 냅다 달리고 있는 모습을 그렸었다. 그런데 지금 와서 태일이가 걸었던 길을 직접 지도로 보니, 우선 뛰어서 갈 거리는 결코 아니라는 사실을 알 수 있었다. 또한 자주 걸어 본 사람으로서, 걸으면서 화나는 일에 대해 생각하는 것만큼 재미없는 일도 없다는 것을 알기 때문에 도대체 태일이는 무슨 생각을 하며 이 길을 걸었던 것인지 감이 잡히지 않았다. 그래서 나는 무슨 생각을 하며 지금까지 걸어왔던가에 대해 다시금 생각해 보았으나, 나와 태일이가 같은 생각을 했을 것이라고는 장담할 수 없었기에 더욱 혼란스러워지기만 했다. 그러다 문득, 어쩌면 여기까지가 나의 역할일지도 모른다는 생각이 들었다. 난 태일이가 15km의 길을 걸으며 무슨 생각을 하였고, 무슨 감정을 느꼈는지 알지 못한다. 내가 할 수 있는 최선은 내가 태일이에 대해 알고 있는 사실과 내가 지금 느끼고 있는 감정을 조합하여 태일이를 상상해 보는 것뿐이다. 그리고 나는 나의 태일이, 아버지와의 간병 생활을 통해 때로는 사랑이라는 이름 아래에서 일어나는 상상이 얼마나 나의 영혼을 잠식시켰는지도 알고 있었다. 우물은 그 밑이 보이지 않기 때문에 우물인 것처럼, 각자의 삶에는 타인의 접근을 허용하지 않는 자신만의 공간이 하나쯤은 있기 마련이다.

　내가 그토록 힘들어하고, 나 자신을 원망했던 이유는 그 사실을 몰랐었기 때문일 것이다. 나는 내가 사랑한다는 이유 아래 나의 아버지의 우물과 나 자신의 우물을 비롯하여 타인의 우물을 들여다볼 권리가 당연히 나에게 있다고 생각했다. 하지만 사실은, 나는 평화시장 태일이의 우물을 볼 권리를 얻기에는 너무나 그에 대해 몰랐고, 마찬가지로 우리 집 태일이의 우물을 볼 권리를 얻기에는 아버지에 대해 너무나 몰랐다. 내가 원하는 태일이의 모습을 위해 태일이가 도봉산까지 뛰어가도록 강제할 수도 없는 노릇이고, 내가 원하는 아버지의 모습을 위해 지금 가장 힘든 순간을 겪고 있을 아버지에게 운동 자세에 관해 조잘조잘 이야기할 수도 없는 노릇이다. 그렇게 전태일기념관을 나오며 나는 언제인지는 모르지만, 눈이 펑펑 내리는 날의 청계천 거리를 걷고 있는 나의 모습을 본 것도 같았다.

사람 없는 청계천 거리를 따라 나는 멀리 보이는 사내를 향해 걸어가지만, 앞에 가는 사람의 얼굴은커녕 옷의 색깔도 구분할 수 없을 정도로 눈은 펑펑 내린다. 일순간 휘몰아친 눈보라에 눈을 잠시 감았다 떠 보면, 그사이에 나와 사내 사이에서 걸어가는 또 다른 사내가 나타나 뚜벅뚜벅 걷는다. 그렇게 두 사내의 발자국을 따라가면서, 나는 그들을 소리쳐 부르고 싶기도 할 것이고, 내가 먼저 달려가 그들을 부둥켜안고 싶을지도 모르는 일이다. 하지만 그때의 나는, 우리들 사이의 거리의 의미에 대해 생각할 여유가 있을 것이고, 걸어도 걸어도 닿을 수 없는 거리로부터만 그들과 진정으로 마주 볼 수 있음에 웃음 지을 것이다. 그리고 나는 그들의 발자국에 겹쳐진 나의 발자국을 바라보며, 문득 나의 뒤를 걸어오고 있을 또 다른 누군가를 상상해 볼 것이다. 그리고 언젠가 우리는, 모두 태일이들의 발자국을 따라왔음을 깨닫고는 각자의 자리에서 서로를 생각할 것이다.

그리고 여기까지 생각이 미치면, 나는 나의 어머니에 대해 언급을 하지 않고 넘어갈 수 없다. 여기까지 나의 글을 읽은 사람이라면 모두 유추할 수 있겠지만, 나는 천성부터가 게으르고 잡생각이 많으며 대학에서는 철학을 전공하고 있고, 오후 한가한 시간에 책 읽는 것을 낙으로 사는 사람인지라, 이렇게 많고 다양한 생각을 하고도 결국 잠자기 전에 한껏 우는 것으로 하루를 마무리하는 경우가 많다. 이런 내 처지와는 달리 가족을 부양해야 하고, 아버지와 관련된 실질적인 사무를 해야 하고, 가정을 관리해야 하는 어머니가 겪어야 했을 고통과 슬픔은 내가 상상도 할 수 없는 어머니만의 우물로 남아 있을 것이다. 다만 나는 여기서 모성애나 현모양처 프레임 안으로 어머니를 가두고 싶지는 않다. 오히려 나는 어머니의 변화한 삶 속에서 참된 어른의 모습을 보았기 때문이다. 어머니는 참 잘 잔다. 주무시는 것도 아니고, 자시는 것도 아니고, 참 잘 잔다. 집에 오면 현관문 다시 돌아볼 여유도 없이 참 잘 자는데, 어머니와 이야기를 나누다 보면 정말이지 잘 때만큼은 아무 생각 없이 잔다는 것을 알 수 있다. 누군가는 어머니의 고된 하루를 생각할 것이고, 누군가는 너무 생각이 없는 것 아니냐고 말하겠지만, 나는 어머니가 아버지와 살아온 세월을 통해 무의식적으로 우물 간의 거리를 알고 있기 때문에 그렇다고 생각한다. 자신과 타인과의 거리를 정확히 알게 된 사람은 쓸모없는 감정소비를 줄일 수 있고, 그렇게 아낀 감정을 내일 다시 한번 그 사람에게 쏟을 수 있다. 내가 언젠가 정신을 차려서 어른이 된다면 어머니와 같은 어른, 잠을 잘 자는 어른이 되고 싶다. 아버지는 짜증이 너무 많아서 가끔 재수 없을 때도 있으니까.

아버지는 지금 사고 당일보다 훨씬 호전된 상태로 재활운동을 계속하고 계신다. 종종 간식으로 사 온 빵을 앞에 두고 입맛을 다시는 모습이 어이가 없기도 하고, 머리를 다치신 분이 우리 가족이 가입된 자동차보험 회사 이름을 어떻게 기억하는지 놀랍기도 하지만 말이다. 그렇게 나는 아직 아버지와 나 사이의 거리를 찾아가고 있다. 서로 상처를 줄 만큼 가깝지 않으며, 서로 소원해질 만큼 멀지 않은 거리를 찾아가는 것. 그것이 지금의 내가 시간을 견디는 방법이기 때문이다. 그리고 언젠가, 나와 아버지는 병원 복도에서 걷기 연습을 한 적이 있었다. 아버지는 한 손으로는 복도의 난간을 잡고, 불편한 다른 손은 나에게 맡기셨다. 그렇게 우리 둘은 아무 말도 하지 않고, 내가 걸어서 30초면 갈 거리를 10분이고 20분이고 천천히 반복해서 걸었다. 물론 종종 내가 자세를 고쳐야 한다며 말을 꺼냈지만, 곧바로 아버지의 역정을 맞고는 입을 닫았다. 아버지는 우선 발에 힘을 힘껏 줘서 몸을 고정한 후 오른 다리를 들어 앞으로 이동시키고, 다시 한번 온몸에 힘을 줘서 다리를 바닥에 확실히 고정했다는 느낌이 들면 남은 다리를 따라오게 하는 식으로 연습한다. 그러면 나도, 아버지의 왼팔을 보좌해야 하는지라 아버지의 왼발을 따라 나의 왼발이 나아가고, 아버지의 오른발이 따라오면 나의 오른발도 따라오는 식으로 걸어간다. 그렇게 한참을 걷던 나는 문득, 그때야 내가 태일이와 같은 속도로 걷고 있음을 깨달을 수 있었다.

글을 퇴고하는 마지막 순간까지도 이 글이 과연 '전태일문학상'의 취지에 맞는 글일까 고민했습니다. 전태일에 대한 이야기보다는 제 개인적인 이야기가 대부분인 글이었기 때문입니다. 수상을 알리는 전화를 받은 후에도 기쁨보다는 당황했던 이유도 아마 이 때문일 겁니다.

아버지께 당선 소식을 알리고 가만히 앉아, 전태일이라는 사람에 대해서 생각을 해 보았습니다.

나에게 전태일은 도대체 누구였을까. 초등학교 시설 '사람이 스스로 몸에 불을 붙였다'는 충격에 며칠 동안 울적했던 순간부터 고등학교 시절 전태일의 '대학생 친구'가 되겠다는 생각으로 수험기간을 버티었던 순간까지. 저에게 전태일은 항상 인생의 순간순간에서 살아갈 힘을 주었던 존재였습니다.

제 가슴에는 아직도 슬픔을 잠재우지 못한 일들이 있습니다. 노회찬 의원의 서거와 세상에서 가장 큰 사람이었던 아버지가 갑자기 쓰러지신 일들을 겪으면서 힘든 시간을 지내고 있었습니다. 그러다가 전태일기념관 '태일이의 일기장'을 읽어 보면서 전태일에게서 절망을 보았습니다. 항상 투사로서의 전태일의 모습만을 알던 저에게 그 글귀들은 다소 충격적이었고, 그때부터 '인간이 다른 인간을 이해한다는 것'에 대해서 생각해 보기 시작했습니다. 그리고 이러한 고민을 가지고 '풀빵길'을 걸었을 전태일의 모습을 떠올리며 글을 쓰기 시작했습니다.

결국은 걸어가는 것, 누구에게도 이해받지 못할 무게를 짊어지고 걸어가는 것. 온갖 것에도 멈추지 않고 걸어가는 전태일이 아직도 많은 사람에게 기억되는 이유는 아마 이 때문이 아닐까 싶습니다.

제 글을 읽는다고 해서 각자의 삶의 문제가 해결되지는 않을 겁니다. 다만 각자 삶의 순간 속에서 언젠가 우리와 같은 위치에서 걸었던 전태일을 떠올릴 수 있다면, 그것으로 저는 행복할 거 같습니다.

끝으로 긴 여정의 길을 함께 걸어가는 우리 가족에게 사랑을 전하며, 저의 소감 글을 마무리하고자 합니다. 감사합니다.

김여정

•

다크 투어
— 아시아 민간인학살 현장 리포트:
한국, 인도네시아 발리, 타이완, 말레이시아 바탕칼리

* 본 원고는 단행본 발간을 위해 줄거리와 타이완 편만 전태일문학상 수상작품집에 싣습니다.
  양해 바랍니다.

김여정

- 1974년 전라남도 영암 출생
- NGO 활동가
- 2020년 4·3문학상 논픽션 수상

〈줄거리〉

내 어린 시절, 우리 마을의 제삿날은 모두 같은 날이었다. 그 날만큼은 맛난 음식을 먹을 수 있었던 우리는 제사의 의미를 몰랐다. 그저 마을 사람들이 곗돈으로 관광버스를 빌려 춤추며 놀러 가듯이, 할아버지들도 한날한시에 저승으로 여행 갔다고 생각했다. 성장해서도 우리는 할아버지가 왜 빨갱이라고 불리는지, 어떻게 죽었는지를 묻지 못했다. 비단 한국전쟁뿐만 아니라 아시아의 수많은 친구도 나와 같이 독재정권이나 식민지 배하에서 공산당으로 몰려 죽임을 당한 가족이 있었다. 영국에서의 학창 시절 나는 그들이 어렴풋하게 부모로부터 들은 할아버지에 대한 이야기를 바탕으로 여행계획을 세우고 자료를 조사했다. 우리나라뿐만 아니라 다른 나라에서도 이웃이 이웃을 빨갱이로 몰아 죽이고 이념이나 사상과 상관없는 수많은 어린 아이가 죽임을 당했다. 그저 알려지지 않았을 뿐이었다. 학살의 유형도 크게 다르지 않았다. 총에 맞아 죽은 이들은 그나마 다행이었다. 총알이 아깝다는 이유로 죽창과 칼에 찔려 죽임을 당한 사람도 많았다. 학살은 나치 독일에 의해 아우슈비츠 수용소의 독가스실에서 학살당한 사람들이 오히려 나을 정도로 잔인했다.

할머니는 임종 직전까지 오빠를 애타게 찾았다. 나는 할머니가 그토록 그리워했던 오빠의 흔적을 찾아보기로 했다. 할머니의 애절했던 바람이 내게는 유언이 된 셈이다. 목포형무소에 수감되었던 할머니의 오빠는 한국전쟁 직후 실종됐다. 그는 1950년 7월, 경찰에 의해 목포 앞바다에서 수장 학살되었다. 이 사실을 알 게 된 것은 학살지를 찾는 다크 투어를 하면서였다. 이 여정에서 나는 토벌대에 가족을 잃은 또 다른 이들을 만날 수 있었다. 한국전쟁 당시 영암과 장흥 등지에서 거주했던 사람들이다. 그들 역시 할머니처럼 일평생 응어리진 가슴을 숨기며 살고 있었다.

다크 투어를 하면서 우리나라 곳곳에서도 집단 학살이 자행된 것을 알게 되었다. 전 국토가 무덤이라는 표현처럼 전국 곳곳에서 한국전쟁을 전후해 수많은 사람이 학살됐다. 해방 이후에서 한국전쟁 이전에는 약 10만 명에 달하는 사람들이 빨갱이가 되어 목숨을 잃었다. 한국전쟁이 일어나면서 수십만의 국민보도연맹원과 형무소 재소자들이 군인과 경찰에 의해 전국의 산과 바다에서 학살됐다. 인천상륙작전 이후 서울이 수복되면서 각 지역에서는 부역자 학살이 자행됐다. 국군과 UN군이 북쪽을 향해 전진할 때는 인민군 잔류병과 빨치산을 토벌하는 11사단을 위시한 군인들이 지역 주민을 무참하게 학살했다. 한국전쟁기에는 미군에 의한 학살과 인민군 측에 의한 학살도 자행됐다.

반인륜적인 학살 사건을 은폐한 것은 비단 우리나라뿐만 아니라 아시아의 다른 국가도 마찬가지였다. 인도 발리섬의 검은 모래 해변에서는 공산당으로 몰린 많은 주민이 학살되었다. 학살의 흔적이 지워진 그곳에는 신혼여행객들이 몰리는 세계적인 리조트 단지가 들어섰다. 타이완 민주화와 독립을 외치던 지식인들이 고문받고 사형을 선고받았던 군사법원은 특급호텔로 탈바꿈했다. 한국의 김포시 양촌읍 한 학살지에는 러브모텔이 들어섰다. 이곳에는 억울하게 학살된 사람들을 기리는 작은 표지판조차 새겨 놓지 않았다.

나는 2016년 봄부터 100여 군데가 넘는 아시아의 학살지를 찾았고 유족을 만났다. 그들 중에는 여전히 학살당한 가족에 대해 말하지 못하고 두려움에 떠는 유족이 있었다. 몇십 년 만에 한이 서린 이야기를 토해 내듯 말하며 눈물 흘리던 유족이 지금도 눈에 선하다. 내가 할 수 있는 일은 가슴속에 묻어 둔 그들의 이야기를 들어주고 기록하는 작업뿐이었다. 그리고 그동안 내가 학살지 여행에서 보고 듣고 체험한 내용을 다른 이들과 공유하는 것이었다. 제주도나 발리로 신혼여행을 가거나, 타이완이나 말레이시아로 이국적인 음식을 먹기 위해서 여행 가는 사람들이 결코 알 수 없는 이야기를 알리고 싶었다.

나는 학살지에서 목격한 일에 대해 사람들에게 알리려고 여러 번 노력했다. 학살자들이 어떻게 사람들을 죽였는지, 시신이 어떻게 버려졌는지 그리고 살아남은 가족들은 어떤 삶을 살아왔는지에 대해 이야기했다. 하지만 대부분의 사람들은 내 이야기를 애써 외면했다. '옛날 일을 무엇 하러 들추어내나'라는 반응이 되돌아왔다. 대개의 사람은 밝고 행복한 일만 기억하려고 한다. 고통받고 괴로운 일은 기억에서 지우고 싶어 한다. 학살, 고문, 전쟁 이야기는 읽는 사람들에게도 고통스러울 것이다. 나 역시 그들과 다르지 않다. 그러나 내가 다크 투어를 하는 이유는 반인륜적인 학살 사건을 고발하고 기록해 놓기 위해서다. 기록되어야만 잊히지 않고 반복되지 않는다.

이 글은 학살의 광기에 대해 기술한 것이 아니라 사랑하는 가족을 잃고 평생토록 가슴에 한을 지니고 살아가는 사람들에 대한 기록이다. 이 글에서는 등장하는 사람들의 생생한 목소리를 담는다. 그들의 목소리는 학살의 실체를 증언하고 부정할 수 없는 역사를 기록할 것이다. 어떤 이에게는 불편한 진실이 될 수도 있겠다. 하지만 진실 규명만이 진정한 화해로 이어질 수 있다는 점도 밝혀 둔다.

이제는 내 손을 잡고 눈물 흘렸던 많은 유족이 세상을 떠났다. 그들이 내게 전해 준 가족의 이야기는 대개 구술되지도 않았고 기록되지도 않았다. 그 또한 내게는 유언처럼 여겨졌다.

나는 유족 어르신들이 세상을 떠나기 전에 그들과 함께 산과 바다, 여기저기에 남겨진 학살 현장을 방문하고 이야기를 들었다. 그리고 학살이 언제, 어디서, 어떻게, 왜 일어났는지를 기록하는 작업을 서둘렀다. 내가 이 같은 기록을 남기는 까닭은 큰 목적이 있어서가 아니다. 단지 이념과 사상이 다르다는 그 한 가지 이유로 사람이 사람을 잔인하게 학살하는 일이 다시는 반복되지 않기를 바랄 뿐이다. 이 글은 나 홀로 여행기가 아니라 학살 피해자들과 함께 걸어간 특별한 여행기이다.

메이리다오, 임을 위한 행진곡

타이완 — 타이베이: 1947. 2. 28, 사건

청핀서점誠品書店

벽시계 초침처럼 일정한 간격으로 책장 넘기는 소리가 들려왔다. 나는 후드티를 뒤집어쓰고 책상에 엎드려 잠에 빠졌다가 몽롱하게 깬 상태였다. 바짝 마른 장작 냄새가 실내에 가득했다. 눈꺼풀을 간신히 들어 올렸다. 실크 조명 등 아래에 놓인 나무 테이블에서는 제법 많은 사람이 책을 읽고 있었다. 모두 책에 집중하며 일정한 간격을 두고 책장 넘기기를 반복했다. 책장에 기대거나 바닥에 앉아 책을 읽는 사람도 있었다. 새벽 3시가 넘은 시각이었다. 나는 기지개를 켜고 책상에 펼쳐진 '일라 포모사(Illa formosa: 아름다운 섬)'라는 타이완 사진집을 살펴보았다. 동양화 같은 풍경 아래 사원에서 기도 올리는 토착 원

주민과 101타워 앞에서 태극권을 수련하는 사람들의 모습이 아름답게 담겼다. 이처럼 타이베이는 현대와 과거가 조화되어 독특한 아름다움을 뽐냈다.

타이베이에는 '청핀서점'이 있다. 낮에는 빌딩 숲속에 숨어 있다가 밤이 되면 빛나는 야명주로 변한다고 하는 이름난 곳이다. 24시간 반짝이며 문을 여는 서점에는 나처럼 기거할 장소가 아쉬워 잠시 쉬는 사람도 있었다. 호텔처럼 고급스러운 실내장식을 돌아보고 원목 서가에 가지런히 정리된 책을 구경하다가 타이완을 소개하는 코너에서 걸음을 멈췄다. 화려한 사진집 사이로 흑백 사진집이 눈에 띄었다. 매캐한 최루탄 안개 속에서 진압군과 대치하는 시위대의 모습이 흑백사진으로 표지에 박힌 사진집을 서가에서 꺼냈다. 사진집에는 거리에 백합을 놓고 묵념을 올리는 사람들, 최루탄이 난무하는 거리에서 시위하는 군중, 살수차를 동원하여 시위대에 물을 뿌리고 곤봉으로 폭행하는 진압군의 모습 등이 사진으로 담겼다. 책 뒷면에는 중국어와 영어로 '228 기념사업회'라고 인쇄되었다.[1] 눈물과 고통으로 얼룩진 타이완 현대사를 기록한 사진집이었다. 백

---

1 1947년 2월 28일 사건은 타이완 역사상 매우 중요한 사건이다. 정부 전매품인 담배 판매를 단속하는 과정에서 시작된 이 사건은 한 학생이 총에 맞아 사망하면서 타이완 전 지역으로 시위가 확대됐다. 시민들은 정부와의 분쟁을 협의하고 조정하며 정치개혁 청원을 했지만, 국민당 정부는 중국 본토에서 진압군을 보내 타이완 전역에서 3만 명이 넘는 시민을 진압하고 학살했다. 이후 국민당 정부는 40년 넘게 비상계엄령을 공표하고 시민들을 공포와 두려움에 떨게 했다. 1980년대 중반 이후, 타이완에 민주화운동이 확산되자 '228'의 역사적 진실을 찾기 위한 운동이 활발하게 진행되었다.

합을 거리에 놓고 희생자를 위해 묵념하는 사진 아래에는 1980년 전남도청에서 목숨을 잃은 한 희생자의 마지막 말이 새겨져 있었다.[2]

'오늘 우리의 죽음이 곧 살아 있는 역사로 기록될 것입니다.'

매캐한 최루탄 연기 속에서 백합을 손에 들고 '228'이라고 써진 깃발 아래 행진하는 사람들이 담긴 사진집은 최루탄 연기로 하늘이 보이지 않았던 오월 광주의 모습과 너무나 닮아 있었다. 오월의 광주가 타이베이에서 생생하게 살아 있는 듯했다. 광주의 거리에서 맡았던 매캐한 최루탄의 기억이 되살아나서 눈물과 코끝을 맵게 했다. 나는 오월이 되면 최루탄으로 범벅이 된 거리에서 백골단과 시위대의 공방전을 피하며 학교에 다녔다. 진압부대가 학교 운동장에 들어와서 최루탄을 발포하면 교실 창문을 재빠르게 닫고 두꺼운 커튼으로 창문을 가리고서 매운 최루탄 가스에 코를 막고 수업을 받았다. 그 어두웠던 시절에 대한 기억이 타이완의 서점에서 되살아났다. 순간 백합꽃이 인쇄된 흑백 사진집 위로 눈물이 떨어졌다.

핸드폰이 울렸다. 서울행 항공 재개를 알리는 문자였다. 나는

---

2 National 228 Memorial Museum, 『From Darkness into Light』, Taipei, 2016.

어제 방콕발 타이베이를 경유하는 서울행 항공기에 탑승했었
다. 그러나 한반도를 덮쳐 온 눈 폭풍으로 비행기가 결항되었
다. 그 김에 나는 잠시 공항을 벗어나 시내를 돌아보기로 했다.
야시장에서 버블티도 마시고 밤새워 책을 읽고 고풍스러운 찻
집에서 차도 마셨다. 타이베이에서의 짧은 여행을 끝내고 이제
는 집으로 돌아갈 시간이 되었다. 일란성 쌍둥이처럼 오월 광
주와 닮은 타이완의 어두운 시절에 대해서 더 알고 싶어졌다.
나는 책을 덮고 항공사에 전화를 걸었다.

"사흘 뒤에 출발하는 항공편으로 예약 변경 부탁드려요."

예약을 변경한 뒤 차를 더 주문했다. 모든 일은 필요한 때 일
어나도록 되어 있다고 한다. 내가 우연히 공항을 벗어나 서점
에서 오월 광주를 떠올린 것은 광주와 비슷한 고통을 겪었던
타이베이 시민들의 이야기를 듣고 가라는 일종의 계시 같았다.
운명의 여신은 우연을 가장하여 나를 타이베이에 데려다 놓았
다. 나는 운명의 여신이 내민 숙제에 응답하여 굽이굽이 이어
지는 골목길을 따라 타이베이에서 일어난 어두운 과거를 찾기
위해 걸었다.

228 평화기념공원二二八平和紀念公園

따뜻한 타이완 기후의 영향을 받은 나무들은 우람했다. 그
나무들을 따라 이어진 공원을 걸었다. 양치식물이 우거진 공원

한쪽에서는 흰옷을 입은 사람들이 물이 흐르는 듯이, 학이 춤추는 듯이 태극권을 수련했다. 도시 소음은 잠시 묵음이 되고 동작이 이어질 때마다 침묵이 공간을 갈랐다. 땅 위에서 올라오는 백합 봉오리 사이로 '228 국가기념관'이라고 새겨진 석판이 세워졌다. 1947년 2월 28일, 타이베이 라디오 방송국을 점령한 시민들은 국민당 군대가 방송국에 쳐들어올 때까지 정의를 위해 싸워 달라는 방송을 내보냈다. 시위는 라디오 방송의 전파를 타고 알려지며 전국으로 확대됐다. 3월 1일부터 타이완 전역으로 봉기가 확대되면서 타이완의회 의원들과 지식인들은 '228 사건 처리위원회'를 만들어 타이완 행정장관인 천이(陳儀) 장군과 수습책을 협상했다. 천이 장군은 타이완자치법 제정, 본성인 등용 등의 '처리대강(處理大綱)'을 받아들이는 척하면서 본토에 지원군을 요청했다. 3월 10일, 장제스(蔣介石)가 보낸 진압군은 타이베이 북쪽에 위치한 지룽항(基隆港)에 상륙했다. 무차별 학살이 자행했다. 진압군의 총탄으로 벌집이 된 라디오 방송국은 228 국가기념관이 되어 당시의 처참한 상황을 알리고 있다.

서울은 눈 폭풍우가 덮치는 한겨울이었지만 타이베이에는 봄비가 내렸다. 공원 한가운데서 하소연이라도 하듯이 하늘을 향해 솟은 228 기념탑 위에 비가 내렸다. 1947년 2월 마지막 날에 시민들이 모여 밤을 새워 토론했던 연못 주위에도 비가 내렸다. 독재정권 시절, '228'은 타이완에서 금기시된 주제였다. 정치권력은 '228'을 불손한 세력의 정치 행동이라며 사건을 은폐했다. 그러나 2월이 되면 땅속 깊은 곳에서 솟구치는 백합 봉오리처럼 진실을 요구하는 사람들이 전국에서 228 평화공원으로 모여들었다.

나는 라디오 방송국 계단에 앉았다. 눈을 감고 그날 새벽 내가 들었던 그 목소리를 생각했다.

"광주 시민 여러분, 계엄군이 오고 있으니 도청으로 와 주십시오."

동이 틀 무렵, 창밖에서 확성기를 통해 울먹이는 다급한 목소리가 흘러들어 왔다. 나는 빨간 밍크 담요 속에서 기어 나와 창가로 다가갔다.

"아가, 아가, 이리 와. 이불 속에 숨어 있어."

할머니는 두꺼운 솜이불로 막은 창문에서 나를 끌어내었다. 할머니는 내 작은 몸 위로 담요를 덮었다. 내 주위에서 이상한 일이 일어나고 있었다. 텔레비전은 흑백으로 지지직거리는 소리만 냈고, 학교도 문을 닫았다. 창문도 솜이불로 틀어막아 답답한 방 안에 갇혀 있었다. 창밖에서는 탕탕거리는 총소리와 비명 소리가 들렸다. 시간이 흐른 후, 할머니는 창에서 솜이불을 떼어 냈다. 텔레비전에서도 만화영화를 다시 볼 수 있었다. 하지만 매년 오월이 되면 그 새벽에 들었던 앳된 소녀의 애달픈 목소리가 생생하게 들려왔다.

공원 스피커에서 '메이리다오(美麗島)'가 흘러나왔다. 메이리다오는 타이완 민주화와 독립을 상징하는 노래였다. 이 노래는 독재정권하에서 금지곡으로 지정됐다. 타이완이 민주화된 이후에야 대통령 취임식장에서 울려 퍼졌고, 사람들이 '메이리다오'를 길거리에서 크게 불러도 오아시스 빌라에 끌려가지 않는 세상이 되었다.

"우리의 요람 메이리다오는 어머니의 따뜻한 품 안……."

나는 노래를 흥얼거리면서 1947년 2월 28일, 타이베이 시민들이 정의를 요구하고 1987년에도 최루탄 속에서 민주화를 요구한 '카이다거란' 대로를 걸었다.

원산대반점圓山大飯店과 쉐라톤호텔台北喜來登大飯店

타이베이 검담산 위에는 고대 황궁처럼 황금색과 붉은 불빛을 내뿜는 원산대반점이라는 호텔이 있다. 원산대반점은 시민들이 감히 쳐다볼 수도 없는 국가원수나 대통령이 머무는 곳이었다. 호텔 가장 높은 곳에는 총통의 방이 있었다. 호텔에는 위급 시 대피할 수 있는 비밀통로가 있었다고 한다. 비밀통로는 총통관저가 있는 스린관저(士林官邸)까지 이어졌다. 민주화 이후, 권위주의 시절 무시무시한 권력의 상징이기도 했던 원산대반점의 문도 활짝 열렸다. 호텔에는 장제스와 쑹메이링(宋美齡) 부부 자취가 남았다. 부인 쑹메이링은 남편이 세상을 떠나고 아들 장징궈(蔣經國)가 뒤를 이어 총통이 되었을 때에도 영부인 자격으로 정계에 영향력을 행사했다. 매일 오후면 호텔 영빈관에 나와 업무 보고를 받고 지시를 내렸다. 나는 그녀가 아끼던 화려한 식기를 구경하다가 1만 마리의 황금용이 무서운 표정으로 혓바닥을 내밀고 있는 천장을 올려다봤다. 국민을 실질적으로 통치한 쑹메이링은 황후처럼 검은 비단에 금빛 자수로 수놓인 치파오를 입고, 옥 귀걸이를 한 채 웅장한 계단을 미끄러지듯이 걸어 내려가 귀빈을 맞았다.

"우리 동네 원산대반점은 누구나 갈 수 있는 곳인데……."

나는 실없이 웃으며 서울 아파트 단지 입구에 있는 원산대반점을 떠올렸다. 승강기 거울에 인쇄된 전화번호로 주문만 하면 빨간 글씨로 '원산대반점'이라고 새겨진 철가방을 든 배달원이 쏜살같이 자장면을 담아 왔다.

중국 현대사에서 타이완 시민들만큼 고통받은 사람들은 없다고 한다. 타이완은 일찍이 청나라에 의해 일본으로 할양되었지만 시민들은 일본과의 합방을 격렬히 저항하며 반대했다. 일본은 군대를 동원하여 독립운동을 잔인하게 진압하고 황민화 정책으로 민족의 정신까지 없애려고 했다. 해방 이후에 타이완은 다시 독립을 꿈꿨지만 국민당이 새로운 주인이 되었다. 타이완 시민들은 부패하고 탐욕스러운 국민당 정부의 폭정을 항의했다. 장제스는 국민당 군대를 보내 잔인하게 이들을 진압하고 40여 년 넘게 공포정치를 펼쳤다. 타이베이 시민들은 장제스가 죽고 수십 년이 흘렀어도 검담산 위에 서 있는 원산대반점을 볼 때마다 무시무시했던 공포정치를 떠올린다. 나는 호텔 아래로 흐르는 지룽강(基隆河)에 비친 핏빛 원산대반점의 불빛을 바라보았다. 중국 본토의 장제스 군대가 타이완 시민들을 진압하기 위해 군대를 상륙시켰던 지룽항은 어둠 속에서 고요히 흘렀다.

달빛이 고즈넉한 타이베이 시내를 비췄다. 낮은 건물 사이로 사람들이 소곤소곤 이야기 나누는 소리가 들리는 것 같았다. 나는 호텔로 가기 위해서 택시를 탔다.

"쉐라톤호텔에 데려다 주세요."

나는 타이완 국회 앞에 있는 호텔 이름을 말했다. 택시는 식물원에 온 것처럼 우거진 가로수가 늘어선 총통부 동쪽 대로를 달렸다.

"호텔이 있던 자리는 '타이완성보안사령부군법처(台灣省保安司令部軍法處)'라는 군사법원이 있었어요."

택시 운전사는 신호등 불이 바뀌자 횡단보도 앞에서 차를 세우며 말했다. 그의 아버지는 고등학교 선생이었다. 호텔이 있던 군사법원에서 형을 선고받은 아버지는 타이완 남쪽 바다 섬에 있는 오아시스 빌라라는 정치범 수용소에 갇혔다. 택시 운전사는 신호가 바뀌자 가속페달을 빠르게 밟았다.

"무슨 혐의로요?"

나는 불 꺼진 타이베이를 비추는 대나무 여덟 마디를 형상화한 101타워의 반짝이는 불빛을 바라보며 물었다.

"국민당 반대 성명서에 서명했다는 이유였어요. 할아버지는 군사법정에서 형을 선고받았던 동료 수감자를 만날 때마다 '쉐라톤'호텔 친구들이라고 했어요."

그는 한숨을 내쉬었다. 그는 외교관을 희망하며 열심히 공부했지만 연좌제로 인해 꿈을 포기하고 야시장에서 닭튀김을 팔다가 나이 들어서는 택시 운전을 시작했다. 택시는 명나라 양식으로 설계된 하얀 아치와 푸른색 기와를 우아하게 얹은 '중정기념당(中正紀念堂)' 앞에서 신호를 받고 멈추었다.

1949년 대륙에서 공산당에게 패한 장제스는 타이완을 마지막 근거지로 삼아서 본토 수복의 꿈을 키웠다. 국민당은 1987년까지 40여 년 가까운 장기 계엄령을 선포하고 내전에 반대하며 평화통일을 요구하는 타이완 시민들을 탄압했다. 장제스가 이끄는 국민당이 타이완 시민들에게 백색테러를 가하는 동안 14만 명이나 되는 타이완의 지식인들은 '중국 스파이'나 '선동가'라는 이유로 구금됐고 4천여 명의 사람들이 처형되었다. 타이완의회 앞에 위치한 '타이완성보안사령부군법처'는 타이완의회의 입법의원이나 사회 지도층을 공산당으로 몰아서 형을 선고한 곳이었다.[3] 지금은 군사법원 자리에 특급호텔을 세워

3 『Diplomat』, 2014년 3월 8일, "Remembering Taiwan's White Terror", https://

그때의 암울한 시절에 대한 기억을 지웠다.

"장제스도 천당 갔을까요?"

나는 왕희지 필체로 썼다는 중정기념당 출입문에 걸린 '자유광장(自由廣場)'이라는 편액을 읽었다. 타이완 전역에 장제스 동상이 4만 3천 개나 서 있지만 독재자도 죽음을 피하지 못했다. 국민을 적으로 돌렸던 그도 신이 아닌 인간이었다.

"아뇨, 유령이 되어서 여전히 타이완 시민들을 괴롭히고 있을 것 같아요."

택시 운전사는 백미러를 통해 푸른색으로 반짝이는 중정기념당을 살펴보며 말했다. 신호가 바뀌면서 택시는 천천히 자유광장을 벗어났다. 중정기념당은 서서히 어둠 속에서 자취를 감췄다.

스린관저士林官邸

구름 모자를 쓴 '양명산' 산자락에서 따뜻한 바람이 불어왔다. 양명산에 올라 산자락에 깊이 숨은 스린관저 숲을 걸었다. 이곳은 타이완 사람들을 공포에 떨게 했던 장제스가 살던 곳이다. 장제스라는 이름을 부르거나 정권을 비판한 사람들은 모조리 '반란죄'라는 명목으로 소리 소문 없이 체포되어 재판을 받

thediplomat.com/2014/03/remembering-taiwans-white-terror/

고 오아시스 빌라로 보내졌다. '장제스'라는 이름은 타이완 사람들에게 공포 그 자체였다. 하얀 꽃눈이 내렸다. 함박눈이 내리는 것처럼 하얀 매화꽃이 펑펑 내려 초록빛 잔디 위를 덮었다. 붉은 정자 위에도, 쑹메이링이 사랑한 장미정원 위에도 꽃잎이 내려앉았다. 그는 중국 대륙에서 철수할 때 베이징 자금성의 고궁박물원에 전시하던 국보급 유물을 가득 싣고 타이완으로 옮겨 갔다. 피난민 수송을 목적으로 빌린 미군 군함에는 피난민 대신 유물이 가득 실렸다. 피난선에 탑승하지 못한 사람들은 본토에서 그대로 죽음을 맞이해야 했다.[4] 정원 한편에는 장제스 부부를 위한 예배당인 '개가당(凱歌堂)'이 버젓이 자리하고 있었다.

1953년 타이완을 국빈 방문한 이승만은 '개가당'에서 장제스 부부와 함께 기도를 올렸다. 최고의 친구이자 동반자라고 서로를 칭한 두 독재자가 함께 의자에 앉아서 어떤 기도를 올렸는지 궁금했다. 분명한 것은 사죄의 기도는 아니었을 것이다. 그들은 그럴 만한 양심을 가지지 않았다. 그들은 정의를 요구하는 시민을 공산당으로 몰아서 처형한 잔인한 독재자일 뿐이다. 어쩌면 그들은 개가당의 소박한 나무의자에 나란히 앉아 자손대대로

---

4 『동아일보』 2013년 11월 3일, '마오쩌둥에 패한 장제스, 자금성의 진귀한 보물 수십만 점을…', http://news.donga.com/Inter/more29/3/all/20131103/58644466/1#csidx08dd615ebc58fdb90ceb3db1c9872db

황제처럼 민중을 지배하게 해 달라고 기도했을지 모른다. 역사에서 장제스는 종신총통이 되어 황제에 버금가는 권위를 누렸다. 총통 자리는 그의 아들 장징궈에게 세습되었다. 그는 지병으로 세상을 떠나는 1988년까지 총통 자리를 지켰다. 장제스의 절친한 친구 이승만도 종신대통령이 되기 위해서 3·15부정선거를 저지르다가 4·19혁명에 의해 대통령직에서 물러났고 하와이로 망명을 떠났다. 타이완의 계엄령 해제와 민주화를 강력하게 반대했던 부인 쑹메이링이 미국으로 떠난 이후 공포의 온상이었던 대원수 집은 타이베이 시민에게 개방되었다.

빗방울에 젖어 떨어진 매화 꽃잎이 산책로를 수놓았다. 나는 우산을 쓰고 거닐다가 떨어지는 매화 꽃잎을 잡기 위해 손을 내밀었다. 함박눈처럼 하얀 매화는 장제스가 가장 좋아하는 꽃이자 타이완 국화가 되었다. 정원에 하얀 매화가 활짝 피면 장개석은 매화 가지를 꺾어 부인 쑹메이링에게 보냈다고 한다. 함박눈처럼 내려 산책로에 떨어진 매화 꽃송이는 독재자의 최후를 연상케 했다.

타이베이 징메이 군형무소台灣警備總司令部軍法處看守所

노점 천막에서는 볶고, 끓이고, 튀기는 음식의 향연이 펼쳐지고 있었다. 나는 시장 후미진 곳에 앉아서 버블티를 주문했다. 두꺼운 빨대로 차가운 홍차를 마셨다. 입안에는 동글동글한

타피오카 알갱이가 남았다. 당이 몸 안으로 들어가면서 무겁게 느껴지던 눈꺼풀이 가벼워졌다. 시장은 발 디딜 틈 없이 북적였다. 봄이 오는 타이베이는 습해서 숨쉬기조차 힘들 지경이었다. 땀이 연신 흘러내렸다. 입고 있던 스웨터를 벗어 가방 안에 집어넣었다. 어디에선가 코끝을 찌르는 냄새가 훅 들어왔다. 강렬하고 당황스러운 역한 냄새였다. 오래된 양말 냄새를 연상케 하는 취두부(臭豆腐)의 향은 생각보다 훨씬 강력했다. 취두부 포장마차가 즐비하게 늘어선 골목은 취두부 냄새만 가득했다. 버블티를 한 잔 더 주문해서 메스꺼운 속을 달랬지만 토할 것만 같았다. 가방을 메고 한 손에는 버블티를 든 채 부랴부랴 시장을 도망치듯 빠져나왔다. 징메이역(景美站)으로 향하는 길은 굽이굽이 굽어진 골목길로 이어졌다. 천일야사처럼 다양한 사람의 이야기가 묻어 있을 법한 정겨운 정취가 인상적이었다. 골목이 끝나면서 타이베이를 수놓던 다양한 빛깔은 사라졌다. 눈앞에는 붉게 녹이 슨 철조망으로 둘러싸인 잿빛 건물이 줄지어 섰다.

중무장한 병사들은 철조망 위로 비둘기라도 날아오르면 발포할 것 같이 삼엄하게 경계했다. 그들의 굳은 표정을 찍으려고 카메라를 꺼냈다가 다시 가방에 집어넣었다. 노려보는 눈길만으로도 나를 움츠리게 했다. 나는 구글맵에 집중하며 빠른 속도로 걸었다. 흰 백합 현수막이 철조망에 걸려 있고 높은 감시탑이 있는 건물이 나타났다. 건물 입구에는 '징메이 인권기념공원'이라는 현판이 세워졌다. 이곳은 쉐라톤호텔 자리에 있던 '타이완성보안사령부군법처'와 함께 독재정권 시절 가장 악명 높은 인권유린의 장소였다. 징메이에 있는 '타이베이 징메이 군형무소'라는 군사법원과 구치소는 이제는 인권교육장으로 바뀌어 잔인한 인권범죄를 고발하고 있다.

나는 페인트가 벗겨진 어두운 감옥 복도 안으로 걸어 들어갔다. 군사재판소, 독방, 징벌방, 단체방을 지나서 고문실 문을 열었다. 문을 열자 병원 수술실에 들어선 것처럼 역한 소독약 냄새가 났다. 다양한 전기고문 기구, 심장박동과 혈압을 확인하기 위한 의료기계가 고문실에 남아 있었다. 죄수가 고문을 받다 기절하면 의사는 심장박동과 혈압을 체크하고 주사를 놓았다. 죄수가 다시 깨어나면 고문을 반복했다. 방 안에서 나는 역한 냄새에 속이 울렁거렸다. 손으로 입을 막고 녹색 상자에 담긴 심장충격기의 버튼을 눌러 보았다. 기계는 삐~ 소리를 내며 작동했다. 고문 받던 죄수가 쇼크로 호흡과 맥박이 정지되면 유리방 건너편에서 대기한 의료 담당이 와서 심폐 소생술을 실시했다. LPG 가스통처럼 생긴 구식 산소통이 달린 산소호흡기도 벽면에 세워져 있었다. 산소호흡기에 달린 고무는 세월의 흔적을 타고 너덜너덜해졌다. 고문실 차가운 시멘트 바닥에는 고문 기술자의 고함 소리와 피해자의 헐떡이는 숨소리, 고통을 참느라 잇새로 새어 나오는 신음 소리가 저장된 것 같았다. 고문실 바닥에 새겨진 고함과 비명 소리는 시간을 되돌려 생생하게 재생되어 왔다. 머리가 어지러웠다. 헛구역질이 올라왔다. 도살장에 끌려온 짐승도 잔인하게 죽이지 않았다. 인간인 죄수들은 죽고 싶어도 마음대로 죽을 수도 없었다. 그들이 요구하는 혐의를 자백할 때까지 잔인하게 고문을 받고 또 받았다. 심장이 멈추면 다시 살려내 고문을 계속했다. 고문실에서 소독약으로 감추지 못한 묵은 피 냄새가 올라오는 듯했다. 고문실 밖으로 뛰어나온 나는 오래된 나무 아래서 헛구역질을 했다. 물을 마시고 안정을 되찾았을 때 학창 시절 들었던 이야기가 떠올라 피식 웃을 수 있었다.

1987년 한국에서 민주화운동이 절정에 달했을 무렵 학교에는 '곰 세 마리' 이야기 대신 '안기부 곰' 이야기가 유행했다. 대학생 오빠를 둔 친구가 학교에 오더니 안기부 곰 이야기를 들려줬다.

어느 날 미국 CIA, 소련 KGB, 한국 안기부가 시합을 했다. 산에 쥐 한 마리를 풀어놓고 누가 더 빨리 쥐를 생포해 오는지 겨루는 시합이었다. 소련 KGB는 최정예 요원들을 투입하고 미국 CIA는 최첨단 헬기를 동원해서 하루 만에 쥐를 잡아 왔다. 한국 안기부는 산으로 들어가더니 단 한 시간 만에 곰을 잡아서 내려왔다. 심판이 곰을 왜 잡아 왔냐고 타박했다.

"야, 이 새끼야! 너 곰이야?"

안기부 요원은 곰을 발로 걸어찼다.

"나, 쥐예요."

곰이 울면서 대답했다. '안기부 곰' 이야기는 90년대까지 여러 가지 버전의 이야기로 발전하여 입에서 입으로 전해졌다. 내가 매일 이용하는 서울 지하철 1호선 남영역 근처에도 공포의 상징이었던 옛 치안본부 남영동 대공분실이 있었다. 치킨가게와 야릇한 러브모텔이 들어선 골목에는 서울 용산구 한강대로71길 37이라는 동판이 붙은 잿빛 건물이 있다. 잔인한 물고문을 당하다가 세상을 떠난 박종철 열사나 고문 후유증으로 세상을 떠난 김근태 의장도 남영동에서 고문을 당했다. 건물 5층에 마련된 15개 조사실은 수사당국이 민주화운동가나 노동운동가를 조사한다는 명목으로 이른바 '공사(고문)'를 했던 곳이다. 어두운 방 안에는 책상, 의자, 간이침대, 욕조, 세면대, 변기가 음침하게 놓여 있다. 고문관들은 피해자들을 발가벗기고 칠성판⁵에 꽁꽁 묶어 전기가 잘 통하도록 머리, 가슴, 사타구니에 물을 뿌리고 발에는 전원을 연결해서 전기고문을 자행했다. 남영동을 거쳐 간 수많은 사람이 고문 트라우마에 시달리다가 후유증으로 세상을 떠났다.

징메이 군사법원 뒤편에는 '마오쩌둥이 잡혀 와도 우리 손에 걸리면 다 불게 되어 있다'라고 으스대던 타이완의 최정예 고

---

5 사람을 눕힌 뒤 몸을 고정해 고문할 수 있도록 고안된 고문대.

문 기술자가 가꾸던 장미정원이 있었다. 남영동에도 곰을 쥐로 만드는 화려한 고문 기술을 연마한 고문 기술자가 휴식 시간마다 테니스를 즐겼던 테니스장이 장미덩굴로 휘감긴 채 남았다. 그들은 휴식 시간이 끝나면 다시 고문실로 돌아가 사람을 짐승처럼 학대하고 고문을 지속했다. 감옥 출구에는 쇠사슬이 끊어진 수많은 족쇄가 벽에 걸렸다. 감옥 내부를 안내하던 여든이 넘은 수감자는 여전히 악몽의 시간을 잊지 못했다. 오랜 세월이 흘렀어도 수감자가 끌려 나가며 족쇄가 내는 '절커덩' 하는 소리가 귀에 맴돈다고 했다. 나는 벽에 걸려 있는 녹이 슨 많은 족쇄의 개수를 셌다.

"군사법원 앞마당에 있는 나무 아래서 총살되었어요."

인권교육장이 된 징메이 군사법원 안내인은 온몸이 배배 꼬인 왜소한 나무 한 그루를 가리켰다. 나무는 뿌리를 겨우 땅에 박은 듯했다. 살아 있는 것 자체가 힘들어 보였다. 모진 고문을 당한 사람들이 끌려 나와 비참한 최후를 맞이하는 것을 이 나무는 지켜봐야 했을 것이다.

감옥을 나서기 전에 나는 좁은 감방 안에 홀로 섰다. 벽 모서리에는 생기 없는 거미줄이 상흔처럼 널브러졌다. 페인트가 벗겨져 색깔조차 알 수 없는 철문은 손만 닿아도 쇳가루가 풀풀 날렸다. 시멘트벽에는 희미하게 새겨진 글이 남아 있었다.

우리의 몸은 감금되었지만 우리의 영혼은 감옥의 높은 벽을 날아올라 우주를 관통한다.

나는 징메이 감옥을 벗어나 다시 거리로 나섰다. 퇴근 시간이라 거리는 붐볐다. 고문 기술자도 이 거리에서 마주치는 사람들처럼 평범한 사람으로 보였을 것이다. 아무런 양심의 가책 없이 끔찍하게 고문을 가하던 그도 퇴근 시간이 되면 손에 묻은 피를 씻어내고 말끔한 옷으로 갈아입고서 집으로 향했을 것이다. 그도 자기 아이들을 위해서 치킨이나 피자를 사 들고 가는 자상하고 따뜻한 아버지의 모습을 하고 있었을 것이다.

228 국가기념관二二八國家紀念館

타이완성 참의회(臺書省參議會)가 있던 228 국가기념관 외벽은 진압군의 총탄 자국이 얽은 자국처럼 남았다. 마치 광주 도청의 총탄 자국처럼 벌집 같은 형태였다. 국민당 군대는 228 사건의 평화로운 해결을 논의하던 참의회에 들이닥쳐 기관총을 난사하고 살아남은 의원들을 체포했다. 일본 식민지 시대 건축된 빅토리아풍의 석조건물에 있던 타이완성 참의회는 228 국가기념관이 되었다. 일본이 물러가고 타이완의 미래를 고민하고 토론했던 의원들은 총살되거나 오아시스 빌라로 보내졌다. 국가기념관에는 억울한 죽음을 맞이한 228 희생자를 위한

'수난자의 벽'이 있었다. 흑백사진으로 남은 3만여 명의 사람들은 교복을 입은 중학생부터 농부, 법복이나 의사 가운을 입은 사람들까지 다양했다. 국민당은 타이완의 지식인을 정권에 반하는 잠재적인 반대파로 간주했다.

희생자들 가운데 여위고 마른 얼굴에 사각형 턱을 가진 남자가 있었다. 그는 길거리에 만나는 타이완 사람과 조금 다른 얼굴을 가진 사람이었다. 사진 아래에는 '박순종(당시 34)'이라고 적혀 있었다. 나는 기념관에 있는 자료를 찾아 그에 대해서 알아보았다. 담당자가 내민 사건 파일에 박순종은 놀랍게도 한국인으로 기재되어 있었다. 박순종은 지룽항 근처에 살던 어부였다. 지룽항은 대륙에서 들어온 장제스의 진압 군대가 화기를 쏘며 항구를 공격하고 수많은 사람을 학살한 곳이다. 1947년 3월 8일, 박순종은 아들 생일선물을 사러 나갔다가 실종됐다. 증언에 의하면 군인의 검문에 걸린 박 씨는 주머니에 어부가 쓰는 작은 칼을 갖고 있었다. 중국어를 할 줄 몰랐던 그는 군인들에 의해 끌려간 뒤 소식이 끊겼다. 그는 228 기금회로부터 한국인으로는 최초로 피해자로 인정받았다.[6]

"박순종 씨는 어떻게 되었을까요?"

---

6 Japan Times, "Family of Korean killed in Taiwan's '228 Incident' in 1947 to get compensation", 2017년 2월 26일, https://www.japantimes.co.jp/news/2017/02/26/asia-pacific/family-korean-killed-taiwans-228-incident-1947-get-compensation/#.W0hr2PZuJZI.

"아마도 지룽항구에서 총살되어 수장되었을 것 같아요. 여기 기록화를 보세요."

228 기념관의 정내위 연구원이 지룽항을 그린 기록화 하나를 건넸다. 밧줄로 굴비처럼 엮은 사람들이 항구로 끌려오면 군인들은 앞줄에 있는 한 사람만 총으로 사살했다. 앞사람이 사살되면 시체의 무게에 이끌려 뒷사람들이 줄줄이 바다로 떨어지는 그림이다.

"총알이 아깝다는 이유로 굴비처럼 엮어서 죽였다고 해요."

정내위 연구원은 희생자들이 기록된 자료 목록을 확인하며 말했다. 피로 인해 지룽항 바다가 붉게 물들었다고 한다.

수많은 피해자들 흑백사진 속에서 박순종 씨는 헐렁한 셔츠를 입고 바람에 장발을 날리며 바다를 배경으로 환하게 웃고 있었다. 아들 생일선물을 사러 자전거를 타고 항구를 달리는 그의 모습이 선하게 보였다. 박순종 씨의 그 모습은 내 어린 시절 기억 저 너머에 있는 누군가를 소환했다.

"송 선생님……."

오랫동안 잊고 있었던 선생님이 떠올랐다. 그를 생각하니 가슴 한구석이 아련하게 저려 왔다. 초등학교 등굣길 교문에 들어설 때마다 송 선생님은 반갑게 아침 인사를 했다. 영화배우처럼 바람에 날리는 헤어스타일을 가진 분이었다. 5·18 이후 첫 등교했을 때 운동장에 놓인 하얀 꽃상여가 아이들을 맞았다. 교문에서 으레 아이들에게 아침 인사를 하던 선생님이었다. 1980년 5월 24일, 선생님은 여고생인 딸을 데리고 집으로 향하다 헬리콥터에 쏜 기관총알에 맞았다. 살아남은 딸은 그 광경을 직접 목격했다. 아이들은 시체보관소에서 찾아온 선생님에게 마지막 인사를 했다. 죽음을 모르는 일곱 살 아이들은 선생님이 꽃상여를 타고 여행 가는 것이라고 생각했었다. 우리는 선생님의 하얀 꽃상여를 보내며 먼지가 날리던 학교 운동장에서 교가를 불렀다. 그날 선생님은 바람에 휘날리는 만장기를 앞세우고 꽃상여를 탄 채 학교를 떠났다. 눈가에 눈물이 고였다. 수난자 벽의 수많은 희생자 사진이 뿌옇게 보였다. 나는 살아오면서 국립 5·18 민주묘지에 여러 번 방문했지만 선생님을 잊고 있었다. 엄마 말대로 선생님이 꽃상여를 타고 먼 곳으로 여행 가신 것이라고 생각했었다. 선생님이 5·18 민주묘지에 계시리라고는 생각하지도 못했다. '수난자의 벽' 아래에 서서 핸드폰으로 5·18 국립묘지 홈페이지를 검색했다. 우리 선생님은 여행을 떠난 것이 아니라 5·18 국립묘지에 있었다. 송정교, 1980년 5월 24일 사망, 1묘역이 선생님이 계신 곳이었다. 돌아오는 오월이 되면 박순종 씨처럼 환한 미소를 짓고 바람에 머리를 휘날렸던 송정교 선생님을 만나러 갈 것이다.

"편히 쉬세요."

바닷바람에 머리카락을 휘날리며 환하게 웃고 있는 박순종 씨와 수많은 228 피해자에게 작별 인사를 건넸다. 송정교 선생님에게도 마음속 깊이 인사를 건넸다.

전시관을 나서기 전에 방명록을 펼쳤다. 방명록에는 수많은 애끓는 사연이 있었다. 학살 이후에도 국민당은 살아남은 유가족을 빨갱이로 취급하거나 228 사건을 조작하고 피해자들을 모욕했다. 희생자를 기억하는 것도 금지했다. 국민당은 타이완 전국에 세워진 228 기념비를 훼손하고 평화공원의 명칭을 장제스 호를 따라 '중정'으로 바꿨다. 학살을 부정하고 피해자를 모욕하는 행위는 한국도 별반 다르지 않았다. 5·16 쿠데타로 집권한 박정희 군부정권은 학살된 유족이 세운 비석을 쪼개서 땅에 묻고 발굴한 희생자 유해를 화장해서 바다에 버렸다. 진상 규명을 요구한 유가족은 군사재판에서 사형 선고를 받았다. 군부독재하에서 타이완과 한국의 유가족은 똑같이 연좌제로 고통받고 침묵을 강요받았다. 민주화된 후에야 두 나라에서는 산과 바다에서 버려진 수많은 유골이 발굴되고 학살의 증거가 드러나기 시작했다.

'*진실이 밝혀져야만 용서가 될 것이다.*'[7]

타이베이 커원저(柯文哲) 시장이 방명록에 남긴 글을 읽었다.

---

7 Taipei Times, "228 REMEMBERED: Ko cries giving 228 memorial speech", 2016년 2월 28일, http://www.taipeitimes.com/News/taiwan/archives/2016/02/29/2003640485

그의 할아버지도 1947년 징메이로 끌려가서 모진 고문을 받다가 옥사했다. 이윽고 눈물 자국으로 희미해진 그의 글에 내 눈물방울도 떨어졌다.

다크 투어를 쓰는 동안 페툴루 마을 할머니도, 바탕칼리의 탄 삼촌도, 남편의 무덤을 찾으러 류장리 산자락을 헤매던 할머니도, 김평담 할아버지도 이제는 모두 하늘의 별이 되었다. 그들이 유언처럼 전해준 학살에 대한 이야기는 아직 다 기록되지 않았다. 나는 그들이 생각날 때마다 별을 본다. 유성우가 내리는 날이면 가슴이 먹먹해진다. 발리에서는 유성우를 하늘의 별이 된 사람들이 흘리는 눈물이라고 여겼다. 유성우가 내릴 때마다 아시아의 곳곳에서 학살당해 산과 바다에 버려진 사람들이 생각난다. 더 많은 사람들이 별이 되기 전에, 나는 학살이 언제, 어디서, 어떻게, 왜 일어났는지를 기록하는 작업을 서두른다. 내가 이 같은 기록을 남기는 까닭은 큰 목적이 있어서가 아니다. 단지 이념과 사상이 다르다는 그 한 가지 이유로 사람이 사람을 잔인하게 학살하는 일이 다시는 반복되지 않기를 바랄 뿐이다. 이 글은 나 홀로 여행기가 아니라 학살 피해자들과 함께 걸어간 여행기이다.

홀로 여행을 떠나고 글을 쓰는 작업은 정말 고독한 일이었다. 하지만 외롭지만은 않았다. 사막을 가로지르는 카라반 행상에게 별들이 그러하듯, 수많은 유족은 오히려 내게 안내자가 되고 길잡이가 되었다. 하나의 가방과 카메라를 지니고 떠난 학살지 여행길에서 수많은 유족을 만날 수 있었다. 그들은 가난한 여행자에게 먹을 것과 잠자리를 제공했다. 가족이 살해된 곳을 안내하며 분노를 드러내기도 했고 눈시울을 붉히기도 했다. 이런 소중한 사람들이 있었기에 다크 투어도 가능했다. 학살지 여행을 함께 한 모든 이에게 진심을 담아 감사 인사를 올린다.

제28회 전태일문학상

심사평

삶을 바라보고 있는 그 서늘한 눈이
더 깊어지기를

올해는 전태일 열사 50주기가 되는 해입니다. 1970년 11월 13일 청계천 평화시장에서 '근로기준법을 지켜라'를 외치며 산화해 갔던 한 청년노동자의 불꽃이 50년이 이르도록 꺼지지 않고, 수만, 수백만, 수천만의 불꽃으로 점화되어 한국사회 민주주의의 나아갈 길을 밝혀 왔습니다. 한편 그 불꽃이 꺼지지 않고 수많은 이의 양심의 불꽃으로 이어져 올 수 있었던 것은 그가 남긴 '일기'와 '평전'이 있었기에 가능하기도 했습니다. 그의 일기와 평전에 담긴 모순 타파와 인간해방을 향한 간절한 소망들은 어떤 폭력과 억압에도 굴하지 않고 강렬하게 살아남아 한국사회 근대의 모순에 맞서 왔습니다.

전태일 열사의 글과 삶을 기억하고자 제정된 전태일문학상도 어느덧 28회째를 맞이했습니다. 많은 문학상과 문학지가 있음에도 '전태일'이라는 순정한 이름과 함께 참다운 문학의 길을 가고자 했던 많은 분들께 수상 여부를 떠나 먼저, 따뜻한 응원의 마음을 보냅니다.

올해는 총 305명의 작품 1187편이 들어왔습니다. 그중 아홉 분의 작품 35편이 본심 후보작으로 올라왔습니다. 모두 남다른 시적 성취와 삶과 사회에 대한 나름의 진정성을 담고 있어서 한 분만을 선정한다는 게 무척이나 어렵고 아쉬운 시간이었음을 밝힙니다. 선정되지 않은 분들 역시 다른 계기를 통해 개성 있고 존중받는 시인으로 나아갈 수 있으리라는 충분한 신뢰를 주었으니까요.

우선 반가운 것은 본심에 올라온 대부분 시들이 구체적인 생활에 기반한 탄탄한 서사와 서정을 구현하고 있다는 점이었습니다. 몇 분의 경우 실험적인 발화의 방식을 택하고 있기도 했지만, 역시 담으려는 것은 모순된 현실의 속내에 접근하는 거여서 믿음을 가질 수 있었습니다. 한편 대부분의 시들이 다루고 있는 현실이 아직도 차별과 배제, 소외의 그림자가 걷어지지 않은 우리 사회의 지층들에서 일어나고 있는 아우성들이었기에 따라 읽으며 새삼 아프기도 했습니다. 더불어 이런 절규들이 어떤 새로운 세상을 향한 아픈 전조들일까를 고민도 해 보게 되는 좋은 계기가 되기도 했습니다. 반시 혹은 비시적(非詩的)인 팍팍한 삶의 변방들을 제도화된 시의 영토로 이끌어 오기 위해 고투한 흔적들이 고스란히 남아 있는 좋은 시를 써 주신 분들을 꼭 껴안고 등 토닥여 주고 싶기도 합니다.

우열을 쉽게 가르기 힘들어 결정을 미루며 마지막까지 봐야 했던 작품들로는 「어떤 웃음3-물집」 외 2편과, 「과부들」 외 3편, 「마당지기 김씨」 외 2편, 「오늘도, 전태일」 외 3편, 그리고 최종 당선작으로 고른 「장미아파트」 외 4편이었습니다.

「어떤 웃음3-물집」 외 2편은 군더더기 없이 정련된 서정의 힘이 돋보였습니다. 다만 나머지 두 편의 연작시가 동어반복되는 느낌이어서 다른 시들을 통해 시인의 면모를 더 확인할 수 있었더라면 좋았겠다는 아쉬움이 남았습니다. 택배노동자, 주차대행노동자, 급기야 인체실험 알바까지 뛰어야 하는 불안정노동자들의 삶을 어렵게 시적 형상화한 「과부들」 외 3편은 그 자체의 시적 노력에 많은 점수를 주고 싶었습니다. 다만 고발과 반영의 차원을 넘는 어떤 확장성 있는 표현과 진술들이 금강석처럼 더 벼려졌었다면 좋았겠다는 미련이 남았습니다. 「마당지기 김씨」외 2편도 새롭게 읽히는 작품들이었습니다. 특히 「물」에서의 거침없는 진술은 큰 힘과 남다른 매력을 주기도 했지요. 「봉투 붙이기」에서 보이는 약간의 허술함이 아니었다면 더 많은 신뢰가 가능했을 듯싶었습니다. 청년비정규직 김용균의 죽음을 다루고 있는 「오늘도, 전태일」도 마음을 사로잡았습니다. 그러나 나머지 3편의 경우 충분히 육화되고 정련되지 못한 성김이 보여 아쉬웠습니다.

최종 당선작으로 고른 「장미아파트」는 온갖 차별과 보이지 않는 시장의 폭력 속에서 '혹한기도 길었는데 / 폭염기'마저 길고 긴 이 시대 평민들의 삶을 축약된 언어로 적절하게 상징화한 좋은 시로 읽혔습니다. 촛불항쟁 이후 도리어 치솟는 부동산값 앞에서 무너지는 이 시대 수많은 서민들의 충혈된 눈들이 '장미아파트' 담장을 넘는 장미 넝쿨처럼 붉게 다가오는 시였습니다. '우두커니' 서서 쓰러져 가는 빈자들의 삶을 바라보고 있는 그 서늘한 눈이 더 깊어지기를 소망해 보는 마음도 컸음을 밝힙니다. 감사합니다.

심사위원

예심 문동만(시인), 안현미(시인)

본심 김해자(시인), 송경동(시인)

투박한 문장 속에 용솟음치는 진정성을
생생히 그려 낸 작품

본심에 올라온 소설은 아홉 편. 교사노동자의 한평생을 꾹꾹 눌러 담아낸 「택수의 세계」, 여성 특유의 감성 문체로 현대사의 아픔을 직시한 「발칸의 연인들」. 두 장편소설이 대단한 공력으로 핍진하게 쓰인 역작이라는 것은 충분히 알겠지만, 취지가 분명한 전태일문학상으로 선택하기에는 여러 가지로 난감했다. 두 작품이 다른 기회에 빛 보기를 응원한다.

향후가 기대되는 단편들이 있었다. 「영선」은 신체장애노동자의 지난한 삶과 투쟁을 기록한 행장이다. 「우산의 바깥」은 딸을 상실하고 트라마우에 시달리는 엄마의 모습을 그로테스크할 정도로 생생하게 그린다. 「누구도 서로의 이름을 부르지 않았다」는 김치배달노동자들의 다양한 사연과 현재진행형의 일들을 담아낸다. 「생선 매운탕」은 광주를 찾아가는 광주출신 기자의 생생한 회상을 통해 광주민중항쟁의 일각을 환기한다. 이 작품들의 장단점을 따지는 것은 무의미하다. 스스로 찾아서 고치고 강화하는 수밖에 없다. 퇴고를 통하여 더욱 나아질 수밖에 없는 소설들이고, 언젠가는 빛을 볼 것이라고 확신한다.

우리는 전태일정신에 대해서 명확히 말할 자신이 없다. '조금 투박하더라도 전태일정신에 부합하는 작품'을 고르는 일은 녹록하지 않다. 그런데 읽으면서 딱 그런 소설이라 느껴지는 경우가 있다. 「어금니」가 그랬다. 「어금니」에 노동자에게 한없이 가혹한 자본주의 질서에 항거하는 강력한 행동이나 발언이 있는 것은 아니었다. 심지어 일말의 어설픈 희망조차 없었다. 대단한 이야기가 있는 것도 아니다. 비닐공장 생산직노동자의 하루 노동을 보여 줄 뿐이다. 『전태일평전』에서 우리가 읽었던 60년대의 엄혹한 노동현실이 지금 현재도 진행형임을 가슴 아프게 확인할 수 있을 뿐이다. 아직도 우리의 눈을 가리고 있는 노동의 실체를 보는 것 같았다. 투박한 문장 속에 용솟음치는 진정성으로, '노동'의 적나라한 모습을 묘파했다. 알려지지 않았지만 좋은 노동소설이 많이 있었다. 하지만 이처럼 생생한 노동을 그려 낸 작품이 있었을까. 우리는 「어금니」를 당선작으로 뽑으며, 앞으로 이 작가가 더욱 성장해 나갈 수 있기를 응원한다.

심사위원
예심 원종국(소설가), 이수경(소설가)
본심 김종광(소설가), 홍명진(소설가)

생활에서 길어 올린 이야기와의 만남

전태일문학상이 28회를 맞이한 2020년은 조금 더 특별한 해입니다. '아름다운 청년' 전태일 열사가 더 나은 세상을 꿈꾸다가 세상을 떠난 지 반세기가 되는 해입니다. 심사위원들은 마음을 다잡으며 그의 정신에 걸맞은 작품을 찾기 위해 애썼습니다.

생활글 부문에는 모두 116편의 글이 응모되었습니다. 생활에서 길어 올린 곡진한 이야기와의 만남은 반갑고 귀한 일이었습니다. 어떤 글은 심사위원들의 마음을 흔들었고 어떤 글은 심사위원들을 울리기도 했습니다.

아쉬운 점도 있었습니다. 가족 이야기를 두서없이 펼쳐 놓거나 자신의 생애를 늘어놓은 글이 있었습니다. 자신의 경험이나 생각 중에서 좀 더 특별한 것과 그렇지 않은 것을 가려내는 일은 무엇보다 중요하다는 점을 말씀드리고 싶습니다. 그리고 글을 쓰고 작가가 되기 위한 과정의 고통을 담은 글도 여러 편이었습니다. 아무래도 글을 쓴 입장에서는 중요하고 고민이 되는 주제이지만, 그동안 많은 이들이 이미 다룬 이야기입니다. 기왕에 작가가 되기로 마음먹었다면, 새로운 이야기를 펼쳐 주시길 바라겠습니다.

본심에서 이야기된 작품은 모두 여덟 편이었습니다. 그중에서 마지막까지 경합을 펼친 글을 세 편이었습니다.

「서랍 속에서 꺼낸 60일」은 세월호 참사 이후의 시간을 기록한 글입니다. 절망적인 상황에서도 희망을 찾기 위한 안간힘을 느낄 수 있었습니다. 세월호 참사를 바라보는 개인의 생활을 기록한 글이지만, 동시에 우리 사회의 한 단면을 기록한 글로서도 충분했습니다. 다만 르포의 성격이 강해서 생활글 부문의 수상작으로 선정하기에 주저되었습니다.

「우리의 영화는 상영 준비 중」은 영화관에서 일하는 젊은 노동자의 생활을 담은 글이었습니다. 일하는 과정의 힘겨움을 핍진하게 드러내는 한편 노동의 의미와 가치를 긍정하는 시선이 미더웠습니다. 다소 무난하게 흘러갈 후반부가 좀 더 인상적이었다면 하는 아쉬움이 남았습니다.

덧붙여 이야기하자면, 응모작 중에는 젊은 노동자의 삶을 다룬 글이 여러 편 있었습니다. 현재 노동자로 살아가는 젊은이의 삶이 담긴 글도 있고, 젊은 시절의 버겁고도 희망찼던 시절을 회고하는 글도 있었습니다. '청춘'이라는 말이 무색하게 고달픈 그들의 삶을 들여다보니 마음이 아팠고, 다른 한편으로는 '청춘'이라는 말에 걸맞게 희망찬 삶의 단면을 들여다보는 마음이 풋풋해지기도 했습니다.

수상작은 「걸어도, 걸어도」로 결정되었습니다. 평생 노동운동을 하며 살아온 아버지의 병간호를 하면서 글쓴이가 겪은 감정의 변화를 차근차근 풀어놓은 글입니다. 노동에 대한 청년 세대와 부모 세대의 시각차가 선명하게 드러나면서도, 서로를 이해하는 과정이 서정적으로 그려졌습니다. 병원 복도에서 아버지와 글쓴이가 나란히 걷는 장면은 눈에 선하게 펼쳐졌습니다. 이 글은 개인의 기록으로도 충분히 의미 있는 글이지만, 세대 간의 갈등이 점차 확대되는 시대적 상황에서 시사하는 바가 크다고 여겨졌습니다.

전태일 열사의 50주기를 맞아, 올해의 전태일문학상은 그동안과는 달리 생활글과 르포 부문을 분리해서 진행되었습니다. 생활글 부문 응모작을 살피다 보니, 우리 사회에서 함께 살아가는 이들의 다양한 이야기를 들을 수 있었습니다. 그리고 의미 있는 작품을 당선작으로 선정할 수 있었습니다. 수작을 당선작으로 뽑는 것은 심사하는 이들의 복입니다. 그 복을 누리는 행운이 올해의 생활글 부문 심사위원들에게 주어졌습니다.

심사위원

최경주(소설가), 박경희(시인), 유병록(시인)

기록은 그 자체로 연대의 한 방식

전태일문학상은 전태일 50주기에 맞춰 처음으로 르포 부문을 별도로 공모하였다. 예년의 '생활·기록문' 부문을 생활글(에세이)과 르포(기록문학 또는 보고문학)로 나눈 것이다. 어떤 이들은 과도하게 큰 스피커를 쥐고 있는 반면, 세상엔 여전히 제 목소리를 내지 못하는 이들이 많고, 그러한 현장이 많다. 전태일문학상 르포 부문을 통해 필자들이 우리 사회의 다양한 목소리를 담아 르포문학의 가치를 재확인하길 기대하며 심사에 임했다.

르포르타주 장르가 인기 장르가 아니어서인지 장르의 특징을 충분히 이해하지 못한 상태에서 집필된 작품이 더러 보였다. 르포는 발로 쓰는 글의 힘, 길에서 길어 올린 글의 힘이 느껴져야 한다. 이는 사실의 바탕에서 완성되어야 한다는 전제는 두말할 것도 없다. 한 편의 작품을 완성하기 위해서는 아주 사소해 보이는 것들의 사실 여부까지 확인해야 한다. 이는 이 장르가 사실성에서 오는 신뢰에 기반하기 때문이다. 현장성과 사실성, 거기에 더해 문학성까지 담아야 한 편의 르포가 완성된다.

총 여섯 편의 응모작을 살펴보았다. 먼저 장르 특성에 맞지 않거나 장르 특성을 살리지 못한 작품은 제외하였다. 작품 수는 많지 않았지만 현장을 다니며 어떤 진실을 탐사하고 기록한 작품들이 여럿 보였다.

「시장통의 아이들」은 시장의 사연을 묘사하는 문장이 단정하고 아름다웠고, 문체는 인상적이었다. 시장의 과거와 현재가 글 어딘가에서 만나 어떤 의미를 획득하길 기대했으나 과거의 시장 이야기 할머니의 이야기를 미처 다 못하고 글이 마감된 인상을 주었다. 응모자의 표현 그대로 시장에 "끈과 끈으로 연결된 인연이 있고, 사연이 있고, 이야기가 있다"는 것에 착목해 글을 더 풀어내었으면 의미가 더 풍성해졌을 것이다. 원고 분량이 반드시 길어야 할 필요는 없으나 적어도 소재에 맞는 내용의 충실함은 뒤따라야 한다.

「부활하는 전태일」은 심사위원들에게 전태일의 생애에서 '대구'라는 공간에 대해 한 번 더 생각해 보는 계기를 주었다. 충실한 자료 조사와 현장 취재는 응모자의 글쓰는 태도에 대해 믿음을 갖게 했다. 대구를 중심으로 세밀한 이야기가 더해졌다면 '새로운 전태일'을 만날 수도 있지 않았을까 하는 아쉬움이 남는다. 이는 글의 구성에서 본격적인 대구 탐사를 떠나기 전까지의 글 분량이 불필요하게 긴 데서 연유한다. 한 편의 글을 어떻게 구성할지에 대한 고민을 좀 더 붙잡기를 바란다.

「파레트 까는 노동자들」은 서사를 밀고 가는 힘이 좋았다. 이 작품은 글의 시작부터 끝까지 자신의 몸으로 체험하고 관찰한 정통 르포 작품이다. 응모자의 고유한 체험의 힘은 글 전체에 생기를 불어넣고 있다. 다만 한 발 더 들어가는 관찰과 묘사, 그에 따른 의미를 담는 과정이 있었으면 하는 아쉬움이 있다. 르포 작품을 두루 읽고 기록 작업을 꾸준히 한다면 큰 성장이 뒤따를 것이라 확신한다. 글쓴이의 다음 작품을 기대하겠다.

수상작은 「다크투어」다. 소재가 주는 힘. 발로 뛴 현장의 기록과 사람들의 이야기. 자료조사의 성실함 등 여러 면에서 돋올한 작품이었다. 믿을 수 없을 만큼 가슴 아프고 생생한 이야기들이 가득했다. 그것이 아시아의 역사였다. 제노사이드의 서사와 함께 작가의 사유도 잘 녹아들어 있다. 여러 해에 걸쳐 뚝심 있게 르포 작업을 완성한 작가에게 박수를 보낸다. 아시아 곳곳을 찾아다니며 기록되지 않은 역사의 어두운 면과 그 상처를 드러내는 것은 전태일문학상의 의의와 잘 부합하고 있다. 기록은 그 자체로 연대의 한 방식임을 이 작품은 증거하고 있다.

전태일문학상 르포 부문 신설과 함께 앞으로 치열한 삶과 땀의 기록들이 풍성해지기를 기대한다.

심사위원

강은주(르포작가), 송기역(르포작가), 정윤영(르포작가)

제15회 전태일청소년문학상

수상작

문화체육관광부 장관상

권승섭·안양예술고등학교 3학년

전태일재단 이사장상

시 부문　김수진·금산여자고등학교 3학년

산문 부문　배수진·안양예술고등학교 3학년

독후감 부문　이가현·진명여자고등학교 2학년

경향신문 사장상

시 부문　전하람·신명여자고등학교 2학년

산문 부문　유수진·안양예술고등학교 3학년

독후감 부문　윤창준·시온고등학교 3학년

한국작가회의 이사장상

시 부문　조가을·고양예술고등학교 2학년

산문 부문　김서혜·고양예술고등학교 3학년

독후감 부문　박서진·구로고등학교 2학년

사회평론사 사장상

시 부문　이지현·성희여자고등학교 2학년

산문 부문　김나현·안양예술고등학교 3학년

독후감 부문　방세영·신도림고등학교 3학년

독후감 부문 단체상

지도 교사　성효영·이지 해법 독서논술교실

마음 창고

역전시장 초입부 가로등 늘어선 길에 한여름에도 차가워 보이는 가게가 있다 흘러내리듯 지붕 아래로 내려온 '얼음' 두 글자 나무판자들이 벽마다 덧붙어 있다

나는 할아버지를 기다리며 얼음 창고 앞을 서성인다 금세 쇄빙선처럼 땡볕을 가르며 달려오는 오토바이 소리

배달 다녀온 할아버지는 선풍기를 두 개씩 갖다 대고도 부채질을 하신다 붉게 달아오른 몸은 금방 식지 않고 얼음이 녹아내리는 속도로 쏟아지는 땀 냉장고에서 콩나물국을 꺼내 밥을 말고 늦은 점심을 드시는 동안

또 주문 전화가 오고 할아버지는 손잡이를 당겨 얼음 창고에 들어서신다 문밖으로 새어 나오는 하얀 김 전기톱이 파고들며 몸만 한 얼음이 갈라진다 포물선을 그리며 튀는 얼음 파편 중심으로 파고들수록 일그러지는 할아버지의 표정 세게 누를 때

마다 팔뚝에 퍼런 힘줄이 선다

언젠가 할아버지는 냉정하고 단단한 마음을 가져야 한다고 말씀하셨다 잘못된 이야기 앞에서 겉과 속이 같은 얼음이 되라고, 하얗게 파고드는 얼음처럼 할아버지의 속은 더 단단하고 차가운 생을 살아오신 것처럼 보였다

할아버지는 오토바이에 얼음을 싣고 시장으로 배달 가신다 손잡이를 잡은 두 팔과 어깨가 단단하다 할아버지의 얼음은 오렌지 슬러시가 되고 생선가게 갈치의 은빛 배 위에 덮인다

얼고 녹는 일에 익숙해진 할아버지의 손끝은 사계절 내내 빨갛다 손끝이 간지러워 긁으시는 할아버지는 오래된 빙산을 지키며 살아간다

최소한의 젠가*

블록을 빼내면 빈집이 되었다

임대 만기가 가까워질수록

방의 서쪽 창을 내다보면 멀리 화려한 도시의 밤이 우뚝 솟아올라 있다

고개를 내밀고 내려다보면 한마음 아파트의 밤은 적막하다

윗집에서 고양이가 울고 아랫집에서는 개가 짖는다 티브이 속 일용직 노동자의 해고처럼 엇갈린 층이 뽑혀 나갈 때마다 외벽에는 요철이 생긴다

맞물리는 블록 안에서 무너지는 것은 한순간이었다

전환보증금이 얼마나 될까요? 파산면책은 세우셨나요? 맴도는 질문 안에서

102호 푯말 적힌 우리 집은 거의 다 빠져나가고 모퉁이까지

나오기 일보 직전

중심축에 의지하고 있는 가장 연약한 탑 방은 기울고 침대는
흔들리고 커튼은 펄럭인다

유리창 너머의 세상은

무너트리고 또 최소한을 지키기 위해 사투를 벌이고 있다

최소한의 균형 안에서 조화로운 규칙을 배워야 합니다

나는 잠자리에 들고

집은 점점 뼈대만 남아가고 있다

* 직육면체 나무 블록을 3개씩 엇갈려 18층으로 쌓아 두고, 차례대로 돌아가며 블록 하나를 빼
  내는 게임이다. 블록을 제대로 빼지 못하거나 탑을 무너뜨리면 게임에서 패배한다.

  나는 우울했기에, 언제나 너머를 꿈꿨기에 창밖을 자주 내다보았고 이 게임의 끝이 점점 다가
  오고 있었다. 크레인들이 각도기처럼 입을 벌리고 오늘의 기울기를 재고 있다. 솟아나는 빌딩
  들. 저 슬픔의 건설은 또 얼마 만에 지어질지.

  지구에 돋아나는,

  무너지는 마음 안에서.

슬픔공장 고교생의 하루

지구는 긴 궤도를 따라 움직인다

나는 잘 포장된 상품이 되어 컨베이어 벨트 위에 오르고

내 앞에는 서류 가방을 든 사람과
정장 입은 사람과
내 뒤에는 얼마나 더 많은 사람들이 줄지어 있을지

컨베이어 벨트를 지나면 나는 스크린도어 앞에 서서 사회에
나갈 준비를 한다

분필이 그어지는 적막 속에서 누군가 물은 적이 있었다
앞만 바라보면서 성장은 어떻게 하는 건가요? 질문 앞에

우리에겐 무한한 가능성이 있으니까, 무엇이든 될 수 있지
선생님은 말했지만
칠판이 침묵을 애쓴다
창밖 조경수가 빳빳하게 잎을 세운다
우리에게도 가지치기가 필요하지

제자리로 돌아가 앉는 재고품은 싫어서

기대감에 부푼 사람들은 점점 더 큰 걸 가지고 싶어 하고

예쁜 사람이 되어야지
옆구리에서 가지가 엇나가지 않도록, 그러면 가치가 떨어지고 마니까
완성을 빠르게 쫓으며

학교의 옥상 위를 떠다니던 먹구름도
준비된 상품처럼 하늘 위를 떠가고

우리는 그 아래서 오래도록 달렸지
길고 긴 운동장 레일 위를, 영영 지구의 바깥을
멈추지 못하고 달려야 했다는 것

같은 풍경이 반복되고

우리를 싣고 갈 전철이 오고 있었다 덜컹거리는 소리가 들리고 있었다

정원

양옆으로 펼쳐진 무성한 꽃들
긴 줄기들이 서로 엉킨 채 바람에 흔들린다
지나갈 때마다 꽃이 몸을 스친다 손목을 잡아 왔고
꽃에도 완력이 있다는 걸 처음 알았는데
줄기의 길어지는 그림자 아래로 걸어 들어갔다

엄마의 유럽식 앞치마에는 네덜란드 무늬가 있었다
현관문 앞에 놓인 돌길을 밟으며 단단해지고
어느새 얼굴을 부드럽게 쓸어 오는 잎
아직 한참 물렁한 것들에게
손보다 커 버린 잎을 손가락으로 들어 본다
양옆으로 퍼지는 길고 가느다란 선

언제까지 살 수 있는지 가늠해 볼까
물뿌리개를 두 손으로 움켜잡으며
혼잣말로 인사를 하며 물을 뿌리자

더 넓고 크게 무럭무럭 자라는 잎

자신의 손에도 물을 울컥 쏟을 때도 있는데
그럴 때마다 엄마의 손금도 울컥 길어졌다
이른 아침, 잎에 맺힌 반짝거리는 물방울이
정리 못 한 손톱 위에 엎어지고
엄마는 삐뚤어진 잎을 깊게 들여다봤다

길어짐의 중대사는 물뿌리개를 들었을 때 유효하다
물줄기가 여러 줄기로 갈라져 밑으로 길어진다

와글거리는 정원을 거닐다 보면 스치는 일이 많다
히비스커스, 캐모마일, 페퍼민트, 라벤더
그 사이에서 베갯잇에 스민 엄마의 샴푸 향을 맡았다
사방으로 퍼지는 향에 손목이 잡힌 채로 이름표를 찾는다
삐뚤삐뚤한 글씨체로 적힌 쟈스민

난 눈을 뜨지 않고도 엄마의 이름을 부를 수 있다
아마 엄마는 부를 이름이 많을지도 모르겠고

엄마의 손금은 꽃향기와 함께 자라나는 중이었고
살갗이 스치면 이름표를 하나씩 추가해 꽂았다

소란

어지럽혀진 그릇과 자국이 남은 식탁 앞에서
어제 앉았던 나를 토해 내 앉는다

쌈 위에 생각을 하나 올리고
다시 생각을 얹자 힘껏 부풀어 오르는 채소

구겨 넣고 나면 했던 말이 기억 안 나
열릴 듯 열리지 않는 입을 우물거리고

오목한 접시를 손가락으로 짚으면
식사의 소란이 가득하다

여기저기 놓여 있는 음식의 행렬
우리는 복잡하고 질서 없는 곳에 놓여 있어
푸짐한 김밥은 너무 어지럽지

그럼에도 당신은 김밥을 말아 내 입에 넣어 주고
한껏 말려 있는 김밥을 썰 때마다
어색하게 섞여 있는 재료의 단면들

점점 부풀어 오르고
더 커지기 전에 입에 넣어 버리자
침과 함께 뒤섞여 넘어가는 오늘의 식사

흐렸던 시야가 다시금 자리를 잡을 때면
이윽고 점차 조용해지는 식탁

수저를 다 놓아야만
어지러운 이곳에서 나를 놓칠 수 있어요

땅속에서 묻고 싶은 게 많지

철이 부딪히고 둔탁한 소리가 들려오지만
그건 이내 따뜻해질 거라는 생각

오늘도 새로운 집이 지어지고 있다

건축자재를 끌어올리는 크레인
굉음에 꼬리를 말아 내리고 떠는 개

뼈대를 세우기 위해 땅을 파는 굴착기
땅속에는 묻고 싶은 게 많지

비스듬히 보이는 불안한 개는
플라스틱 개집으로 몸을 숨긴다
개집을 끌어올리는 크레인
몸을 동그랗게 말고 죽은 듯 조용하다

어제 지어진 건물의 외벽에 금이 가기 시작한다
쩍 갈라지며 사념으로 쌓아 올린 알갱이들이 쏟아진다
바닥은 붕괴한 건물의 잔해들로 소복이 깔려 있다

그 뒤로 안식의 군집이 생성 중이다
더 많은 것을 숨길 수 있는 곳이 필요해
건물은 더한층 높은 곳으로 간다

순례하며 숨을 터트려 가둬 놓은 고뇌를 묻고 온다
그래야 푹신한 꿈속에서 명복을 빌며 단잠에 빠질 수 있다

아늑한 소음이 퍼지는 묘지의 불이 켜졌다

형의 자전거

이틀 전 엄마는 자퇴 이야기를 꺼냈다. 그날 영수는 전단지를 돌리던 중 자전거 뒷바퀴에 펑크가 나서 길바닥에 넘어졌다. 자퇴라니. 영수에게는 몇 시간 전 내팽개쳐진 자전거보다 자퇴라는 말이 더 무섭게 날아들었다. 엄마는 왜 자퇴를 하라고 했을까. 돈이 없어서? 그렇게 생각하니 영수는 돈이 없어 망가진 자전거를 고치지 못하는 것이 안타까웠다. 저녁을 먹고 볼펜을 조립하고 있을 때 영수는 창밖으로 미세한 소리를 듣게 되었다. 용인 강남 팰리스 특가! 평당 칠백에 분양합니다! 함께 볼펜을 만들던 엄마가 한숨을 내쉬었다.

"돈은 무슨 태어날 때도 들고 살 때도 써 젖히고 죽을 때도 필요하냐."

두 달 전부터 엄마는 이사를 결심했다. 아빠는 반대했고 형도 귀찮다는 기색이었지만 영수는 밝게 웃었다. 방이 없는 설움을, 막내의 억울함을 가족 중에 알아주는 사람은 없었다. 드디어 17평짜리 빌라에서 벗어나는구나. 영수는 엄마와 아빠의 말싸움을 보며 전적으로 엄마를 응원했다. 의견을 지지한다는 뜻에서 평소보다 열심히 부업을 도왔다. 여느 때 같으면 머리를 쓰다듬어 주었을 엄마가 아무 표정도 짓지 않으니 의아했지만 영수는 손이 거메질 때까지 볼펜심을 끼웠다.

수업시간에 잠을 자고, 방과 후에는 걸어서 전단지를 돌리고, 집에 돌아오면 볼펜을 만드는 것이 영수의 하루 일과였다. 영수는 자신이 가계에 도움이 되는 쓸모 있는 아들이라고 믿었다. 치킨을 시켜 달라고 고집을 피워서 마지못해 사 주면 대충 뜯어 먹고 살점이 그대로 붙어 있는 뼈다귀를 버리는, 독서실에 갈 것이니 6천 원만 달라고 조르는, 우리 집 컴퓨터는 왜 배그가 안 돌아가느냐며 불평하는 형보다는 백배 천배 낫다고 생각했다. 가끔 영수는 웃통을 벗고 거울 앞에 서서 근육 보조제를 사야겠다고 중얼거리는 형을 보면 뒤통수를 세게 갈겨 주고 싶었다. 형은 사실 사치스러운 부잣집 유전자를 가졌는데 산부인과에서 아이가 바뀌어 가난한 집에 오게 된 사람처럼 굴었다. 그런 형이 집 근처 특성화 고등학교에 간 것은 유일한 효도였다. 영수는 엄마가 돈을 좋아하니 쓰기만 하는 형보다는 몇 푼이라도 벌어 오는 자신을 더 아끼는 게 맞다고 느꼈다. 볼펜 마흔세 개를 조립한 영수는 눈이 뻐근했다. 엄마의 허벅지를 베고 누웠다. 그제야 엄마는 영수의 얼굴을 쓰다듬어 주었다.

"아들, 급식은 맛있어?"

맛없다고 답하는 즉시 엄마는 "그럼, 신청하지 말까?"라고 물어볼 것 같았다. 맛이 있든 없든 중식은 재학생이라면 필수적으로 신청해야 했다. 나도 급식비 아깝거든. 안 먹고 싶거든. 하지만 1교시만 돼도 배가 너무 고팠다. 특히 체육이 든 날은 더더욱 허기가 졌다. 영수는 급식비가 한 달에 2만 원이고 전단지 알바로 하루에 버는 돈이 3만 원이니 급식비는 자신이 부담하겠다고 말하려다 말았다.

비가 내리는 날이었다. 점장이 오늘은 쉬라고 했지만 영수는 초조했다. 시간은 다시 돌릴 수 없고, 오늘 우비라도 입고 아파트 단지를 돌아다니면 달콤한 3만 원을 손에 쥘 수 있을 터였다. 전단지가 비에 젖어 엉망이 되는 것이야 상관없었다. 테이프를 붙이는 곳만 안 젖게 잘 보관하면 되었다. 현재 영수의 수중에 있는 돈은 8만 7,100원이었다. 한 푼도 쓰지 않았다면 10만 원은 진즉에 넘었을 것이다. 아르바이트를 시작한 후로 엄마는 용돈을 주지도 않으면서 자주 영수에게 돈을 달라고 했다. 주로 형이 주전부리 따위를 사 달라고 할 때 지출하는 것이었다. 처음에 영수는 불만을 품었지만 엄마는 하루에 한 번씩 도움 되는 내 새끼, 장한 우리 아들, 하며 영수를 칭찬해 줬다. 영수는 마치 돈으로 엄마의 마음을 산 것 같아 떨떠름하면서도 그 말이 싫지 않았다.

엄마는 일찌감치 생계전선에 뛰어든 식구 중 한 명으로 영수를 인식해 버린 것 같았다. 고등학교에 입학한 후로 성적에 대해 아무 말도 하지 않는 것만 봐도 알 수 있었다. 영수의 7월 모의고사 결과가 평균 5등급도 안 된다는 말을 들은 엄마는 그저 고개만 끄덕였다. 성적을 밝힌 후 영수는 양심이 찔려 한자리에서 꾸역꾸역 볼펜을 두 박스나 조립했다.

"우리 영수는 일을 잘해, 그치?"

엄마의 웃음 띤 말이 영수는 부담스러웠다. 엄마의 저 말은 죽을 때까지 몸 사리지 않고 일해야 하는 이유가 되었다. 게다가 저 말 뒤에는 '공부는 못하고'라는 의미가 생략돼 있었다. 영수는 공부를 잘하는 형을 재수 없게 느낄 때가 많았는데 엄마는 타인 앞에서 형에 대한 이야기를 훨씬 더 자랑스럽게 했다. 남들 앞에서 우리 아들은 전단지를 잘 돌리고 날 도와서 볼펜도 잘 만들어요, 하는 것보다 우리 첫째는 모의고사 성적이 전부 1등급이에요, 이 말이 체면에 더 좋기 때문이었다. 그래서 영수는 졸려서 죽어 버릴 것만 같을 때도 이를 악물고 전단지를 돌리러 나갔다. 돈이라도 벌어 와야 엄마의 아들 취급을 받을 수 있을 것 같아서였다.

영수는 엄마가 자신에게만 자퇴를 권유한 이유를 정확히 몰랐다. 그저 스스로 예상하건대 엄마의 눈에는 학교를 그만둔다고 울어 줄 친한 친구도 없어 보이고, 수업도 잘 못 따라가고, 선생님들에게는 수업시간에 만날 잔다고 정평이 나 있으니 학교에서 얻을 게 없다는 거였다. 만약 성적이 좋았다면 자퇴 얘기가 나왔을까. 엄마가 보는 것처럼 영수는 공부를 싫어했지만 몰려다니며 급식실에 가고 점심시간에 함께 농구하는 친구들을 좋아했다. 자퇴하면 뭘 하지. 그나저나 그럼 나는 중졸이 되는 것인가? 영수는 소름이 끼쳤다. 고작 중졸? 돈을 아끼자고 고등학교를 그만두는 것보다 고등학교라도 졸업하고 어느 공장에 들어가는 것이 더 의미 있는 일이 아닌지 회의가 들었다.

그러나 머지않아 이런 회의에 빠지게 만든 엄마의 자퇴 권유 배경을 알게 되었다. 영수가 양치질을 하고 이부자리에 누워 눈을 감았을 때, 오늘 번 돈과 사 먹고 싶은 군것질을 대조해 가며 머릿속에 펼쳐 놓고 있을 때, 작은아들이 잠든 줄 알고 나누는 모자의 대화를 듣게 된 것이었다.

"일단 서울에 있는 합숙 학원에 보내 줘요."

"대학 졸업하고 뭐 할 건데?"

"취업해야죠."

"군대는?"

형은 다른 것 다 제쳐 두고 공부를 하고 싶다고 했다. 영수는 형의 입에서 나오는 '공부하고 싶다'는 말이 징그럽도록 신기해서 눈을 번쩍 떴다. 곧 그동안 형에 대해 잘못 알았음을 깨달았다. 공부하고 싶다는 형이, 성적이 우수한 형이 특성화 고등학교에 간 것은 이른 나이에 취업해서 가계에 도움을 주려는 목적이 아니었다. 내신을 쉽게 따서 특성화고 선발 전형의 특혜를 누리려는 것이었다. 영수는 엄마가 형을 두들겨 패지 않는 것이 이해가 안 됐다. 머리만 좋고 생각은 눈곱만큼도 없다며 혼나야 한다고 생각했다. 엄마는 형을 때리는 대신 한숨을 내쉬었다.

"등록금, 공납금이 어디서 나니."

그 한숨에 미안함이 섞여 있는 듯해 영수는 기분이 몹시 상했다. 왜 그런 뉘앙스인데? 집안 형편 빤히 알면서 서울 보내 달라는 저딴 철없는 새끼한테 뭐가 미안한데? 형은 대학에 가지 않아도 충분히 학교에서 시키는 자격증 시험을 보러 다니느라 한 달에 30만 원 이상을 썼다. 2년 내내 엄마를 고생시켜 놓고 소비의 연장선을 기어이 찍겠다는 것이었다. 영수는 견딜 수 없이 형이 미워졌다. 엄마가 자신에게 자퇴를 권유한 것이 단순히 성적 때문이 아니라 형의 대학을 위해서라는 걸 알고 나니 급기야 엄마까지 싫어졌다.

다음 날 영수는 평소보다 두 배나 많은 전단지를 돌렸다. 다리가 저리고 손이 떨리는 지경에까지 다다랐다. 6만 원을 벌기 위해 눈물을 쥐어짜 내야 하는 현실. 전단지를 붙이고 내려오다가 계단에서 넘어져 무릎도 까졌다. 영수는 초가을 날씨가 제법 선선한데도 부채질을 연신 했다. 501이라는 숫자 아래에 붙일 때 형이 생각났다. 이건 내 돈이야. 404호에 붙이고 그 옆 405호에 붙일 때는 엄마 생각이, 옥상까지 올라갔다가 엘리베이터에도 한 장 붙이고 나올 때는 아빠 생각이 났다. 이 돈은 말이야, 내 거야. 형 대학등록금에도 안 보태고, 엄마가 달래도 안 줄 거야. 이건 나를 위한 돈이야. 영수는 현재로서 자퇴를 하고픈 마음이 전혀 없었다. 자신보다 형을 더 소중히 여기는 엄마의 뜻대로 움직이기가 죽어도 싫었다.

6만 원을 번 날 집에 돌아와 보니 다른 디자인의 볼펜 부품이 가득 와 있었다. 부업회사가 찾아와 물건과 돈을 바꾸어 간 모양이었다. 영수는 물을 한 잔 마시고 묵묵히 볼펜을 만들었다. 만들며 다짐했다. 이제껏 내가 했던 모든 노동, 나중에 청구할 거야. 그리고 자전거를 꼭 살 거야! 굳은 다짐을 방해하는 요란한 게임 음악이 형의 방에서 흘러나왔다. 영수는 달력을 보았다. 엄마가 형의 개교기념일이라며 체크해 둔 날이 바로 오늘이었다.

형은 쉬는 날에도 부업을 도와준 적이 없었다. 영수는 다리를 떨면서 게임에 집중하는 형의 뒷모습을 보며 주먹을 꽉 쥐었다. 저런 자식을 장남이라고 아끼는 엄마가 도무지 이해되지 않았다. 영수는 일부러 저녁을 준비하는 엄마를 등지고 볼펜을 조립했다. 처음 보는 볼펜도 만드는 법은 거의 똑같았다. 아래 부분에 부품 두 개를 끼우고 심을 넣은 뒤 스프링을 꽂고 뚜껑을 닫으면 끝이었다. 엄마는 이제 자신보다 손이 더 빠른 아들을 바라봤다.

"영수야, 생일 얼마 안 남았지. 뭐 갖고 싶어?"

흠칫 놀란 영수는 47만 5,630원짜리 로드 자전거라고 답하지 못했다. 화장실에 가려고 잠깐 나온 형이 퉁명스럽게 물었다.

"쟤 생일이에요?"

영수는 꼴도 보기 싫어 입을 다물었다. 내일도 2천 장을 돌려야지. 현재 영수의 수중에 있는 돈은 무려 17만 7,100원이었다. 조금만 더 하자, 조금만. 자전거를 사면 그때부터는 2천 장이 기본이 될 거야. 나는 돈을 벌 거야. 영수는 의기양양한 표정을 지었다.

형은 공부를 잘했다. 영수는 물론이고 옛날부터 주위 사람들까지 다 아는 저명한 사실이었다. 그러나 영수는 형이 2년 내내 전교 1등인 줄은 몰랐다. 대기업에서 조기 졸업시키고 데려가고 싶어 할 만큼 대단한 인간인지 상상도 못 했다. 대학에 가고 싶다며 가족 모두에게 부담을 주던 형은 그날 밤에도 부모님과 진지하게 대화를 나눴다. 이번에는 영수가 들어도 상관없다는 듯 거실에서 환하게 불을 켜 놓고 이야기했다. 주6일제 대기업으로부터 입사 제의를 받았다는 것이었다. 초봉을 들은 엄마와 아빠가 눈을 휘둥그레 떴다. 영수는 신경 쓰지 않고 볼펜만 열심히 만들었다.

"당장 입사하지 그러니?"

"다시 안 올 기회다. 잡아라."

엄마와 아빠의 환희에 찬 목소리가 들려왔다. 형은 갈등했다. 선 취업 후 진학이 있기는 하지만 대기업에 입사한 사람이 서울권 대학에 가기 위해 고군분투하는 일은 유사 이래로 없었다. 형은 박사학위까지 따고 싶은 전공이 있었고, 공부를 계속하기에 집 사정은 형편없었다. 영수는 부루퉁한 표정으로 한 박스를 다 만들고 다른 박스를 자기 앞으로 끌어왔다. 당연히 취업해야지, 무슨 생각을 더 해. 역시 형은 재수가 없었다.

형제는 그리 친하지 않았다. 정확히 말하자면 영수는 형과 친하게 지내고 싶지 않아 하고, 형은 영수와 자신이 적당한 사이라고 여겼다. 한편으로 둘은 반대였다. 영수는 친한 사이여도 절대 돈을 꾸지 않았지만 형은 자기가 동생과 친한 줄 착각하여 금전적인 문제에 관대했다. 영수의 현재 통장 잔고는 19만 7,100원이었다. 알바를 마치고 돌아오는 길에 닭강정이 매우 먹음직스러워 보여서 참지 못하고 1만 원을 써 버린 탓에 아직 20만 원이라는 숫자를 보지 못했다. 영수는 엄마가 알아주길 바라듯 하루에 볼펜을 2백 개 넘게 만들었다. 일주일도 안 되어 조달받은 물량 중 벌써 절반이나 완성했다. 완성된 볼펜 상자를 저편에 밀어 놓고 새 상자를 가져오는 영수에게 형이 말을 걸었다.

"이영수, 나 3만 원만."

전부터 노래를 부르던 고급 면도기를 하나 장만하고 싶다는 것이었다. 영수는 벌레 보듯 인상을 찌푸렸다. 불쾌한 점은 '3만 원'이 아니라 '이영수'에 있었다. 천하의 썩을 놈. 지가 나한테, 나는 고사하고 우리 가족한테 준 게 뭐 있다고 돈을 달래.

저렇게 뻔뻔하게. 영수는 남자건 여자건 현재 안 필요한 물건을 막 사는 사람은, 그것도 형편이 마땅찮을 때 자꾸 돈을 써 젖히는 사람은 평생 거르기로 결심했다. 피는 물보다 진하다는데 영수는 형과 자신이 물보다는 조금 진한 복숭아 홍차 정도라고 생각했다. 그것도 연한 복숭아 홍차. 조금만 물을 더 부어버리면 아무 맛도 안 날 밍밍한 복숭아 홍차.

영수의 표정을 본 엄마는 다가와 형 앞에서 지갑을 열었다. 묵혀 둔 비상금이었다. 잘난 큰아들이 대기업에 입사하게 됐는데 뭐가 아깝겠냐는 것이었다. 그러나 영수에게 저 3만 원은 깨서는 안 될 금기의 영역으로 느껴졌다. 다급히 엄마를 막아서며 외쳤다.

"차라리 내가 줄게!"

엄마와 형은 놀란 표정을 지었다.

3주일이 지났다. 하루도 빠짐없이 전단지를 돌린 영수는 45만 원을 모으게 되었다. 가슴이 벅찼다. 학교를 마치자마자 은행으로 달려가 돈을 뺐다. 현금을 봉투에 정갈하게 담아 자전거 가게로 갔다. 걷는 게 아니라 나는 기분. 나는 훨훨 날아가 새가 될 테야. 지금 사러 가는 자전거가 그 날개가 돼 줄 거야.

영수는 두둑한 봉투를 내밀 때 웃음을 참지 못했다. 아저씨는 돈을 두 차례 세어 보았다.

"내년 세뱃돈 미리 받았구나?"

영수는 이 아저씨가 '얘가 돈을 모은 과정이 궁금하다'보다 '내 예상은 빗나간 적이 없지'를 더 원한다는 사실을 알고 있었다. 구구절절 전단지를 돌린 이야기, 노을이 질 때 1만 원을 빼서 닭강정을 사 먹은 이야기, 비가 올 때도 꿋꿋이 전단지를 돌리러 나간 이야기, 501호에 붙일 때 형 생각을, 404호와 405호에 붙일 때는 엄마 생각을, 엘리베이터에 붙일 때는 아빠 생각을 했다는 말을 하지 않았다. 해서 달라질 게 없는 말은 하지 않는 게 좋았다.

아저씨는 현금이어서 에누리해 주는 것이고, 앞으로 6개월간은 무상 수리가 가능하다며 으름장을 놓듯 말했다. 이어서 사은품으로 싸 보이는 전조등, 후미등과 번호가 달린 자물쇠를 주었다. 영수는 아직 학생인 아이가 무려 현금 45만 원을 한순간에 썼는데, 그 노력과 결심이 엄청났을 텐데 헬멧 정도는 공짜로 더 얹어 주는 게 마땅하다고 생각했다. 아저씨는 오랜만에 자전거를 팔아서 기분이 좋은 듯했다. 영수는 자기 입으로 헬멧은 안 주나요? 말할 깡이 없었으므로 눈치를 봤다. 바퀴에 바람을 두둑하게 넣어 주고 안장 높이를 조절한 뒤 브레이크와 기어가 멀쩡한지 모두 확인했다. 아저씨는 머뭇대는 영수를 왜 안 가냐는 눈빛으로 봤다. 영수는 저편에 걸려 있는 날렵한 디자인의 헬멧이 탐났다. 다시 볼 일 없는 사람인데 물어보기만 하는 건 괜찮겠지. 긴장한 채 입을 뗄 때였다. 아저씨가 영수를 위아래로 훑어보더니 대뜸 물었다.

"혹시 알바하고 싶니?"

영수는 자전거점에서 체인의 기름을 닦는 아르바이트를 하게 되었다. 학교를 마치자마자 자전거점에 들러 하루 50개만 닦으면 2만 원을 받을 수 있었다. 그 후에 전단지를 돌리러 갔다. 엄마는 영수가 새 일을 시작한 것을 몰랐다. 전보다 40분쯤 늦게 들어오는 것에 의문을 품었지만 요즘 번 돈으로 PC방이라도 가나 싶어 신경 쓰지 않았다. 엄마는 가족들과 시간이 다른 막내아들의 저녁 식사를 매일 따로 챙겼다. 영수는 꼬질꼬질한 몸으로 집에 돌아오자마자 엎어져 자거나 볼펜을 만들었다. 여러모로 측은한 눈빛을 가지고 바라보게 만드는 행동들이었다.

그날은 영수가 자고 있었다. 학원에서 돌아온 형은 집에 돌아오자마자 배고프니 간식을 달라고 외쳤다. 자는 영수에게 이불을 덮어 주고 볼펜을 만들던 엄마는 일어나 부엌으로 갔다. 형은 가방을 내려놓으며 이틀 전부터 집 앞에 세워져 있는 자전거는 뭐냐고 물었다. 엄마가 웃었다.

"영수가 지 생일에 지한테 주는 선물이래."

엄마 아빠한테는 한 번도 말 안 하고 지가 돈 모아서 산 거래. 말이 끝나기도 전에 거실에서 이불 걷어차는 소리가 들렸다. 형이 곤히 잠든 영수의 허벅지를 발로 차서 깨운 것이었다. 영수는 불쾌해 죽겠다는 표정으로 눈을 떴다. 엄마가 인상을 찌푸렸다.

"야, 저거 얼마야? 겁나 비싸 보이는데. 모아 둔 돈 얼마나 더 있어?"

잠에서 깬 영수가 답하지 않고 기분 나쁜 표정만 짓고 있으니 형은 발로 몇 번 더 건드리며 채근했다. 영수는 급격히 기분이 상했다. 영수는 형과 발로 차이는 것과 자는 데 누군가 깨우는 것을 싫어했다. 세 가지 상황이 동시에 일어나 그만 폭발했다.

"알 게 뭐야, 양심 없는 새끼야! 엄마 등골만 빼먹는 게!"

영수는 소리치며 형의 다리를 밀쳤다. 엄마가 달려갔을 때 영수는 형에게 흠씬 밟히고 있었다.

"개새끼, 나대고 있어. 뒤질래?"

형은 얼굴이 빨개질 때까지 영수를 팼다. 영수는 소심한 대적을 했지만 오래가지 못했다. 엄마는 형의 뒷덜미를 잡고 방으로 끌고 들어갔다. 거실에 혼자 남은 영수는 한참 씩씩대다 눈물을 찔끔 흘리며 도로 이불을 덮고 누웠다.

형은 머리부터 발끝까지 영수가 꺼리는 성향을 지니고 있었다. 밥 먹을 때 쩝쩝 소리를 크게 냈고, 욕을 많이 했으며, 돈을 물 쓰듯 썼고, 잘못을 해도 절대 사과하지 않았다. 어린 나이부터 짠돌이가 된 영수에게 있어 형은 가정에 피해만 주는 존재였다. 이번 같은 상황도 마찬가지로 먼저 시비를 걸어 놓고는 오히려 더 성질을 냈다.

"밍밍한 복숭아 홍차 자식."

영수는 욕을 중얼거리며 인터넷으로 통장 잔고를 확인했다. 한순간에 45만 원을 날려 보낸 터라 남은 돈은 3천 원 정도밖에 없었다. 그래도 이제는 하루에 5만 원을 벌게 됐으니 9일만 일해도 그동안 번 돈이 다 메꿔질 것이었다. 영수는 개미와 베짱이 이론을 신뢰했다. 열심히 일한 자신은 무엇이 됐든 나중에 보상을 받을 것이고, 머리만 믿고 흥청망청 놀기만 한 형은 훗날 아무것도 얻지 못할 거라고. 대기업에 채용됐다고 해도 번 돈을 다 날려 먹을 거라고.

방 안에서 형은 엄마에게 긴 시간 동안 엄포를 들었다. 동생을 한 번만 더 때렸다가는 가만 안 두겠다는 내용이었다. 이윽고 문이 열렸다.

"영준이, 영수한테 사과해."

형은 전혀 미안해하지 않았고, 영수 또한 형과 말을 섞기 싫어했으므로 분위기는 싸해졌다. 형이 무어라 답하는 것이 흐릿하게 영수의 귀로 들어왔다. 따뜻한 이불에 둘러싸인 영수는 다시 잠에 빠져들었다. 형은 책상에 앉아 수학 노트를 펴며 중얼거렸다. 엄마는 왜 저딴 놈을 낳아서.

두 형제는 사이가 안 좋았다. 몇 분 뒤 들어온 아빠의 손에 자기 아들의 결혼 기념으로 사장이 돌린 카스텔라 한 박스가 들려 있어 마주 앉았지만 한 마디도 하지 않았다. 아빠는 회사에 있을 때 엄마로부터 아들들이 싸웠다는 소식을 들으면 크든 작든 먹을 것을 사 왔다. 어릴 적 영수와 형은 아빠가 사다 주는 간식을 원해서 싸우는 척을 하기도 했다. 그런데 요즘은 척이 아니었다. 영수는 정말이지 형을 경멸했다. 밍밍한 복숭아 홍차 따위에게 형제애를 느낄 날은 오지 않을 것이었다.

다음 날 체인을 닦던 영수는 뾰족한 것에 찔려 피가 났다. 목장갑의 왼손 약지 부분이 빨갛게 물들었다. 일을 영 못 할 정도는 아니었기에 묵묵히 닦기를 계속했다. 영수는 일을 마치고 자전거점을 나서며 목장갑에 묻은 피를 보고 아저씨가 너 다쳤니? 물어보기를 내심 기대했다. 그러나 아저씨는 영수가 갈 때도 TV만 보고 있었다.

영수는 자전거 핸들을 제대로 쥐지 못하는 오른손으로 전단지 1천 장을 돌렸다. 허리와 다리가 아플 때마다 이런 생각을 하며 버텼다. 열심히 살아야 형 같은 인간이 안 되지. 그런 쓸모없는 인간은 되지 않을 테야. 계단을 오르는 허벅지가 터질 듯 조이는 것이 느껴졌다. 영수는 짧게 탄식했다. 아. 방금 전 생각했던 '열심히 살아야 형 같은 인간이 안 되지'에서 '살아야'가 사실은 '일해야'인 것을 깨달았다. 고작 열일곱에 깨달아 버렸다.

아빠는 영수의 아르바이트를 못마땅하게 여겼다. 곱게 생기지는 않았지만 막노동에 비슷한 아르바이트를 하기에는 얼굴이 아깝다는 것이었다. 영수는 구태여 그럼 내가 어떻게 생겼는데요? 묻지 않았다. 아빠는 아들들의 외모가 훌륭한 편이라고 생각했다. 영수는 한 번도 자신이 잘생겼다고 느낀 적 없었으므로 아빠의 생각이 낯간지러웠다. 그날 아빠는 오후 7시에 퇴근했다. 아르바이트를 마치고 돌아온 영수는 손을 씻고 상처에 연고를 발랐다. TV를 보던 아빠가 흘끔 보고는 물었다.

"어쩌다 다친 거냐."

영수는 손가락에 밴드를 감으며 넘어졌다고 둘러댔다. 넘어졌는데 손가락이 다쳐? 아빠가 고개를 갸웃거렸다. 방 안에서 형이 소리쳤다. 아빠! 텔레비전 소리 좀 줄여요! 아빠의 리모컨 든 손이 분주해졌다. 영수는 졸음이 쏟아지지는 않지만 지금 자지 않았다간 10시 전에 곯아떨어져 더 길게 보낼 수 있는 하루를 날려 버릴 것 같아 30분만 자기로 했다. 이불 안에 들어가는데 아빠가 말을 걸었다. JTBC 드라마가 볼륨 23으로 틀어져 나오고, 그 위를 밟으며 걸어가는 듯한 목소리였다.

"영수야, 공부는 잘되냐."

"……."

"못해도 모든 과목이 3등급 안에는 들어야 한다."

영수는 아빠가 미웠다. 왜 내가 볼펜 열심히 만드는 건, 기껏 번 돈 형 군것질로 날려 버리게 주는 건 하나도 칭찬 안 해 주고. 아빠는 영수가 잠든 것을 알고 혼잣말을 가장한 설교를 했다. 아빠가 영어만 잘했어도 더 좋은 대학교에 갔을 거다. 세계화 시대다. 영어를 열심히 하자. 아빠 때도 학원 같은 게 있기는 했는데 전교 1등은 항상 학원 안 다니는 가난한 집 아이였다. 가난은 좋은 공부의 도구가 되기도 한다. 우리 집은 가난한 편이니 너는 충분히 잘할 수 있다. 아빠는 20분가량 말을 늘어놓다가 TV를 끄며 벌떡 일어났다. 아무래도 담배를 사러 가는 듯했다.

"그나저나 자전거 되게 좋아 보이는구나."

영수는 집안 남자들이 다 마음에 안 들었다.

전단지를 돌리다 형이 다니는 학교를 보게 된 영수는 대문만 한 현수막에 형의 이름이 쓰여 있는 것이 생경했다. 동시에 무척 재수 없다고 느꼈다. 사람들은 누구든지 대기업에 입사하면 다 훌륭한 인물이라도 되는 것처럼 띄워 주었다. 엄마는 어디서 난 돈인지 형에게 말쑥한 정장 한 벌을 선물했다. 영수는 나중에 그 옷이 2백만 원이 넘는다는 사실을 알았을 때 입을 다물지 못했다. 친척들은 갑자기 영수네 가족에게 친한 척을 했다. 형은 친척들이 다 보는 앞에서 영수에게 10만 원을 주었다. 영수는 집에 돌아가자마자 봉투를 형에게 던져 버릴 거라고 생각했다. 이깟 용돈 따위는 필요 없었다. 형이 싫으니 형이 번 돈까지도 반감이 들었다. 그동안 한 짓이 얼마인데 이딴 걸로. 그러나 실제로 던지지는 못하고 신경질적으로 통장에 넣어 버렸다. 이제 내 돈이야. 내 돈이랑 섞였으니 내 거야.

형은 경기도에 있는 회사 기숙사에서 생활했다. 일주일에 한 번씩 집에 오며 회사에서 겪었던 일들을 부모님에게 말해 주었다. 이야기를 들어보면 직원들이 남에게 관심이 없어서 괜찮다는 둥 커피를 마음껏 마실 수 있다는 둥 예쁜 여직원이 없다는 둥 난방이 너무 세서 덥다는 둥 그런 내용이었다. 영수는 형이 나름 괜찮은 생활을 하고 있다고 생각했다. 형이 회사에 빨리 적응해서 달마다 넉넉한 돈을 보내 준다면 그야말로 안심이었다. 영수는 미소 지었다. 이제 엄마가 자퇴하라는 말은 안 하겠구나. 2학년 때 수학여행도 갈 수 있겠구나.

그로부터 두 달이 지났다. 언제부턴가 형은 금요일에 본가로 왔다가 일요일에 경기도로 가는 스케줄을 행하지 않았다. 겨울 방학을 맞은 영수는 알바하러 갈 준비를 하며 그때 다친 손가락에 멍이 든 것을 보았다.

아침을 먹을 때 형이 머리카락을 말리며 물었다.

"야, 뛸 만한 알바 없냐."

영수는 형이 장난을 치는 줄 알고 들은 척도 하지 않았다. 답을 채근하던 형이 손을 치켜들자 무뚝뚝하게 답했다.

"전단지 알바."

형은 전단지 돌리는 일은 싫은지 자신에게 잘 어울리는 아르바이트가 없냐고 재차 물었다. 영수는 낡은 운동화에 들어 있는 조그만 돌을 빼냈다. 고개를 숙였을 때 영수의 눈에 들어온 형의 구두는 멀끔하기 그지없었다.

"과외하든가."

형이 등 뒤로 학원 다니면서 과외를 어떻게 하냐고 욕을 했다.

"됐다, 도움 안 되는 새끼."

영수는 형이 왜 '회사 다니면서'가 아니라 '학원 다니면서'라고 했는지 당최 이해할 수 없었다. 그날 저녁 체인을 닦고 돌아온 영수는 술을 마시고 있는 엄마와 아빠를 보게 되었다.

"영준이 그 자식은 미친놈이야. 고2씩이나 됐으면 철이 들어야지."

아빠의 말에 엄마가 고개를 끄덕였다. 세상에 쉬운 일이 어디 있다고. 상사가 때리기를 해, 대놓고 욕을 해. 부모님은 영수가 가까이 오든 말든 아무런 신경을 쓰지 않았다. 침을 튀겨 가며 회사를 그만둔 형을 신랄하게 욕할 뿐이었다. 영수는 볼펜을 조립하며 내용을 엿들었다. 형은 학교에서도, 가정에서도 자기 멋대로였다. 자신이 갑인 상황이 아니면 적응을 못 하고 힘들어했다. 무리 생활, 눈치를 봐야 하는 입장, 낮은 위치에 신물이 난 형이 고작 두 달 만에 사직서를 냈다는 것이었다. 형은 사직서를 낼 때 '이 자식은 뭔가 두둑한 빽이 있나 보군. 그래서 이렇게 당당한가 보군.' 하는 듯한 눈으로 자신을 쳐다보는 상사의 눈초리가 마음에 들었다고 했다.

엄마는 편한 복장으로 밤 10시에 집에 돌아온 형에게 저녁을 차려 주며 등짝을 때렸다.

"이놈아, 이놈아! 대학 가면 뭐 할라구! 거기서도 마음에 안 들면 자퇴할라구? 왜 너만 생각해, 왜 너 힘든 것만 생각하냐구! 다른 건 안 보여!"

일말의 양심은 있는지 형은 묵묵히 맞고만 있었다. 형은 이 와중에 검정고시 학원에 등록한 모양이었다. 가방에 새 문제집이 가득했다. 한 권당 1만 원씩만 잡아도 12만 원. 영수는 형을 평생 증오하기로 결심했다.

이틀 뒤 형은 자전거점에서 목장갑을 꼈다. 영수는 형에게 따지고 싶었다. 도움 안 되는 새끼랑 같이 일을 하다니, 자존심도 없나 보네? 아저씨는 요즘 체인이 많이 들어오니 한 명쯤은 더 쓸 수 있다며 형을 받아 주었다. 그나저나 정말 형제 사이가 맞느냐고, 같이 일하며 어떻게 한 마디도 안 하냐고 신기해했다. 형은 능청맞게 답했다.

"배다른 형제예요."

아저씨는 실례되는 질문을 했지만 사과할 타이밍을 놓친 듯 멋쩍게 웃었다. 형이 손을 내저으며 장난임을 밝히자 아저씨는 두 형제를 번갈아 봤다. 그 눈빛은 마치 '진짜 배다른 형제라고 해도 믿겠군'이라고 말하는 듯했다. 그리고 영수는 배다른 형제를 넘어서서 그냥 남이었으면 좋겠다고 생각했다.

형제가 함께 자전거점에서 아르바이트를 한 지 4일이 되는 날이었다. 일을 마치고 나니 노을이 지고 있었다. 평소였다면 도서관 열람실로 달려갔을 형은 영수에게 따라와 보라고 하고는 외진 곳에 있는 고물상을 기웃거렸다. 영수는 무언가를 감춰 두었으리라고 생각했다. 하지만 그게 뭐든 자신을 이곳까지 끌고 온 이유는 알 수 없었다. 형이 20분이 넘도록 물건을 찾는 동안 곰곰이 생각한 영수는 조금 알 것 같았다. 컴퓨터를 바꾸고 싶다고 투정을 부리던 형이 고쳐서 쓸 만한 데스크톱을 이 고물상에서 발견했다는 루트. 무게가 꽤 나가니 자기 대신 들라고 부려 먹는 것. 영수는 데스크톱이든 뭐든 형이 무거운 것을 들라고 하면 실수인 척 가다가 떨어뜨릴 계획을 세웠다. 벌써 핸들바에 손때가 타기 시작한 자전거를 가로등에 기대어 세워 두었다. 어느새 해는 완전히 져 있었다.

고물상의 닫힌 문을 열고 안으로 들어간 형은 5분 뒤 무언가를 끌고 왔다.

"야, 이영수!"

영수는 틈새로 보이는 낡은 자전거에 눈을 동그랗게 떴다. 형은 좁은 틈으로 자전거를 내보내기 위해 안간힘을 썼다. 형제가 젖 먹던 힘까지 짜낸 결과 자전거의 뒷바퀴가 튕겨져 나왔다. 먼지가 묻은 것만 빼면 멀쩡한 하이브리드 자전거였다. 형은 아주 자랑스러워했다.

"네 생일 못 챙긴 거 신경 쓰였는데 몇 주 전에 발견해서 찜해 놓은 거야."

영수는 떨떠름한 기분에 고마워해야 할지 말아야 할지 고민했다. 형이 신난 얼굴로 얼른 타 보라고 했다. 영수는 안장에 내려앉은 먼지를 털고 앉았다. 바람이 없어 앞으로 나갈 때마다 바퀴가 푹푹 꺼졌다. 그사이 형은 영수의 자전거를 타고 저만치 앞서갔다. 형의 자전거는 좀체 잘 나가지 못했다. 영수는 다리에 힘을 주고 페달을 열심히 밟았다. 형이 언제쯤 철이 들까 생각하면서. 이 자전거를 고치려면 전단지 3천 장은 돌려야 할 것 같았다.

기억은 오로지 우리의 몫

현대사를 장식한 인물에 이렇게 집중해 본 건 처음일 듯합니다.

겨우 이름 석 자만 기억할 뿐 대부분이 생소했던 그분입니다. 아이러니하게도 지긋지긋한 긴 장마가 책에 대한 몰입을 높여 주었네요.

오롯이 책에 집중한 일주일! 우중충한 날씨만큼이나 그에게 다가가는 제 마음도 우울했습니다. 책 전체를 관통하는 둔중한 아픔과 함께 갈피갈피에 등장해 연약한 한 청년을 베고, 찌르고 할퀴는 냉혹한 현실의 칼날이 그 도를 한참이나 넘어섰기 때문입니다.

그에게는 이순신 장군이나 만델라 대통령을 대할 때 느끼는 범접할 수 없는 위엄이나 카리스마가 없습니다. 그보단 매일 마주치는 이웃 오빠나 해맑고 성실한 남동생의 이미지, 다시 말하면 평범이 발하는 친근함을 느끼게 됩니다. 이를 증명이나 하듯 책에 수록된 사진 속 그의 모습도 이런 제 인상을 지지하고, 포털에 소개된 그의 약력도 미싱공과 재단보조가 전부입니다.

그런데 '평범'이란 말이 묘하게 걸립니다. 끼니를 거르는 것이 일상이 되고, 학력이라곤 4년이 전부이며 구두닦이 등 세 가지 행상을 하루에 전전하고, 돌아가실 때까지 무허가 판자촌에 기거했던 그의 생을 평범이란 말로 표현하는 건 어울리지 않습니다.

범인이라면 수십 번 고꾸라졌을 설상가상의 악조건 속에서도 굳은 의지로 미래에 대한 희망을 놓지 않았을 뿐만 아니라 시대를 같이하는 동료들에게 늘 따뜻한 시선을 거두지 않고, 마침내 불꽃으로 산화한 이타적 인간이 바로 그입니다. 그에 전하는 존경의 깊이가 여기에 있습니다.

자! 그럼 신산이란 말로도 다 형언할 수없는 그의 22년 짧은 생애 속으로 들어가 볼까요?

거듭되는 사업 실패로 아버지가 자포자기 상태가 된 이후 그의 가정은 내리막길의 연속이었고, 분을 이기지 못한 아버지의 폭행이 이어지자 매를 피하고 생계를 연명하기 위해 가족이 뿔뿔이 흩어지는 가족 해체로 이어집니다. 그 역시 가출로 서울, 부산, 영천을 전전합니다. 허기진 배를 채우려 껌팔이, 물지게지기, 신문팔이까지 닥치는 대로 일해 보지만 무정한 사회는 이 작은 소년에게 끝내 손을 내밀지 않습니다.

아니 구원은커녕 제 영역을 침범했다는 이유로 동료 구두닦이로부터 구타당하고, 고단했던 하루로 무거운 눈꺼풀을 잠시 붙이려고 하면 경찰관, 야경꾼 등이 어김없이 나타나 내쫓는 그야말로 '쫓김'의 연속이었습니다.

최후의 버팀목이 돼 줘야 할 가정이 오히려 가출을 추동하고, 가정이 제 기능을 다하지 못할 때 그 역할을 대신해 줘야 할 사회는 그를 멸시하고 배척합니다. 그의 나이 고작 16세였습니다.

그의 궁핍은 상상 이상이었던 것 같습니다. 복고드라마에나 나올 법한 사례가 책에 자주 등장하는데 예를 들어 개천에 떠내려오는 무말랭이를 주워 반찬을 하고, 집이 없어 친구네 마루 밑에서 모자가 생활하며, 끝내는 자신의 몸도 간수할 수 없어 어린 동생을 보육원에 위탁하는 대목입니다.

그 곤궁의 깊이가 생존을 위협하는 지경에 이르렀음을 미루어 짐작케 하는 눈물 나는 장면인데, 그때의 심정을 그는 일기에서 "나는 하루가 또 돌아오는 것이 무서웠다"라고 토로하고 있습니다. 물론 이런 냉대는 뒤틀린 사회에 대한 그의 성찰과 비판의식으로 이어져 사회운동가로서의 싹이 움트는 계기로 작용했다는 건 말할 필요도 없을 것입니다.

한편 그런 그에게도 무더운 여름 한 줄기 소나기 같은 행복이 허락된 순간이 있었다면 고등공민학교 재학 시절일 겁니다. 낮에 온종일 일하고 밤에 공부하는 주경야독의 힘든 과정이었지만, 다리미에 데면서도 영어단어를 외우고 난로와 바지를 판 돈으로 참고서를 살 만큼 그는 매 순간 최선을 다하고 배움의 의지를 불사릅니다.

이런 그의 노력은 사실상 무학이나 마찬가지인 그를 지식인

못지않게 사회를 조망하는 식견을 갖추게 하고, 일기에서 보듯 적확하고 아름다운 표현을 낳을 뿐만 아니라 수기 등 오늘날 우리가 그의 발자취를 더듬어 반추할 수 있는 소중한 기록문학을 남기는 결과로 이어지게 됩니다.

배움을 이어가기 위해 가출도 불사하는 청년 전태일의 의지는 학생인 저를 부끄럽게 합니다. 우리 또래들의 치기 어린 방황과 생존을 위해 뛰쳐나간 그의 가출이 비교되어 얼굴이 달아오르고, "학원이 가기 싫어, 숙제가 너무 많아"를 입에 달고서 짜증 부리는 저를 뒤돌아보게 합니다.

더불어 범사에 감사하란 겸허한 자세를 조곤조곤 전하는 듯하기도 합니다.

짧기에 아쉬움이 더한 학창 생활을 뒤로하고 다시 생계를 위해 취업에 뛰어들게 되는데 그곳이 그와 떼려야 뗄 수 없는 평화시장입니다. 시다 일로 시작하죠.

'시다.' 생소한 용어라 사전을 찾아보니 '일하는 사람 옆에서 거들어 주는 사람'이라 정의되어 있습니다. 영화 〈친구〉의 유명한 대사 "내가 니 시다바리가"의 그 시다입니다. 보조역할이기에 대우가 시원찮겠구나 짐작은 했지만 책이 전하는 평화시장 시다의 현실은 상상 이상입니다. 버스비도 안 되는 형편없는 일당에 14시간이란 어마어마한 근무시간, 그리고 닭장을 연상시키는 작업환경은 굳이 근로기준법을 들먹이지 않더라도 부당하다는 느낌이 확 밀려옵니다.

정의감이 투철하고 비판의식이 강한 전태일은 이런 상황이 불편했지만, 우선은 호구지책을 면하고자 열심히 일하고 공부하여 차근차근 미싱사-재단보조-재단사로 지위를 옮겨 갑니다. 하지만 그토록 원했던 재단사가 되었건만 월급은 쥐꼬리만큼 오를 뿐이고, 주위 동료들은 여전히 최소한의 인간적 품위도 갖추지 못할 만큼 열악한 처우에 허덕이고 있음에 주목하게 됩니다.

이제부터 가난한 한 청년의 불우했던 어린 시절을 묘사한 사소설적 인상이 짙었던 책은 본격적으로 사회적 이슈의 한가운데로 첨벙 뛰어들어 갑니다.

여동생보다 어린 직공이 화장실도 못 갈 정도로 과한 업무량에 휴일은 한 달에 단 두 번, 허리를 구부리고 걸을 수밖에 없는 1.5미터 높이의 밀폐된 작업공간에 꽉 찬 먼지로 쉴 새 없이 검은 콧물이 흘러내리고, 계속되는 재봉으로 손목이 퉁퉁 부어 젓가락도 들지 못하는 여기가 대한민국 수도의 정중앙에 버젓이 자리 잡은 의복제조의 메카란 사실에 상상이 가십니까?

평화시장에 '평화'는 없었습니다. 열사는 분노합니다. '부한 환경'에 만족하지 않고 한 푼이라도 더 짜내려 악다구니처럼 다그치는 업주의 탐욕이 가증스러웠습니다. 그리고 아무것도 하지 못한 채로 이런 현실을 받아들여 기계처럼 일해야 하는 자신이 한심스러워졌습니다.

그러나 자신을 한심하다고 반성하는 성찰은 그를 나아가게 하는 원동력입니다. 지금-여기에 대한 객관적이고 정확한 인식은 문제의식으로 연결되고, 문제가 올바르게 정의되면 그 해법은 자연스레 떠오르기 마련이니까요.

사실 정의감이 동반된 성찰이 그 특유의 강한 의지를 만나 실천적 행동으로 이어지는 선순환은 그의 삶 고비 고비에서 자주 목격됩니다. 공사장 인부의 체불임금을 대신 받아 주는 장면 등에서 말이죠. 따라서 바르게 성찰하고 얻은 결론을 용기 있게 실천으로 옮기는 태도는 우리 청소년들이 본받아야 할 그의 미덕 중의 하나입니다.

특히 성찰은커녕 눈앞의 일차원적 상황에 헤어나지 못하고, 사회적 이슈에 둔감하며, 가치 있는 것을 향해 과감히 내지르지 못하는 저가 기억하고 함양해야 할 부분입니다.

아직은 분출되지 못하고 가슴속 열정으로만 갈무리된 그의 분노는 각혈로 쓰러진 동료 여공에 대한 부당한 처우를 목격하고 마침내 터져 버립니다. 근로조건 개선을 위해 '바보회'를 조직하고 그는 회장에 선임됩니다. 그 과정에서 근로기준법을 탐독하고, 가는 방향에 회의를 품고 흔들리는 동료를 타이르며 위로하는 그의 모습에서 우리는 좋은 리더의 품격을 확인할 수 있습니다.

이렇듯 고군분투에 동분서주를 더하나 기성세대가 장시간에 걸쳐 쌓은 사회적 장벽은 만만치가 않습니다. 개선을 요구하던 그들의 요청에 업주들은 사기, 이간질, 협박 등 갖은 수단을 동원해 바보회를 주저앉히려는 획책을 벌입니다. 업주와의 싸움도 버겁기만 한데 믿었던 근로감독관 그리고 노동청과 업주와의 결탁은 자본가 노동자의 대결, 금전과 인간다움의 대결에서 끝내 그릇된 결과를 낳게 하고 청년 전태일을 점점 더 마지막으로 내몰아 가죠.

그도 인간인지라 쓰라린 패배는 큰 충격으로 이어지고 그를 5개월여의 기도원 은둔생활로 이끌게 됩니다. 하지만 강한 의지의 표상인 열사는 낙담의 시간을 미래를 위한 곰삭은 숙려의 시간으로 만들어 다시 영원한 고향 평화시장으로 돌아옵니다. 심기일전한 그는 시행착오를 거울삼아 훨씬 정치해진 계획을 갖고 다시 바보회의 후신인 '삼동회'를 조직해서 근로조건 개선 운동에 매진합니다.

이런 노력은 빛을 발해 평화시장의 열악한 근무여건이 경향신문 1면 톱기사로 게재되어 큰 반향을 일으키는 승리로 이어지는 듯했으나, 닳고 닳은 업주와 국가를 비롯한 그들의 후원 세력은 작업환경 및 근로조건 개선에 대한 약속을 헌신짝처럼 버리는 몰염치를 보입니다.

두터운 사회의 벽을 확인한 열사는 마침내 '나를 버리고, 나를 죽이는' 육탄의 항쟁을 결심하고 실행에 옮기게 됩니다. 전신 화상으로 죽어 가는 극한의 고통 속에서도 그의 마지막 유언은 '내 죽음을 헛되이 하지 말라'였다고 동지들은 전합니다.

그렇게 한 청년이 갔습니다. 어렵게 번 자신의 하루 몫을 흔쾌히 허기진 여공의 점심값으로 지불하고 자신은 버스비가 없어 세 시간을 걸어 새벽에 귀가하던 선량한 청년이었고, 어쩌면 전도유망한 재단사가 되어 세계에 우리나라 양복의 우수성을 자랑하는 기능공이 되었을 수도 있는 유능한 청년이 그렇게 무참히 떠났습니다.

해서 저는 그로부터 자신을 둘러싼 이웃과 사회에 대한 따뜻한 감수성을 마지막으로 배웁니다. 특히 문과 학생인 저에게 늘 사회적 이슈에 깨어 있고, 적당한 긴장관계를 유지해야 하는 태도는 꼭 필요한 자세이기 때문입니다.

그의 마지막이 너무나 강렬했기에 죽음보다는 그가 살아온 과정에 천착해 찬찬히 되짚어 볼 것을 권유하는 신영복 선생님의 말씀에 동감합니다. 따라서 앞서 언급한 배움의 열정, 성찰하는 태도, 정의감, 실천하는 용기에 더해 사회를 향한 열린 감수성은 우리 청소년들이 두고두고 곱씹어 봐야 하는 그가 전하는 숭고한 메시지입니다.

그는 갔지만 그의 노력은 인간성 회복의 위대한 승리를 상징하는 기념비가 되었고, 희망과 현실이 함께 갈 수 있다는 꿈을 꾸게 해 주었습니다.

낯설었던 분을, 그래서 어쩌면 지나쳐 버릴 수도 있었던 훌륭한 인격을 가진 한 청년과의 인연을 잇게 해 준 책이 고맙습니다. 세련되고 현란한 표현보다는 우직하게 직진으로 밀고 나가는 담담한 문체가 청년 전태일을 닮았다는 생각을 해봅니다.

저자 조영래 변호사는 그렇게 그의 삶을 재현해 주셨네요. 그 분이 저자라 책의 품격이 한층 드높여지는 듯합니다.

저와는 동떨어진 전혀 딴 세계 같았던 노동, 노동자, 노조를 다시 생각해 보는 좋은 계기가 되었습니다. 몇 년 뒤엔 성실한 한국의 노동자로 삶을 살아가야 하는 저를 염두에 두면 좋은 예습이었습니다. 기업의 사회적 책임도 고민해 봐야 할 숙제가 되었습니다.

그의 사후, 노동을 둘러싼 여러 가지 금기는 상당 부분 해소되어 비약적 발전을 이뤘다는 게 대체적인 의견인 것 같습니다. 하지만 '구의역 스크린 도어사건'으로 상징되는 비정규직 노동자 문제는 아직 해결되지 못한 문제가 산적한 것 같습니다. 50년 전 시다를 둘러싼 환경 —이를 테면 박봉, 열악한 근무환경, 일방적 해고, 잡다한 업무 등—에서 어렵지 않게 오늘날의 비정규직이 연상됩니다.

아까운 또 한 생명이 사그라지는 비극을 미연에 방지하기 위해선 우리 사회 전체의 각성이 필요합니다. 비정규직의 존재를 한 개인의 나태함이나 노력 부족으로 전가하는 사회의 미래는 암울합니다. 돈보다는 연대를 강조하고 인간성 회복을 촉구한 전태일 사상의 발전적 계승이 필요한 이유입니다. 그렇기에 역사가 전하는 메시지는 기억에서 기억으로 이어져야 합니다, 그리고 그 책임은 오롯이 우리의 몫입니다.

비와 메트로놈*

요즘도 그거 하니?
웃음기 섞인 말투가 다가온다
나는 '그거'에 감겨 끈끈이가 붙은 벌레처럼 움직이지 못한다

어릴 때는 촉망받는 영재였다
청소년이 되어서는 재능 있는 예체능생이었고
어른이 되자 그저 보통의 피아노 배웠던 사람이 되었다
손님들의 웃음소리가 나의 손을 비웃는 것 같아서
마른 눈동자가 페달 아래로 깊게 가라앉는다
삑삑대는 바코드 스캐너는 거친 손등을 비추며 화음을 더한다

굵직한 빗방울이 창문 위로 미끄러진다
골을 울리는 빗방울의 진동을 굳은살 박인 손가락으로 더듬
는다
나는 여전히 바코드를 찍으며 바닥에 손을 대지 않고

* 음악의 템포를 올바르게 나타내는 기계. 피아노 연습에는 필수적이다.

거미줄 친 마트 스피커의 선율을 습관처럼 계이름으로 되바
꾼다
차가운 계산대에 손목이 부딪칠 때마다 얇은 회초리가 손등
으로 날아든다
손바닥을 둥글게 말아야지, 작은 계란이 놓인 듯 띄워서
이명은 실체 없이 떠돈다

빗방울 소리는 소름 끼치도록 일정하다
나는 의식할 새도 없이 창틀을 두드리고 있다
귀에 꽂힌 이어폰에서 여유로운 목소리가 빙글빙글 돌며 묻
는다
너 아직도 마트에서 일하니?
자동출력 기계처럼 오선지 위로 괴성이 정갈하게 새겨진다

크리스털 상패는 소복한 먼지를 면사포로 쓰고
가죽 턱시도를 입은 상장은 가슴을 펴고 서 있다
그 아래 빛바랜 마트 유니폼이 하객으로 구겨진 낡은 예식장
툭 툭, 살바도르 달리의 시계가 접착력이 다 된 시간들을 흘
려보낸다
실에 묶여 조종당하는 서커스 인형처럼
언젠가의 악보를 깊게 누른다
상처 난 책상 위로 부딪치는 손톱 소리가 적막을 파고든다

안데르센 벽화마을
— 도봉구 S 달동네

이곳에는 다양한 사람들이 모여 삽니다
우리는 모두 동화 하나씩을 지키고 있습니다

나는 옆집 아저씨가 햇빛 알레르기라고 생각합니다
이상한 냄새가 나는 아저씨는 색종이 같은 대문을 나오며
살갗이 벗겨진 팔꿈치를 벅벅 긁습니다
장마 뒤 해가 뜨는 날에는 피가 맺힐 정도로 자주 긁습니다
엄마는 그게 지하에 살아서 생긴 피부병이랬습니다

나는 계단 아래의 다리 저는 할머니와도 알고 지냅니다
다리 길이가 짝짝이인 할머니는 항상 지팡이를 짚고 다닙니다
눈을 감고 기다리면 좁은 길목부터 타닥 탁 타닥 탁 하는 엇박자 소리가 울립니다

해가 가라앉으면 왁자한 말소리가 우리들의 쪼그라든 귀를 흔들고
젊은 외지인들은 마을의 담장 밑으로 기어듭니다
우리 집 담장에는 오물을 뒤집어쓴 파랑새가 날고 있습니다

철새들은 언제쯤 다시 돌아오지?

까슬한 검은 입술이 오그라듭니다

꿈과 꿈은 같은 발음인데 왜 혀의 움직임이 다르지?

높은 휘파람 소리가 공기를 가릅니다

옆집 아저씨의 벅벅 긁는 소리

절뚝이는 할머니의 지팡이 짚는 소리가

온 동네에 퍼지는 웃음소리에 묻혀 들리지 않습니다

관광객들이 우리들의 냄새를 향수로 지우는 동안

엄마는 여전히 주부습진으로 부르튼 손에 물을 바르고

나는 담장의 파랑새를 지키려 펄쩍거립니다

빗방울이 내 몸을 잡고 버팁니다

비둘기는 파랑새가 되기에 너무 볼품없습니다

소공녀에 나오는 원숭이는 어젯밤에도 우리 집 창문을 넘지
않았습니다

나는 겨드랑이 사이에 딱딱한 책을 끼고 뼈가 자라나기를 기
도합니다

담장을 넘을 만큼 키가 크고

마을이 내다보이는 곳에 살게 되면

그림이 완전히 지워지기 전에

여전히 비가 오는 방에 장마의 흔적이 묽게 번집니다

보풀이 일어난 이불을 잔디밭 삼아 눈을 감습니다

하얀 지도

삼촌의 배에 하얀 마라도 지도가 있다
주위와 색이 다른 지도는 튀김 공장에서 새겨진 것이라고
한다
할머니는 삼촌이 배를 드러내고 잘 때마다 괴사한 마라도를
한 번 쓸어보고는 말없이 이불을 덮어 주셨다
지도와 함께 튀김 공장을 퇴사한 삼촌은 얼마 후 동네 치킨
집에 취직했다
숨을 들이쉴 때마다 출렁이는 지도가 마치 살아 있는 듯하다

삼촌의 지도에는 바다가 없다
그곳에는 울퉁불퉁한 갈빗대의 산맥과 하얗고 거친 모래사
장만이 존재한다
나는 그의 몸에 찌든 기름 냄새가 몇 번을 씻어도 지워지지
않는다는 것을 안다
주홍글씨처럼 지도의 깊은 뿌리에는 혼탁한 기름이 굳어 있다

통기타를 좋아하지만
녹슨 기타 줄을 갈지 않는
방세가 모자라 돈을 빌리지만

할머니에게는 내색하지 않는
툭 불거진 눈이 검은
삼촌,
언제나 마라도를 품고 산다

누군가 삼촌에 대해 물어올 때면 나는 그가 늘 지도를 지니
고 있다고 설명한다
　그러면 삼촌은 시간과 돈이 많은 젊은 여행가가 되어 유쾌하
게 웃는다

　어두운 방 안은 가을의 보름달과 미끌거리는 냄새로 바글하다
　그 사이를 비집고 자리를 편 삼촌이 푸우- 푸- 마라도를 맨
발로 질주한다

컨베이어 119

밤마다 귀에서 비상벨이 울렸다. 현지가 쓰러지던 날 컨베이어 벨트에서 울리던 것과 같은 소리였다. 밤이 되면 나는 무릎을 가슴께까지 끌어당기고 귀를 막았다. 누군가 떠민 것도 아닌데 나는 스스로 그날 속으로 빨려 들어가고 있었다. 허리케인이 휩쓸고 지나간 자리, 모든 것이 쓸려 가고 남은 것은 현지였다. 물류들이 끼어서 나던 소리는 현지의 비명과 일치했다. 굼뜬 몸에 소름이 돋았다. 단 하나 달라진 게 있다면 그 자리에 있던 현지는 누가 오려내기라도 한 것처럼 말끔하게 사라진 상태였다는 것이다. 하나둘 밀린 상자들이 빠져나오고 벨트가 재가동되었다.

"아 더워. 여긴 에어컨도 안 틀어 줘?"

정아 언니는 늘어난 토시로 땀을 닦으며 연신 덥다고 말해 댔다. 온도계를 보니 벌써 이 안은 38도에 다다르고 있었다. 이번 주에 열대야가 절정이라는데. 나는 혼자 중얼거렸다. 원래 긴 생머리가 잘 어울렸던 언니는 요즘 날이 더운 탓에 하나로 질끈 묶고 다녔다. 다행인 것은 머리카락이 매일 아슬아슬하게 컨베이어 벨트의 틈새를 비켜 갔는데 이제는 그런 걱정을 하지 않아도 된다는 것이었다.

나는 에어컨을 한 번 쳐다보았다. 비닐로 이리저리 감싸 둔 에어컨은 그 위로 검은 먼지가 잔뜩 쌓인 채였다. 애초에 존재 자체를 모르는 사람도 많았다. 우리가 이렇게 투덜거리는 와 중에도 롤테이너는 물류센터 안으로 끊임없이 밀려 들어왔다. 100킬로그램을 훌쩍 넘는 롤테이너를 보니 저절로 몸서리가 쳐졌다. 언니와 나는 기계가 찍어 내지 못한 배송품들의 바코 드를 찍어 내는 일에 속도를 붙였다. 기계가 들어오고 일손이 줄어든 것은 사실이지만 그렇다고 전부를 해결해 준 것은 아니 었다. 기계는 생각보다 오류가 많았으므로 우리가 필요했다.

커피를 타고 있는 내게 정아 언니가 다가왔다.

"너 저기서 일하는 현지라고 알아? 저번 주에 일하다가 택배 하나를 잘못 분류했는데 일주일 치 임금이 깎였다나. 팀장한테 미운털 제대로 박힌 것 같던데."

"그래요? 나이도 어린데 그냥 한 번 눈감아 주지."

"나이가 무슨 대수야. 자기가 한 일에 대한 대가는 치러야 지."

언니가 혀를 끌끌 찼다. 가만 보면 이십 대 중반이 아니라 중 년 아주머니 같았다. 평균 나이가 사십 대인 동료들과 어울리 다 보니 생긴 말버릇 때문인지 근래는 종종 거리감이 들었다. 여기서 또래를 찾아보기는 힘들었다. 나는 오히려 쉴 새 없이 물류를 나르는 현지가 불쌍하게 느껴졌다.

현지는 막내였다. 고등학교에 다닐 나이였지만 왜인지 바로 현장에 뛰어들었다. 조금만 더 늦게 태어났더라면 의무교육 때문에라도 고등학교에 다니고 있을 터였다. 나는 커피를 한 잔 더 타서 현지에게 가져다주었다. 현지는 고맙다는 말 대신 고개를 까딱거렸다. 살갑지는 않아도 기본적인 예의는 지키는 편이었다.

"현지 씨 이거 먹고……."

"저기, 임금 값은 해야죠."

이쪽을 주시하고 있던 팀장이 나의 말을 가로챘다. 나는 인사를 꾸벅하고 얼른 자리로 돌아왔다. 내 이름은 줄곧 저기, 라고 불릴 때가 많았다. 강민경이라는 이름보다 저기라고 불릴 때 몸이 더 빨리 반응하는 게 정말 강저기 씨라도 된 것 같았다. 정아 언니는 한숨을 푹 쉬어 가면서 현지와 가깝게 지내지 말라고 일러 주었다. 일종의 사회생활이라며 얄팍한 팁을 알려 주는 언니도 팀장과 다를 바 없다는 생각이 들었다.

1년 중 최대 고비인 장마가 찾아왔다. 바깥에서 들어오는 습한 열기가 공장을 가득 메웠다. 일에 진전이 없는 것은 어쩌면 당연한 일이었다. 분명 뉴스에서는 각종 냉방기를 센터 안에 추가로 설치하겠다고 했는데 여기는 변한 게 하나도 없었다. 공장 안에는 비릿한 냄새가 났다. 나는 바코드를 찍다 말고 코를 쥐었다. 언니 무슨 냄새 안 나요? 응, 왜? 정아 언니는 냄새를 맡으려고 코를 쿵쿵거렸다. 이미 언니는 냄새에 익숙해진 듯 보였다. 어디든 잘 스며드는 게 언니다웠다.

한눈을 파는 사이 손이 택배 상자 안으로 미끄러져 들어갔다. 비에 젖은 상자는 힘 조절이 필요한 물건이라는 것을 잠시 잊었다. 바로 손을 뺐지만 상자는 이미 뭉개진 상태였다. 배상, 사고 회로가 정지된 내 머릿속에서 유일하게 떠오른 단어였다. 주위를 둘러보던 팀장이 인상을 쓰며 나를 불렀다.

"지금 바쁜 거 안 보여? 그거 민경 씨 월급에서 깔 테니까 그렇게 알아요."

나는 연신 허리를 숙이고 자리로 돌아왔다. 몸이 'ㄱ'자 모양으로 굳어진 느낌이었다. 어깨 펴고, 허리 펴고. 엄마가 하던 말이 생각날 때마다 계속 몸을 움직였지만, 다시 거북이 등딱지 모양으로 접혔다.

물류가 밀리자 기다리던 택배원들의 짜증이 속출했다. 서로서로 배려하면서 일합시다. 나보다 족히 열 살은 더 많아 보이는 사람들의 재촉이 이어졌다. 분주한 게 아니라 산만해졌다고 하는 게 더 옳은 표현이었다. 손에 들린 상자를 한 번 내려다봤다. 방금 이 상자를 찍었던가.

분명 오늘도 같은 양의 업무를 봤는데 명절 때처럼 연장 근무를 한 기분이었다. 현관에 들어오자마자 하품이 나왔다. 몸을 한 번 위, 아래, 양옆으로 늘려 주는 것도 잊지 않았다. 다녀왔습니다. 이제 왔어? 나를 맞아 주는 것은 엄마가 아니라 도우미 아주머니였다.

"엄마는요?"

"방금 잠드셨어. 그리고 오늘은 냉동실에 아무것도 안 넣으셨고."

아주머니는 눈을 찡긋하더니 물에 적신 손수건을 내 손에 들려 주었다. 방으로 들어가서 엄마의 얼굴을 손수건으로 가볍게 닦았다. 주름이 매끈해지는 것만 같았다.

냉동실에 물건이 잔뜩 쌓인 것은 근 6개월 동안 일어난 일이었다. 엄마는 치매를 앓게 되면서 손에 잡히는 족족 냉동실에 가져다 놓았다. 이어폰, 알람시계가 마른 멸치 위에서 얼어 갔다. 나는 그것들을 냉동실에서 마주쳤을 때도 당황하지 않았다. 시끄러웠나. 나는 차게 얼어 버린 시계를 꺼내서 도로 방에 가져다 놓았다. 엄마의 시간은 그 뒤로 늘 멈춰 있었다.

"아줌마!"

엄마가 나를 와락 끌어안았다. 나를 익숙한 단어로 기억해 준다는 것만으로도 감사한 일이었다. 누구세요, 보다는 훨씬 나은 말이었다. 방의 불을 켰더니 엄마가 눈을 찡그렸다. 그보다 침상 옆으로 널브러진 물건들이 눈에 들어왔다. 자 똑바로 앉아 봐요. 어린아이처럼 엄마는 고분고분 벽에 등을 기대었다. 이제 손 펴고. 그러나 엄마는 손을 더 꽉 오므리고 고개를 좌우로 흔들었다. 신생아가 긴장하면 온몸에 힘을 주고 주먹을 꼭 쥐는 모습과 겹쳐 보여서 나도 모르게 피식 웃음이 났다. 요즘 엄마랑 말을 하다 보면 유치원 선생님이 된 기분이었다. 주머니에서 정아 언니에게 받은 알사탕을 꺼내 보였다. 나는 자두 맛 알사탕을 까서 입속에 넣어 주었다. 그러고는 잠시 긴장 풀린 손을 손수건으로 재빠르게 닦아 냈다. 입안에서 사탕을 굴리던 엄마는 맛이 이상해요, 하다가 혀를 내밀었다. 자두 맛 사탕은 정말 붉게 물들어 있었다. 베었나 보네, 내가 턱밑으로 손을 가져다 대자마자 사탕이 손바닥 위로 떨어졌다. 끈적한 게 피인지 사탕인지 구분이 되지 않았다.

치매에 걸린 뒤로 단것을 많이 찾는 엄마는 밥 대신 군것질을 주식으로 삼았다. 생전 거들떠보지도 않던 초콜릿부터 단 과자류, 여름이 되니 이제는 아이스크림까지도 섭렵한 상태였다. 곧 생활비의 절반은 간식을 사는 데 쓰였다. 이 정도면 슈퍼마켓을 차리는 게 더 나을 지경이었다. 이게 엄마의 전조 증상이었다는 것을 그땐 왜 몰랐을까.

캐비닛에서 꺼낸 옷을 갈아입으며 옷매무시를 정리하는데 현지가 말을 걸어왔다.

"언니 혹시 주급 확인해 봤어요? 저는 너무 적게 들어와서."

"저번에 임금 깎이지 않았어요? 그거 물어 주느라 그런 거 아니에요?"

"아, 네 맞네요. 그런데 너무……."

다소 공격적인 말투에 창백하던 현지의 얼굴이 점점 구겨졌다. 불현듯 그 기억이 떠오르는 모양이었다. 그러고는 역시나 꾸벅 인사를 하고 걸어 나갔다. 나는 혹시나 하는 마음에 주머니에서 휴대전화를 꺼내어 입출금 명세를 확인해 보았다. 정확히 67만 2천 원이 들어와야 하는데 화면에는 61만 원이라는 숫자만 찍혀 있을 뿐이었다. 새로 고침을 여러 번 시도해 보았으나 그 수는 변하지 않았다.

미리 예견했던 열대야가 드디어 찾아온 모양이었다. 나는 얼굴이 붉어진 채로 작업장 안에 들어갔다. 물류센터 안은 평소와 달랐다. 군데군데 빈자리가 보였다. 다들 어디 갔어? 나는 바코드를 찍던 정아 언니의 팔꿈치를 살짝 눌렀다. 눈치를 살피던 언니는 진짜 모르나 보네, 하고 묵묵히 하던 일을 이어 나갔다. 평소와 다른 태도에 영 찝찝한 기분이 들었다.

그때 물류센터 2층에서 고성이 오갔다. 가운데에 현지를 기준으로 열 명 정도가 모여서 실장을 둘러쌌다.

"월급이 다 안 들어왔잖아요."

"아니 그러니까, 그걸 왜 나한테 따지냐니까? 네 잘못이잖아."

"그렇다고 이렇게 많이 깎는 게 어디 있어요."

"돈 안 받고 싶어?"

그의 최후의 발언으로 학익진을 펼치던 사람들은 주춤거리기 시작했다. 실장은 머리를 쓸어 넘기더니 더는 듣기 싫다면서 손을 좌우로 흔들었다. 나는 입술을 꽉 깨물었다. 갑과 을의 관계라는 것은 더는 이슈가 아니었다. 너무나도 만연해서 기사로도 쓰이지 않는 일이 되어 버린 세상이었다.

"왜 민경 씨도 저기에 끼게? 바빠 죽겠는데 저게 뭐 하는 짓이야."

위를 올려다보고 있던 팀장이 비아냥댔다. 나는 못 들은 척하고 다시 바코드 스캐너를 잡았다. 팀장과의 티키타카는 갑이 이기는, 유치한 기 싸움으로 끝날 것이 뻔했기 때문이다.

현장직에서 열 명이나 빠지니 일의 진행이 확실히 더뎌졌다. 컨베이어 벨트 위로 아직 찍지 못한 택배가 산더미처럼 불어났다. 한눈팔면 택배를 놓쳐 버릴 것이었다. 휴가철에는 총알 배송이 생명이야, 팀장이 또다시 어깨를 두드렸다. 나는 그 손을 뿌리칠 여력이 안 되어서 아무 말도 할 수 없었다.

택배 안에 든 것이 무엇인지는 몰라도 움직일 때마다 묵직한 소리가 났다. 생명, 생명, 생명줄······. 입안에서 자꾸만 생명이 맴돌았다. 이곳이 보험사라도 되나 싶었다. 이때부터였다. 택배 상자들이 컨베이어 벨트 위에서 출산의 과정을 거치고 있다고 느껴졌다.

어느새 자리로 돌아온 현지는 다시 일거리를 찾아 나섰다. 유일하게 현지만이 정해진 임무가 없었다. 야, 너 이리 와서 이것 좀 쌓아. 팀장이 현지를 불렀다. 현지가 해야 할 일은 평파렛트 위에 택배를 쌓는 일이었다. 잔뜩 쌓인 상자들은 대부분 현지 몸의 두 배나 되는 크기였다. 그래도 현지는 투덜대지 않고 테트리스처럼 쭉쭉 쌓아 올렸다. 도와주는 사람이 없어도 야무지게 일하자 팀장은 못 본 체했다. 현지는 그 간사한 마음을 꿰뚫기라도 한 모양이었다.

잠시 휴식 시간이었다. 휴식 시간의 다른 말은 카페인 충전 시간이었다. 밤샘 일을 하는 우리의 원동력은 바로 커피믹스 한 잔에서부터 나왔다. 휴게실에서 커피를 마시는 동안 동료들의 화두는 당연히 실장과 현지의 대립이었다. 뭣도 모르는 애가 참, 소녀 가장이라 그래서 봐줬더니 우리까지 다 잘리게 생겼네. 그러게요. 이러다 불똥 튀면 가만히 안 놔둘 거예요. 그들은 현지를 욕하는 데 남은 에너지를 소비했다. 서로 다른 열 명의 사람들이 저렇게 같은 마음을 가질 수 있나 싶을 정도였다.

실컷 떠들던 정아 언니가 갑자기 자기 입을 막았다. 뒤이어 현지가 롤테이너를 끌고 나타나 죄송합니다, 하며 우리 사이를 뚫고 지나갔다. 한 걸음 뒤로 물러서 있던 내가 보아도 이상할 정도의 침묵이었다. 마침 업무 시작 종소리가 울렸다. 사람들은 안도인지 탄식인지 모를 한숨을 내쉬면서 급하게 자리를 빠져나갔다. 택배 상자들이 그들과 같이 쏟아졌다.

분명 커피에 얼음을 넣어왔는데 금세 물이 많은 커피가 되고 말았다. 종이컵이 흐물흐물해져서 옆자리에 놓아둘 수도 없는 노릇이었다. 급하게 들이켰더니 사레가 들렸다. 입을 꾹 다물고 기침하느라 목이 아팠다. 누군가 팔을 뻗어 물을 건넸다. 현지였다. 나는 시선을 아래로 내리꽂고 고맙다는 말을 전했다. 조금 전 휴게실에서 마주쳤던 게 마음에 걸렸다. 같이 욕을 하지는 않았으나 무리에 낀 모습만으로도 그것은 기정사실이 되는 것이었다.

에어컨도 켜지지 않은 집이 습한 공기로 나를 맞았다. 창문이 열려 있는데도 숨쉬기가 답답했다. 엄마는 소파에 누워 곤히 잠들어 있었다. 티브이도, 라디오도, 모두 틀어진 채였다. 여기저기서 나오는 음성 때문에 머리가 지끈거렸다. 아주머니는 인상 쓴 것을 보았는지 연신 사과하기 바빴다. 엄마가 이것들을 끄면 도통 잠을 안 잔다니, 상황은 이해하지만 그만 가달라는 말이 가장 먼저 튀어나왔다. 나는 전원을 끄고 식탁에 축 늘어졌다. 아까 먹은 커피와 삼각김밥이 뒤섞여 잘못된 화학반응을 일으키고 있는 것 같았다. 목구멍까지 쓴 물이 올라왔다.

괜히 마음 한구석이 뭉클해지더니 이내 서러움이 밀려왔다. 바코드를 찍는 일만으로도 힘든데 거기에 팀장의 눈치, 현지와의 오해, 어수선한 집 안 분위기까지 모든 것이 엇박자를 탔다. 계속해서 속이 울렁거렸다. 집에 오기 전에 약국을 들를걸, 하던 생각은 곧 사그라들었다. 새벽 5시에 문을 여는 약국은 없으니까.

엄마는 6시가 되자 알람이라도 맞춰 놓은 사람처럼 벌떡 일어났다. 그러고는 티브이와 라디오를 틀어 달라고 떼썼다. 그리고는 자꾸 허공을 향해 중얼거렸다. 자세히 들어보니 라디오 디제이와 티브이에서 나오는 사람들의 말에 대답하는 중이었다. 온갖 소리에 집중하다 보니 머리가 더 아팠다. 차가운 것이라고는 대리석으로 된 식탁뿐이었으므로 열이 나고 있는 이마를 그 위에 대고 있었다. 머리가 띵하고 울리는 기분이었다.

그 일이 있고 정확히 일주일이 지났을 무렵 사람들은 반 이상이나 작업을 빠졌다. 주급 정산을 제대로 받지 못한 사람들끼리 노동조합을 만든 것이었다. 물류센터 앞에서 커다란 현수막과 빨간색 띠를 두른 노조가 '임금을 지불하라!'라고 외쳤다. 그들은 센터 안으로 들어가는 직원들을 유심히 쳐다보았다. 나는 그 앞에 서 있다가 정아 언니에게 끌려가듯 안으로 들어왔다. 언니는 내게 노조에 가입할 거냐고 물었다. 차마 대답이 쉽게 나오지 않았다. 나 역시 급여가 아직 다 들어오지 않은 상태였으니 말이다. 노조 안 할 거지? 두 번이나 묻는 언니의 물음에는 약간의 강요가 섞여 있었다. 나는 마지못해 고개를 끄덕였다.

오늘따라 일이 손에 잘 잡히지 않았다. 정아 언니는 화려한 손목 스냅을 활용해서 내가 놓친 택배 상자들을 찍어 냈다.

"지금 택배 밀린 거 안 보여?"

"아 미안, 손에 땀이 나서."

나는 정신없이 택배 상자를 찍어 냈다. 세상에서 시즌이라는 말이 제일 싫었다. 365일 중에 시즌이 아닌 날을 찾는 게 더 어려웠다. 무슨 시즌에만 들어서면 택배는 한도 끝도 없이 많아졌다. 지금은 바캉스 시즌이라는데 나에게는 극기 훈련이나 다름없었다. 공석이 많아서 할 일이 세 배로 늘어났다. 다한증 때문에 바코드가 번졌다. 나는 바코드 스캐너를 더 꽉 그러쥐었다. 그러다 보니 오른손이 뻐근해서 자꾸만 뚝, 뚝 관절 소리를 내주어야 하는 신세가 되었다. 팀장이 이 장면을 목격하게 된다면 장갑은 이제 선택이 아니라 필수가 될 터였다. 나는 신세 한탄을 하다가 이게 다 에어컨을 틀어 주지 않은 탓이라는 결론에 이르렀다.

기왕이면 뉴스에서 나오는 최첨단 제빙기와 에어컨을 주는 지점으로 옮기고 싶었다. 나는 비닐에 싸인 에어컨에서 눈을 뗄 수 없었다. 저거라도 틀어 주면 좋을 텐데. 구식 에어컨이라 냄새는 조금 날지언정 쓸 수 있기만 하면 그건 아무래도 상관없는 일이었다.

업무가 끝나고 나는 곧바로 집에 가는 대신 노조의 천막으로 발걸음을 돌렸다. 며칠 전까지만 해도 같이 일하던 사람들의 얼굴이 눈에 띄게 수척해져 있었다. 나는 현지에게 김밥 한 줄을 건넸다. 현지는 일어서다가 휘청거렸다. 내가 잡아 주지 않왔더라면 아마 쓰러졌을지도 몰랐다. 밥 잘 챙겨 먹으라는 말에 현지가 옅은 웃음을 지었다.

노조 가입은 하지 않으면서 노조원을 챙기는 마음은 뭘까. 별 탈 없이 사는 게 인생의 목표였는데 자꾸만 그 반경을 벗어나는 행동을 하는 쪽으로 마음이 기울었다. 그런 나의 마음을 나조차도 알 수 없어서 급히 천막을 빠져나왔다. 저들에게는 미안한 이야기이지만 나는 노조에 가입할 수 있는 상황이 아니었다. 아마도 나는 끝까지 가입할 수 없을 터였다. 엄마가 살아 있는 동안, 한 달에 백만 원이 넘는 약 비용을 감당해야 할 의무가 있었다. 대학교를 자퇴한 나를 받아 줄 회사는 한정적이었으므로 더욱 선택의 여지가 없었다. 적어도 우리나라에서는 그랬다.

단식 투쟁을 하던 김시형 씨가 쓰러졌다. 마지막으로 천막에서 그를 보았을 때도 갈비뼈가 훤히 드러나 있었으니 쓰러졌을 때의 모습이 거의 해골 같았다는 소문은 사실일 거라는 생각이 들었다. 그에게 물이라도 마실 것을 권유했지만 그는 말할 힘조차 없다는 듯이 고개를 약간 저을 뿐이었다. 노조의 중심축이었던 그가 쓰러지자 노조원들은 시위 중단을 선언했다. 정아 언니는 철거되는 천막을 보고 한 소리 더 보탰다.

"오래도 버텼지. 그깟 며칠을 못 참아서 이렇게 난리를 치냐."

언니한테는 정말 아무것도 아닌 모양이었다. 이 정도면 공감 능력이 0의 수준에 가까운 사람이 아닐까 싶었다. 그저 남 일이라고 생각하는 건가. 사회에서 같은 생각을 공유하는 사람은 몇 없다는 엄마의 말은 틀리지 않았다.

기세등등해진 실장이 노조원들을 보고 코웃음을 쳤다. 성수기가 지났는데도 물류센터의 연장 근무는 계속되었다. 그동안 밀린 일이라면서 은근히 눈치를 주는 팀장이 갖고 온 택배는 끝이 보이지 않았다. 이 정도 양이면 밤을 새워도 3분의 1밖에 처리하지 못할 게 분명한 일이었다. 그는 이번에도 현지에게만 오늘 자정까지, 라고 제한을 두었다.

평소와 달리 집 안이 을씨년스러웠다. 방문을 다 열어 보아도 엄마와 간병인 아주머니는 코빼기도 안 보였다. 설마, 머릿속에서는 최악의 상황만이 떠올랐다. 나는 급기야 방을 꼼꼼히 뒤져 보았다. 어린아이가 되어 버린 엄마가 집 안 어딘가에서 숨바꼭질을 하고 있을 것만 같았다. 적막을 깬 것은 바로 전화벨이었다.

"여보세요? 민경 씨, 여기 혜성 병원 응급실이야. 어머니가 쓰러지셨어."

나는 전화를 끊기도 전에 현관문을 열고 밖으로 나갔다. 병원이라는 단어는 심장을 쿵, 내려 앉히는 데 전문이었다. 결과를 듣지 않아도 이미 다 들은 것처럼 힘이 쭉 빠졌다. 새벽에도 응급실에는 사람이 많았다. 나처럼 잠들지 못한 보호자들이 좀비처럼 통로를 걸어 다녔다.

추돌 사고가 난 사람들 사이에 끼여 있는 엄마의 모습이 어쩐지 평화로워 보였다. 병원까지 뛰어오면서 말랐던 눈물 자국 위로 다시 눈물이 흘러내렸다. 왜 출근길처럼 조잘거리지 않느냐고 당장이라도 엄마를 깨워서 묻고 싶었다.

"이게 지금 무슨 일이에요?"

"나는 빨래를 널고 있었는데, 어머니가 혼자 움직이시더니 갑자기 화장실에서 넘어지셨어."

"누가 빨래 널어 달래요? 그냥 엄마 옆에 따라다니면서 지켜보라고 했잖아요."

언성이 높아지자 간호사가 조용히 하라고 주의를 시켰다. 나는 간호사에게 매달려 엄마 좀 봐 달라고 이야기했지만, 순차적으로 회진 중이니 기다리라는 대답이 돌아올 뿐이었다. 그놈의 순차적. 물류센터에서도 지겹게 들었던 말이었다.

나이순으로 하면 엄마가 제일 먼저인데. 이러면 안 된다는 것을 알지만 억지를 부려서라도 엄마가 최우선이 되기를 바랐다. 나는 엄마의 손가락을 만져 보았다. 지문이 다 닳은 엄마의 손가락은 매끈하면서도 탄력이 없어서 쉽게 주름이 잡혔다. 젊었을 때 청계천 미싱 공장에서 일했다는 엄마는 내가 공부만 하기를 바랐다. 그 시절 여자들은 다들 뒷바라지하기에 바빠서 취업이 우선이었다고 어릴 때 자주 이야기했다. 원래 꿈은 교사였는데 대학도 못 가고 꿈을 접게 되었다는 말도 그때 들었다. 몸을 쓰는 일 말고, 머리 쓰는 일을 하는 사람이 돼. 엄마가 입이 닳도록 한 말이었다. 어떤 날에는 택배 바코드를 찍다가도 엄마의 목소리가 들리는 것만 같았다. 세뇌된 문장들은 예고도 없이 툭, 튀어나왔다.

일단 응급처치는 끝난 상태이니까 경과를 좀 더 지켜보자고 담당의가 담담하게 말을 이었다. 6인실로 옮기자마자 건조함—피부가 뻣뻣해지는 것을 느낄 정도였다—과 약 냄새가 동시에 몰아닥쳤다. 영 답답해서 밖으로 나왔다. 옥상의 볕이 너무 세서 고작 몇 분 사이에 피부가 탈 것 같았다. 차라리 안에서 건조함을 참아 내는 일이 더 나을 정도의 살인적인 날씨였다.

이런 날씨에 엄마를 두고 어떻게 가나. 나는 새삼스러운 생각이 들었다. 엄마와 나 사이에 존재한 무언의 룰은 바로 아픈 사람의 소원을 다 들어주는 것이었다. 예전의 우리는 사이좋게 한 번씩 번갈아 가면서 아팠다. 그러나 나이가 들어갈수록 그것은 합리적이지 않은 룰이라는 것을 몸소 느꼈다. 대개 아픈 쪽은 엄마였고, 그런 엄마는 자신이 아팠다는 사실조차 기억하지 못했다. 나는 괜히 크게 앓고 싶다는 생각이 들었다. 그러면 이제 예전처럼 엄마 딸로 기억해 달라고 부탁할 것이었다.

병원에서 온갖 수속을 밟느라 평소보다 조금 늦은 시간에 출근했다. 사람들은 쌓인 택배 물량이 많지도 않았는데 오늘 따라 분주하게 움직였다.

"너 왜 이제 와."

"아 급한 일이 있었어요, 오늘 뭐 해요?"

"조금 있으면 센터장이 방문하니 청소하고 미리 정리 좀 해 놓으래."

언니는 내게도 어서 택배 상자를 들라는 눈짓을 보냈다. 우우웅, 하는 소리와 함께 갑자기 시원한 바람이 옷 안으로 들어왔다. 한 번도 가동되지 않았던 구형 에어컨이 틀어진 것이었다. 위에서, 옆에서 불어오는 바람이 물류센터 안을 크게 돌았다. 아주 잠깐이었지만 나는 시원한 바람을 쐬려고 일부러 에어컨이 있는 쪽으로 돌아갔다.

현지는 컨베이어 벨트 안으로 들어가서 먼지를 떼어 내는 중이었다. 아무도 하지 않는 일이었지만 아무나 할 수 없는 일이었다. 애초에 왜소하지 않으면 들어갈 수 없는 구조였다. 땀을 뻘뻘 흘리는 현지와 눈이 마주쳤다. 현지는 가볍게 눈인사를 한 뒤 물을 한 모금 마시고 다시 안으로 들어갔다. 나도 서둘러 원래 자리로 돌아갔다.

센터장은 예정된 시간보다 빨리 왔다. 그는 들어오자마자 헛기침을 하며 손수건으로 코를 막았다. 모두가 어리둥절한 표정을 지었다. 실장은 어디가 불편한지 물었고 그는 쉰내가 나지 않느냐고 되물었다. 면역이 생긴 걸까. 코를 아무리 비벼 보아도 아무런 냄새가 나지 않았다. 동료들은 센터장이 유난이라는 말을 입 모양으로 주고받았다.

계획한 대로 일이 수월하게 진행되고 있는데 어디선가 비명이 들렸다. 가늘고 높은 목소리였다. 사람들은 순간 어딘가에 집중해야겠다고 생각하면서도 비명의 발원지가 어디인지 몰라서 우왕좌왕했다. 제1 컨베이어 벨트가 멈췄다. 관리인이 됐습니다, 하더니 틈 사이에 끼인 택배 몇 상자를 빼냈다. 컨베이어 벨트가 재가동되었다. 그러자 또다시 비명이 들렸다. 꽤 날카로운 목소리에 센터장까지 뒤를 돌아볼 정도였다. 순간 정아 언니가 놀란 듯 바닥에 주저앉았다. 언니의 시선을 따라갔더니 검은 먼지를 뒤집어쓴 현지가 벨트 밖으로 간신히 팔을 뻗고 있는 게 보였다. 어깨가 탈골되었는지 오른팔이 아래로 축 내려갔다. 나는 모여드는 사람들 때문에 점점 뒤로 밀려났다.

누군가가 신고했는지 얼마 지나지 않아서 앰뷸런스가 도착했다. 문득 그런 생각이 들었다. 모든 것은 순차적으로 진행된다는 응급실에서 현지는 몇 번째 환자가 될까.

나의 침묵 금지 선언

『전태일평전』을 처음 읽었던 건 중학생 때였다. 하지만 당시에는 그리 기억에 남은 책은 아니었다. 그런데 올해 『전태일평전』을 오랜만에 책장에서 꺼내 다시 읽었을 때는 책 속의 문장들이 몇 주 내내 내 머릿속을 맴돌았다. 나는 그 이유를 곰곰이 생각해 보았다. 그러자 한 가지 결론에 다다랐다. 세상을 알기에는 너무 어렸던 중학생 때와 달리 지금의 나는 주변의 '부한 환경'을 직접 목격한 경험이 있다는 데에서 그 차이가 생겼다고 말이다.

우리 학교엔 태권도부가 있다. 그리고 우리 반엔 태권도부 선수인 현일이란 친구가 있었는데, 어느 날 현일이 머리를 전부 밀고 학교에 왔다. 나는 그 머리를 보고 이상함을 느낄 수밖에 없었다. 미용실에 가서 한 것이라 말하기에는 듬성듬성 예전의 머리가 남아 있고 지저분하다는 느낌이 나기 때문이었다. 교실의 애들이 왜 갑자기 머리가 그렇게 됐냐고 물어도 현일은 대답하지 않고 웃음으로 얼버무렸다. 나와 몇몇 애들은 현일을 놀리려는 의도로 이유를 계속 물었다. 그러자 현일이 말했다.

"그냥 선배들 때문에 그런 거야."

그 이상은 말해 주지 않았기 때문에 나는 선배들 때문이라는 게 무슨 소리인지 제대로 이해하지 못했다. 그 말의 의미를 이해할 수 있게 된 것은 얼마 전이었다. 故 최숙현 선수가 스스로 목숨을 끊는 사건이 일어났다. 그러나 故 최숙현의 죽음은 단순 자살이 아닌 집단 괴롭힘과 체육계에 만연한 고질적 병폐에서 비롯된 타살이었다. 최숙현 선수에 대한 기사들을 보고 난 후에야 나는 '선배들 때문에 그런 거'라는 현일의 말을 곱씹게 되었다. 혹시 그 흉한 머리는 선배들의 폭력에 의한 것이 아니었을까.

내가 다시 현일에게 머리에 대해서 묻자 현일은 그냥 너무 더워서 직접 자른 것이라고 말했다. 불과 며칠 전과 말이 다른 것이 꺼림칙해 그땐 선배들 때문에 그랬다 하지 않았냐고 다시 묻자 현일은 마치 처음 들어보는 얘기란 듯이 내 말이 틀리다고 말하며 허둥지둥 변명을 했다. 그래서 나는 같은 반인 다른 친구에게 물어봤다. 그 친구도 선배 때문에 그렇게 된 것이라는 말을 확실히 기억하고 있었다.

나는 현일에게 더 이상 캐묻지 않았다. 머릿속에 그런 생각이 있어서 그런 것인지도 모르겠지만 현일은 마치 옆에 있지도 않은 선배들의 눈치를 보고 있는 것처럼 보였다. 문득 『전태일평전』에서 읽었던 '적응할 줄 아는 인간'의 정체가 떠올랐다. 현일도 어느새 폭력과 부조리 앞에 나약하고 온순해진 인간이 되어 버린 것일지도 몰랐다. 옛날엔 『전태일평전』을 읽고서도 있는지도 몰랐던 부한 환경이 바로 내 옆에 항상 있어 왔을지도 모른다고 생각하니 덜컥 겁이 났다.

전태일 열사는 자신과 근로자들을 둘러싼 부한 환경과 싸웠다. 침묵할 수밖에 없는 사람들을 위해 자신의 몸에 불을 붙여 스스로 빛이 되었다. 재가 되어 사라지기 직전까지 그 불굴의 투쟁을 멈추지 않았다. 자신은 너무나 메말랐고, 너무나 외롭다 말하면서도 추악한 덩어리에 맞서 그것을 분해하려 했다.

나는 책장을 넘기면서 처음엔 분노하고 슬퍼하며 감정적으로만 반응했지만, 올해 『전태일평전』 다시 읽기를 시작했을 때는 오히려 이성적으로 생각했다. 만약 이런 일이 다시 벌어진다면 그때 나는 무엇을 할 수 있을까. 전태일 열사가 노동자들의 인권을 위해 했던 일들은 어떤 방법을 통해, 또 어떤 과정을 거쳐 이루어졌는가. 그때의 사회구조와 지금의 사회구조는 어떻게 달라졌는가. 책을 덮고 난 이후에도 나의 물음은 끝없이 이어졌다.

나는 전태일 열사의 꿈이 그저 사람들의 노동환경이 개선되고, 노동자에 대한 조건이 나아지는 것에서 그친다고 생각하지 않는다. 전태일 열사는 보다 많은 것을 꿈꿨다. 겨우 숨 좀 트고 살자는 게 그의 뜻 전부가 아니었다. 전태일 열사는 사람들이 참된 현실주의자가 되기를 바랐다. 그래야 부한 환경이 어쩔 수 없는, 원래 그런 것이 아니라 우리의 삶을 매몰시키는 껍데

기라는 것을 깨달을 수 있기 때문이었다. 더 이상 사람들이 부한 환경 자체가 아닌 자신을 탓하며 침잠되어 가는 것이 아니라, 개인 스스로 인간임을 선언하며 사회의 주체로, 삶의 주체로 우뚝 서는 그 순간을 전태일 열사는 꿈꿨다.

전태일 열사는 노동운동가였지만 그의 '인간선언'이 반드시 노동자에게만 국한된 이야기는 아니다. 노동환경이 아니더라도 우리의 옆엔 너무나도 많은 부한 환경이 아직까지 존재하고 있다. 선배에게 머리를 밀리고도 가짜 웃음을 지으며 침묵해야만 하고, 무슨 일이냐고 물어 오는 사람에게 거짓말을 해야 하는 부한 환경이 바로 내 옆에 존재하고 있었다. 거대한 힘에 눌려 자신을 비인간으로 전락시키고 있는 개인이 이젠 내 눈에 보인다.

체육계에서 너무 당연시되는 폭력들, 갑의 입장에 서서 다른 사람들을 을이라 정하고 한 명의 인간을 너무나 쉽게 망가뜨리는 원망스러운 부한 환경. 나는 부디 故 최숙현 선수에게 폭력을 가한 가해자들이 엄벌에 처해짐으로써 나의 친구를 비롯한 모든 약자들에게 아직은 사회가 더 나은 방향으로 가기 위한 동력을 잃지 않았음을 보여 주길 바란다. 또한 나 역시도 한 명의 인간이자 주체로서 더 이상은 침묵하지 않을 것이다. 부한 환경이 나뿐만 아니라 타인의 삶을 퇴락시키고 있다면 자신 있게 손을 건네며 이 말을 하고 싶다.

너에게는 아무런 잘못이 없다고. 문제를 함께 해결해 보자고.

물론 지치고 모른 척하고 싶은 순간도 올 것이다. 하지만 그럴 때면 나는 이제 전태일 열사를 떠올리겠다. 한 줌의 휴식조차 없이 폐병에 걸려 고통받던 여공들과 평화시장 소년공들에게 손을 건넸던 한 청년의 모습을.

공존

공존이라는 말이 때로는 무서웠다
새 둥지로 날아드는 새 새가 새를 먹는 그런 일과 그런 일을
바라보고 있는 또 다른 새에 대하여
그걸 보고도 둥지를 비워야 하는 순간이 있다

먹이를 기다리던 어린 새를
다른 눈으로 바라보아야 할 테고

참 나 같다고 생각했다
보도블록을 걷는 내 발걸음은 날갯짓이다

먹이를 줍는 솜씨다

둥지 속에는 푸르스름한 아버지 약을 털어 넣는데
손에 든 약값이 무거워서 나는 자꾸만 바깥으로 간다

공존한다는 건 하나와 둘 사이에 지평선이 있다는 것

그 위에서 외줄 타던 아버지는 어느새 한쪽으로 기울어가고
전봇대마다 붙여 둔 전단지 끄트머리를
새가 모조리 쪼아 먹은 것 같다

둥지로 돌아가면 나는
아버지를 어떤 눈으로 바라보게 될까

걸쳐 멘 가방 속 수십 장의 전단지가
어쩐지 부고장처럼 느껴지는데
입에 문 먹이가 없으므로 헤매기만 할 뿐

누군가 지평선 너머로 추락하는 시간에도
아무렇지 않게 걸어야 하는 사람이 있다

이건 사람이 사람을 먹는 일이다

가난한 천국

지금도 지구는 돌고 있대

그 속에서 자전하는 사람들
쉴 새 없이 돌아가는 재봉틀 소리가

더 이상 귀에 거슬리지 않아
두 손 모아 기도하는 시간처럼

이곳에서는 자주 하느님을 떠올렸다 옆자리에서 미싱질을
하던 언니가
그거 참 다행이라고 말했다

공장 벽에 걸린 달력을 바라보다가
오늘이 일요일이구나

교회에 가야만 할 것 같은데
이곳에 와 있었다 같은 옷을 입고 손끝으로 같은 무늬를 피
워 내는 사람들 그사이에는
빈자리가 없다

소리도 빈틈없이 흐르는 곳

얼마만큼의 자전이 계속되어야 반대편을 향해 갈 수 있을까

공장 구석에 앉아 밥을 퍼먹는다
마지막 숟갈을 삼키고 나면

지구의 움직임을 따라 다시 자전하고 말 것이다

하느님을 믿으면 천국에 간다는데
나는 자꾸만 가난할 것이고

옷감 위로 하나의 무늬가 완성되어 가는 일요일
마음은 자꾸만 빈속일 것이다

입영 통지서

먹구름은 번지수를 가지고 태어난다
오빠의 손 또한 출처의 일부가 되는 동막골길 공장 지대

거뭇한 먼지덩이 오늘 밤 퇴근길이 외롭지 않다
해진 외투 주머니 속에는 구겨진 입영 통지서

오빠가 이등병의 편지*를 부르며 온다
가사와 박자가 엇박으로 소화되는데 오빠는 그게 맞는 건 줄
안다 굴뚝 아래서 담배를 나눠 피우던 공장 사람들
모두 그렇게 부르곤 했으니까

시곗바늘은 보이지 않는 곳에서 가장 빠르게 움직이는 법을
알고

등지고 누운 내 뒤에서
오빠는 자꾸만 시곗바늘을 씹어 먹는다 똬리를 튼 뱀처럼 무
서운 것도 많아서

* 故 김광석, 「이등병의 편지」, 1990.

더듬더듬 내 머리카락을 만진다
축축하게 젖은 비늘이 진드기 대신 옮겨붙어 나를 둘러싼다
오빠는

지킬 것도 참 많구나

허물 벗겨진 몸에게는 못 할 짓도 없다던
공장 사람들 말이 떠올랐다

오빠의 무거운 고개 위에서
등가교환은 성립되지 않고

굴뚝에서 또 하나의 먹구름을 쏘아 올린다

구겨진 입영 통지서를 보고
다들 한바탕 웃어 줄 것이다

똬리를 튼 뱀들은 언제부터 담배를 피웠던가

그 여름엔 아무 일도 일어나지 않았다

꼭 첩보영화 찍는 것 같다. 그치?

정희는 일정하게 깜빡이는 지하 계단의 전등을 올려다보며 말했다. 지하창고로 가는 계단은 빛이 잘 들지 않아 오전에도 늘 어두웠다. 정희는 계단을 오르내릴 때마다 내 옆에 바싹 붙어 걸었다. 학교에서 청소용역을 하는 직원 중 유일한 사십 대인 정희는 사교성이 좋아 언니들과 허물없이 지냈다. 나란히 걷던 영애 언니가 정희의 말에 어이가 없다는 듯 코웃음을 쳤다.

너는 이게 재밌니?

오전에 폭염주의보가 울린 후로 언니는 예민해져 있었다. 끈적한 열기로 인해 점심을 먹으러 내려가는 도중 나는 연신 가쁜 숨을 몰아쉬었다. 창고는 지하층 계단 아래를 막아 지은 가건물이었다. 두 평 남짓한 공간에 자그만 캐비닛과 간이의자가 있어 세 명만 들어가도 창고는 빈틈이 없이 꽉 찼다. 곰팡이가 슨 벽면에는 날짜가 지난 달력이 갈지 않은 채로 여전히 걸려 있었다. 정희와 영애 언니, 마지막으로 내가 창고에 들어서자 공기는 순식간에 습해졌다. 에어컨 대신 틀어 놓은 선풍기에선 계속해서 뜨거운 바람이 나오고 있었다. 우리는 서로 몸을 맞대지 않기 위해 일정한 간격을 유지한 채 바닥에 둘러앉았다. 얼마 전 정희가 집에서 가져온 대자리 덕분에 바닥은 창고 안에서 유일하게 시원했다. 더운 날씨에 도시락이 상했을까 걱정이 돼 나는 급하게 캐비닛을 열어 도시락통을 꺼냈다. 나물을 집어 먹어 보니 다행히 쉬지는 않은 듯했다.

언니, 요즘 밥이 점점 질어지는 거 같아.

정희가 내 도시락통을 흘끗거리며 말했다.

그럴 리가.

내가 말하자 정희가 먹어보라는 듯 고개를 저었다. 나는 국통을 꺼내다 말고 밥 한술을 떠 입에 넣었다. 정말이네, 세상지네.

정희가 그것 보라며 웃었다. 어떡하지, 오늘 아침에 한 솥 지어 놓고 나왔는데. 정희는 무슨 상관이냐는 듯 어깨를 으쓱였다. 수연이가……, 나는 말하려던 것을 멈추고 국통을 마저 꺼냈다.

점심을 다 먹은 뒤 어김없이 영애 언니를 따라 주차장으로 향했다. 캠퍼스 뒤로 이어진 주차장은 언니가 담배를 피우는 곳이었다. 교사나 학생들은 주로 학교 정문 앞 주차장을 이용했기 때문에 후문 주차장은 비교적 인적이 드물었다. 청소 일에는 자유시간이랄 게 딱히 없어서 언니는 점심시간이나 저녁시간을 이용해서 담배를 피웠다. 그런 언니를 따라서 담배를 피우기 시작한 지 3개월쯤 되었다. 수연이의 상태가 안 좋아진 후로 의지할 데가 없어서 담배에 의지를 했다. 독하게만 느껴지던 향이 이상하게 사람을 안정시키는 데에 뭐 있다고, 신기하다고 했을 때 언니는 어디 가서 자기한테 배웠다는 말 말라며 나를 흘겨보았다.

주차장에 다다르자 언니는 내게 담배 한 개비를 내밀었다.

너는 네 거 안 들고 다니고 매번 내 거 피우더라.

언니는 그렇게 말하며 내 담배에 불을 붙여 줬다.

수연이는 몰라, 내가 담배 피우는 거.

수연이?

딸, 수연이.

아, 수연이.

언니는 자기 담배에도 불을 붙였다. 언니는 한동안 말없이 담배만 피웠다. 수연이에 대해선 묻지 않았다. 원래 그랬다. 영애 언니는 수연이 얘기를 먼저 꺼낸 적이 없었다. 사정을 다 알면서도 정 없게 구는 언니에게 가끔은 서운하기도 했지만, 실은 그런 점 때문에 언니가 편하기도 했다. 누군가 묻기 전에 내가 먼저 털어놓을 수 있어서. 나한테는 그런 기회가 많지 않았다.

어쩌면 오래전부터 나는 수연이의 상태를 알고 있었는지도 몰랐다. 어릴 적 수연이는 남편이 택배 업무를 마치고 새벽 늦게 귀가하는 날이면 늘 같은 것을 물었다. 오늘은 어디를 여행하고 왔어? 그럼 남편은 달큰한 술 냄새를 풍기며 동해바다, 하고 답했다. 택배 업무를 하며 술을 마시는 게 불가능하다는 걸 알면서도 나는 남편에게 아무런 말을 하지 않았다. 수연이는 남편의 답이 마음에 들었는지 미소를 띤 채 나른한 얼굴로 잠이 들었다. 그럼 그 시간이 왔다. 수연이가 잠에 들면 남편은 내 허리춤을 잡고 자신에게 가깝게 끌어당겼다. 내가 은근하게 몸을 모로 틀면 그때부터 남편은 가쁜 숨을 몰아쉬기 시작했다. 그러다가 결국은 터지고 마는 것이다. 나는 소리를 참았다. 그것만이 나와 수연이를 보호할 유일한 방법이라고 믿었다. 수연이는 아침에 일어나 멍든 내 얼굴을 이리저리 만져 보았다. 밤새 천사가 엄마 눈에 뽀뽀를 해 주고 갔네. 나는 수연이 손에 얼굴을 마구 부비며 장난스럽게 말했다. 그러면 수연이는 고사리 같은 손을 내 눈가에 가져다 댔다. 한참을 가만히 누르고 있다가 내게 말했다.

천사는 왜 수연이한텐 뽀뽀 안 해 줘?

그때 날 바라보던 수연이의 눈빛을, 나는 아직도 잊을 수 없다. 짧은 순간이었지만 아이의 눈에 고스란히 일렁이던 불안을, 미지의 세계에 대한 공포를. 그 순간 수연이는 분명히 감각하고 있었던 것이다. 가끔 아이들은 그 어떤 어른보다도 똑똑하니까. 남편이 들어오고, 새벽녘까지 수연이는 잠들지 못했다. 남편은 역시 수연이가 자지 않는 것을 상관하지 않는 듯했다. 남편의 의식이 더는 거기까지 닿을 수 없는 것 같았다. 결국 수연이의 얼굴에도 나와 같은 자국이 남겨지고 나서야 나는 남편과 이혼을 결심할 수 있었다.

남편이 집을 떠나던 날 수연이는 딸꾹질을 했다. 남편이 대문 밖을 나설 무렵 시작된 딸꾹질이 그날 하루 종일 그치질 않았다. 나는 수연이에게 물을 먹이고 등을 때려 보기도 했다. 그러면 잠시 잠잠해지는가 싶다가도 어느 순간 툭 하고 예상하지 못한 순간에 딸꾹질이 다시 시작됐다. 그렇게 며칠 증상이 지속되어 나는 수연이와 함께 병원을 찾았다. 온몸이 파랗게 멍이 들었을 때에도 가지 않던 병원을 이렇게 간다니, 병원을 찾으면서도 나는 조금 우스운 마음이 들었다. 간단한 검사로 끝날 줄 알았던 진료가 길어졌다. 의사는 수연이에게 뽀뽀로 비타민을 쥐여 주고는 진료실 밖으로 내보냈다.

이 건물 2층에 정신과가 있거든요, 거기로 가 보셔야 할 것 같네요. 딸꾹질로 정신과를 가냐고 내가 물었을 때 의사는 담담한 어조로 말했다.

딸꾹질이 아닌 것 같아서요.

그날 곧장 정신과를 찾았다. 2층에 있던 의사는 수연이의 증상에 대해 이렇게 말했다.

일종의 스위치가 고장이 난 건데, 말씀하신 딸꾹질이랑 성질은 비슷해요. 스스로 통제할 수 있는 영역이 아니라는 점에서 같죠. 이걸 틱이라고 불러요. 의사는 이 시기의 아이들에게서 자주 보이는 증상이라며 대개는 악화와 완화를 반복하며 점차 호전될 것이라고 했다. 중학생쯤이 되면 거의 사라질 거라는 말을, 그때의 우리는 믿었다.

남편이 찾아오는 날이면 수연이의 틱은 더 심해졌다. 남편은 큰 목소리로 골목에서부터 우리 이름을 부르며 나타났다. 빌라 골목으로는 남편의 목소리가 울려 퍼졌다. 수연아! 놀자! 수연이는 귀를 틀어막고 딸꾹질을 했다. 남편은 수연이에게 밥 먹듯이 말했던 '동해바다'라는 집에서 만난 여자와 재혼을 한 뒤에야 우리를 다시 찾아오지 않았다.

그러나 수연이의 틱은 호전되지 않았다. 오히려 악화됐다. 음성으로만 나타나던 틱은 행동 틱으로 번졌고 수연이는 의지와는 상관없는 자학을 반복했다. 자신의 얼굴을 때리고, 심할 때는 머리를 벽에 대고 쿵쿵 찍기도 했다. 그런 증상이 점점 더 심해지면서 학교도 적응하지 못했고 결국 고등학교를 자퇴한 뒤 대학교에도 진학하지 못했다. 약물치료와 항우울제를 병행하며, 수연이의 활동 반경은 점점 좁아졌다. 어느새 일을 마치고 돌아가면 수연이는 늘 집에 있었다. 퇴근 후에 나는 수연이의 방문을 열고 어릴 적 수연이가 그랬던 것처럼 멍든 수연이의 눈에 손을 가져다 댔다. 그러면 손바닥이 금세 젖어 들었다.

언니 요즘 내 밥이 질어졌나?

나는 연기를 내뿜으며 다시 물었다.

갑자기 그건 왜.

아니, 그냥. 요리는 못 해도 밥물은 기가 막히게 맞췄는데.

좀 질어진 것 같기도 하고, 왜?

내가 밥 해 놓으면, 수연이는 하루 종일 그 밥 먹어야 되니까.

질면 지가 다시 해 먹으면 되지.

그러게.

나는 웃었다. 언니는 이상하게 사람을 웃게 만드는 재주가 있었다. 영애 언니와 내 담배가 꽁초가 돼가고 있을 때쯤 우리 앞으로 용역반장이 지나갔다. 내가 급히 고개를 돌리자 언니가 찡그리며 나를 쳐다봤다. 반장이 우리 쪽을 유심히 쳐다보는 듯싶더니 가까이 다가왔다. 언니와 내 얼굴을 번갈아 보던 반장은 입꼬리를 올리더니 말했다. 여기도 청소하셔야겠네! 여사님들! 반장은 우리가 재를 터는 것까지 지켜본 후에야 뒷짐을 진 채로 자리를 떴다. 업체에서 심어 놓은 반장은 매번 이런 식으로 우리를 감시했다. 언니는 반장의 뒷모습에 대고 돌맹이를 여러 번 찼다. 이만 가자. 점심시간 다 지났겠네. 나는 언니의 팔을 잡고 학교 안으로 들어갔다.

영애 언니는 시설환경 분회장으로서 내 관할구역인 공과대학 캠퍼스 청소를 총괄했다. 언니는 용역반장을 통해 수차례 휴게실을 늘릴 것을 요청했지만 학교 측에선 매번 응답이 없었다. 캠퍼스 안에는 휴게실로 쓰이는 지하창고가 총 세 개 있었다. 스무 명 남짓한 용역 인원에 비해 턱없이 부족한 숫자였다. 점심시간이 이미 끝나 있었기 때문에 나는 빠르게 청소도구함이 있는 창고로 향했다. 개수대에서 대걸레를 빨며 나는 중얼거렸다. 우리 다 합해 봐야 얼마나 된다고. 센 수압에 걸레물이 여기저기 튀었다. 콸콸 쏟아져라. 콸콸. 대걸레 봉을 잡고 앞뒤로 꾹꾹 눌렀다. 개수대가 구정물을 쉴 틈 없이 빨아들였다. 깨끗하게 빨려 가는 걸레를 보면, 모든 일이 도저히 내가 어찌할 수 없을 정도로 빨리 흘러가고 있다는 느낌이 들었다. 그런 생각을 하면 무섭거나 편안해졌다.

걸레를 빨고 난 뒤 개수대 위에 그대로 걸터앉았다. 허리를 숙여서 빨다 보면 아파서 자주 주저앉고는 하는데, 그게 버릇이 돼서 이젠 쉴 때마다 개수대부터 찾았다. 창고는 화장실과 분리가 돼 있어 눈치 볼일이 없어서 편했다. 개수대 위로는 자그맣게 창문 하나가 뚫려 있었는데 나는 그것 때문에라도 더욱 개수대를 찾곤 했다. 나는 그 창문을 좋아했다. 정확히 말하면 그 창문에서 불어오는 바람을 좋아했다. 살랑살랑. 꼭 그렇게 표현해야만 할 것 같은 바람이었다. 하나로 꽉 묶은 머리가 바람에 헝클어졌다. 삐져나온 몇 가닥의 머리카락이 흘러내려 볼을 간지럽혔다. 선선했다. 동시에 축축하기도 했다. 엉덩이로 개수대의 물기가 점점 스며들고 있었다. 재빨리 일어나 거울에 내 뒷모습을 비춰 봤다. 보라색 바지가 물에 젖어 타원 모양으로 짙어져 있었다. 순간 알 수 없는 마음이 울컥 올라왔다. 가슴이 답답해지다가도 초연해졌고 끝내는 편안해졌다. 그게 꼭 평화로운 기분처럼 느껴졌다. 이런 게 평화라니, 조금은 우스운 마음이 들었다.

복도에서 시끄러운 소리가 들려왔다. 학생들이 들어오고 있는 듯했다. 휴대폰을 켜서 시간을 확인했다. 1시가 다 되어가고 있었다. 나는 액정의 물기를 소매로 훔치고 급하게 문자 메시지 창을 열어 자판을 쳤다. 수연아. 거기까지 치니 더 이상 쓸 말이 없었다. 다시 휴대폰을 집어넣었다. 밥은 먹었니. 개수대 밑에 사방으로 튄 물자국을 보며 말했다. 자식이 밥을 먹을 땐 보기만 해도 배가 부르다던데. 나는 수연이가 밥을 먹는 걸 잘 보지 못했다. 밥을 먹을 때에도 계속되는 증상 때문에 수연이는 항상 긴장 상태로 식사를 했다. 젓가락으로 집어 든 반찬을 떨어뜨리거나, 수저를 든 채로 얼굴을 때리는 때도 있었다. 곁에 있을 때는 수연이가 크게 다치지 않게 제지해 줄 수 있었지만, 일을 나오고 나면 혼자 있을 수연이의 시간을 가늠하기 어려웠다.

복도는 방금 막 강의실을 빠져나온 학생들로 붐볐다. 나는 학생들을 피해 복도 한쪽에 바짝 붙어 서서 걸으며 창고로 향했다. 특별히 누가 그러라고 시킨 것은 아니었지만 될 수 있는 대로 사람들의 눈에 띄지 말아야 한다는 것을 나는 암묵적으로 알고 있었다. 문을 열자 창고의 쿰쿰한 곰팡이 냄새와 함께 더운 공기가 훅 끼쳤다. 대자리 위에 누군가 웅크린 채 앉아 있었다. 이 학교 청소부 중 가장 나이가 많은 순자 언니였다. 나이로는 나와 열 살이 넘게 차이가 났지만 나는 순자 언니를 그냥 언니라고 불렀다.

더운데 문이라도 열고 계시지.

나는 캐비닛에서 부채를 꺼내 언니 쪽으로 부채질을 했다.

학생들 돌아다니다가 본다고, 닫아 놓으라네.

언니는 대자리 위에 종이 한 장을 깔아 놓고 열심히 무언가를 적고 있었다. 집중한 탓인지 언니는 중얼거리듯이 내게 말했다.

뭐 하는데요?

내가 부채를 세게 흔들자 언니의 몇 없는 머리숱이 바람에 흩날렸다. 그제야 언니는 고개를 들고 날 쳐다보았다. 언니가 빙긋 웃으며 말했다.

숙제.

최근에 주민회관을 다니기 시작했다는 언니는 한글을 배우고 있다고 했다.

바빠서 일요일에만 잠깐 갔다가 와. 좀 있으면 어버이날이라고 편지를 써 보라네.

누구한테 쓰는데요?

아들.

어버이날이라면서 아들한테 편지를 쓴다는 언니의 말이 웃겨서 나는 순간 헛기침을 내뱉었다. 대자리 위에 종이를 깔아서인지 언니의 글씨는 삐뚤빼뚤했다. 엄지와 약지로 연필을 꽉 잡은 것을 보니 수연이가 처음 한글을 배우던 때가 떠올랐다. 언니는 뭐가 마음대로 되지 않는 듯 한숨을 푹 쉬었다.

왜요?

하고 싶은 말이 많은데, 하는 법을 몰라.

어디 한 번 불러 봐요.

나는 언니의 종이를 내 앞으로 가져왔다. 풀이 죽은 언니의 눈에 금세 활기가 돌았다. 나는 대자리를 걷어내고 장판 위에 종이를 올렸다. 눅눅한 장판에 금세 땀이 맺혔다.

네가.

네가. 나는 언니가 한 글자 한 글자 또박또박 발음을 하는 것을 따라 말하며 편지를 적어 내려가기 시작했다.

날.

날.

요양원에.

요양원에.

보낸다고 했을 때 나는 섭섭한 적이 없다.

나는 순간 멈칫하며 언니를 바라봤다. 이마에 땀이 송골송골 맺힌 언니는 안 쓰고 뭐 하냐는 듯 다시 말을 잇기 시작했다. '보낸다'는 문장이 눈에 띄었다. 나는 괜히 사동이네, 하고 작게 속삭였다.

사, 뭐?

아니에요. 나는 말을 얼버무렸다. 수연이가 고등학교를 자퇴한 뒤 집에서 혼자 국어 공부를 하는 것을 나는 어깨 너머로 많이 보았다. 상업고를 졸업한 뒤 학교에서 배운 건 거의 다 까

먹은 상태였지만, 수연이가 잠에 들면 나는 수연이의 교과서를 펴놓고 혼자 공부를 했다. 피동. 수연이는 엄마에게 국어를 배우고 있다. 사동. 엄마는 수연이에게 국어를 가르치고 있다. 수연이가 국어를 어려워할 때면 그런 식으로 문장을 만들어 주곤 했다. 그때는 힘이 들면서도 즐거웠다. 누군가에게 뭔가를 가르쳐 본 게 처음이어서 그랬다. 누군가에게 사동이었던 적이 처음이었다.

나는 가르치는 것에 심취해 있었다. 수연이는 그때 어떤 표정을 지었더라. 잘 기억이 나지 않았다.

다만.

언니는 다시 문장으로 말하기 시작했다.

내가 그렇게 하지 않은 것은 난 아직 일을 할 수……,

창고 문이 열렸다. 영애 언니가 손부채질을 하며 창고 안으로 들어왔다.

안 가고 뭐 해?

나는 주머니에서 휴대폰을 꺼내 시간을 확인했다. 벌써 20분이 훌쩍 지나 있었다. 나는 급하게 연필을 내려놓았다. 창고를 나서는 나를 보며 영애 언니가 말했다.

이따 퇴근 전에 용역반장한테 갈 거야. 에어컨 설치해 달라고 하자.

나는 뒤를 돌아봤다. 영애 언니가 턱 밑으로 흐르는 땀을 손으로 훔치고 있었다.

복도를 닦고, 화장실 변기에 락스를 뿌리다 보니 어느새 퇴근할 시간이 다가왔다. 마지막으로 대걸레를 빨고 개수대 위 건조대에 널었다. 그리고 화장실을 나서려는데 세면대 위에 음식물 찌꺼기가 눈에 띄었다. 음식물 쓰레기를 세면대에 버린 게 분명했다. 자주 일어나는 일이었다. 변기에 버리면 청소를 하면 그만이지만, 세면대는 찌꺼기로 수도관이 막히면 일이 더 복잡해졌다. 나는 세면대 배수구에 껴 있는 음식물을 손으로 집어냈다. 김가루와 옥수수가 있는 것 보니 오늘은 컵밥인 모양이었다. 꺼낸 음식물을 변기에 넣고 물을 내렸다. 세면대 위에 락스를 끼얹고 잠시 기다렸다가 걸레에 물을 묻혀 닦았다. 손걸레를 다시 개수대 위에 걸어 두고 화장실을 빠져나왔다.

지하 계단을 내려갔다. 계단의 불이 군데군데 꺼져 있어 창고에 다다랐을 때는 발을 잘못 디뎌서 하마터면 넘어질 뻔했다. 창고 안에는 아무도 없었다. 영애 언니의 말대로라면 용역 반장에게 가기 위해 지금쯤 다들 1층에 모여 있을 것이다. 나는 캐비닛을 열어 가방을 챙겼다. 가방은 시장에서 5천 원짜리를 3천 원에 주고 산 거였는데 의외로 튼튼해서 많이 넣어도 찢어지지 않았다. 오전에 정희가 준 가래떡을 캐비닛에서 꺼내 가방 안에 넣었다. 떡은 정희의 시부모님께서 정희에게 보내신 거였다. 그들은 시골에서 떡집을 하는데, 새해마다 정희네 집에 가래떡을 보냈다. 매해 바뀐 적 없이 언제나 가래떡이었는데, 택배박스 위에 붙여져 있는 시부모님의 쪽지를 보면 그 이유를 알 수 있었다. 길게 살아라. 쪽지에는 매번 그렇게 적혀 있었다. 건강히 오래 살라는 것도 아니고 길게 살라니. 정희는 그 말 안에 꼭 무슨 뜻이 숨겨져 있는 것 같다며, 자신들이 길게 살아야 하는 이유가 마치 그들의 부양에 있는 것 같아 묘하게 부담스럽다고 했다. 그래서 택배를 받자마자 자기는 쪽지부터 뗀다고 정희는 말했다.

냉동실에 쌓아 놓은 것만 몇 박스야. 정희가 그렇게 말하며 냉동 가래떡 한 박스를 가져와 나눠 주는데 나도 다섯 줄을 받았다. 가방끈을 단단히 고쳐 매고 계단을 올라갔다. 1층 로비에 다다르자 사람들이 모여 있는 것이 보였다. 정희는 나를 발견하고는 손을 흔들었다. 나는 가방끈을 손으로 꽉 쥔 채 걸어갔다. 그대로 지나쳐 가려는데 창고에서 만난 순자 언니가 나를 불러 세웠다.

반장한테 같이 안 가나?

순자 언니와 눈이 마주쳤다.

딸이 몸이 좀 안 좋아서요. 먼저 가야 될 것 같아요.

내가 말하자 영애 언니가 주변을 한 번 살피더니 이 정도면 충분하다며 사람들을 이끌고 로비를 빠져나갔다. 나는 숨을 길게 내쉬었다. 거짓말은 아니었다. 수연이는 늘 몸이 좋지 않았으니까. 그렇지 않아도 반장과 부딪히는 일이 많은 요즘에 또 일을 만들고 싶지는 않았다.

학교 밖은 오전과는 다르게 선선했다. 시원한 바람이 정류장까지 걸어가는 와중에 계속 품 안으로 스며들었다. 전광판에는 집으로 가는 버스가 오기까지 10분이 남았다고 떴다. 나는 의자에 앉았다. 혹시라도 연락 온 것이 있는지 확인하기 위해 휴대폰을 꺼냈다. 며칠 전 수연이가 장애판정을 받을 수 있는지 확인하기 위해 기관에 연락한 적이 있었다. 상담사는 내게 수연이의 병은 장애가 아니라고 말했다. 장애가 아니어서 어떠한 지원도 못 한다고 했다. 나는 딸이 장애인이 아니라는 이유로 밤마다 몰래 울었다. 틱을 완화시키기 위해 매일 마우스피스를 끼고 자는 수연이가, 밤마다 내 울음소리를 듣고 나처럼 신음소리를 숨기진 않았을까.

바람이 불어왔다. 정신이 몽롱해졌다. 그사이 버스 몇 대가 정류장에 들어섰다. 나는 가만히 앉아 버스가 정류장을 지나쳐가는 걸 지켜봤다. 이렇게 버스가 오고 가는 것을 보고 있으면 어쩐지 집에 들어가기가 싫어졌다. 그래서 가끔은 일부러 버스를 놓치기도 했다. 바람이 너무 좋아서 그렇다고, 버스를 몇 개나 놓치고 퇴근 시간을 훨씬 넘겨 집에 들어가는 날이면 항상 그렇게 생각하곤 했다. 바람이 너무 좋아서. 집 앞의 언덕을 올라가며 중얼거렸다. 옆으로 맨 가방이 자꾸만 어깨 밑으로 흘러내렸다.

수연이는 침대에 누워 있었다. 오늘도 이마를 많이 쳤는지 머리카락이 여기저기 쭈뼛 서 있었다. 왔어? 수연이가 몸을 일으켜 인사했다. 나는 가방을 맨 채 침대로 향했다. 침대 옆에 가방을 풀고 수연이의 머리를 정리해 주었다. 수연이가 옅게 미소를 지었다. 난 그걸 확인하고 주방으로 향했다. 밥통을 열어 보니 아침에 해 놓고 간 진밥이 꽤나 많이 줄어 있었다. 저녁은 떡볶이 해 먹을까? 나는 밥통을 닫으며 수연이에게 물었다. 씨, 씨발. 수연이가 고개를 까딱거리며 몇 번 욕설을 뱉더니 좋다고 했다. 수연이는 어려서부터 떡볶이를 좋아했다. 그런데 언제부턴가 떡볶이만 먹으면 자주 체해서 매운 음식이 체질에 안 맞나 싶었다. 그것 역시 틱 때문이었다는 것은 나중에서야 알았다. 틱이 언제 시작될지 몰라 식사를 급하게 하는 것이 습관이 돼서, 밥보다 상대적으로 소화가 어려운 떡이 계속 체하게 하는 것이다. 그걸 알고 난 후로는 떡볶이를 자주 해 주지 않았다. 그러면 수연이는 간간이 엄마 떡볶이가 먹고 싶다는 말을 하곤 했다. 하루 종일 진밥을 먹었을 걸 생각하니 밥을 먹자고 말할 수가 없었다. 정희한테 받은 가래떡으로 좋아하는 떡볶이를 해줘야겠다고 생각했다. 떡은 평소보다 더 오래 끓였다. 떡볶이가 오랜만이라서 그런지 수연이는 유난히 더 맛있게 먹었다. 싹싹 비운 그릇을 보며 나는 흐뭇하게 상을 정리했다.

설거지를 하는데 수연이가 역시나 또 가슴을 쳤다. 맛있어서, 아까 조금 급하게 먹었나 봐. 많이 안 좋으면 소화제 줄까? 내가 묻자 수연이가 쉬면 괜찮아질 거 같다며 침대에 앉았다. 나는 다시 설거지를 했다. 마지막 접시를 닦는데 순간 역한 냄새가 혹 끼쳤다. 뒤를 돌아보니 수연이가 화장실로 급히 뛰어가고 있었다. 꽤 많은 양의 토사물이 침대와 바닥에 흘러 있었다. 나는 화장실로 가 수연이의 등을 두드렸다. 수연이가 구토를 하다가도 고개를 계속 흔들며 꺾었다. 그 덕에 화장실 바닥이 토사물로 흥건해졌다. 좀 나아진 듯한 수연이를 화장실 밖으로 내보내고 청소를 시작했다. 바가지에 물을 받아 토사물을 하수 구로 흘려보내고, 마침 솔이 다 돼 버려야 했던 칫솔에 치약을 묻혀서 바닥을 박박 문질렀다. 그제야 역한 냄새가 조금은 가셨다. 수연이는 거실 바닥에 앉아 내게 미안하다고 했다. 맨날 하는 건데 뭘. 수연이가 잠들고 나서는 이불을 손빨래했다.

새벽에서야 잠이 든 나는 다음 날 지각을 해 버렸다. 평소보 다 10분 늦게 학교에 도착했다. 캠퍼스를 대표한다는 교정 앞 큰 소나무 아래 구급차가 한 대 서 있었다. 나는 나무 앞을 지 나며 구급차를 유심히 보았다. 날이 더워 사람이 쓰러졌나 보 다. 하고 생각했다. 구급차는 사이렌 소리도 내지 않으며 빠르 게 교정을 벗어났다.

언니, 이따 점심시간에 영애 언니가 잠깐 모이재. 정희가 쓰 레기통을 비우는 나를 불러 세워 말했다. 조금 늦은 거 가지구, 또 무슨 말을 하려고. 영애 언니에게 괜히 섭섭한 마음이 들었 다. 정희는 나를 지나쳐 3층으로 내려갔다. 나는 쓰레기통을 마 저 비우고 복도 청소를 시작했다. 개수대에 앉아 있는데 오늘 따라 바람이 좋았다. 나는 점심시간에 창고에 조금 늦게 내려 가 버렸다. 점심시간이 얼마 남지 않아 평소보다 빨리 밥을 먹었다. 허겁지겁 먹고는 도시락통을 정리할 즈음에야 영애 언니가 없다는 사실을 깨달았다. 뭐야, 자기가 모이자 해 놓고. 기분이 상한 채로 창고를 나서려는데 영애 언니가 문을 열고 들어왔다. 점심시간이 거의 끝나갈 때쯤 들어온 언니에게 창고 안 사람들의 시선이 쏠렸다. 언니는 열린 문을 닫지도 않은 채 그 앞에 딱 버티고 섰다. 나는 그대로 밖으로 나가려다가 문 앞에 서 있는 언니의 얼굴이 유난히 굳어 있는 듯해서 순간 걸음을 멈췄다. 그건 다른 사람도 마찬가지인 듯 정희와 언니들도 대자리 위에 가만히 앉아 있었다. 영애 언니가 우리 쪽으로 다가왔다. 자세히 보니 언니의 손에 A4용지 뭉텅이가 들려 있었다. 언니는 그걸 도시락통이 아직 치워지지 않은 바닥 위로 하나씩 깔았다. 청소부 파업 및 본관 점거에 대한 동의서. 종이에는 그렇게 적혀 있었다. 크게 적힌 제목 밑으로는 이렇다 할 내용 없이 무언가를 적을 만한 빈칸들만 그려져 있었다. 언니는 말했다. 다들 여기 이름 적어. 상황 파악이 안 돼 나는 언니를 올려다봤다. 언니 역시 나를 쳐다봤다. 언니에게서 한 번도 보지 못했던 눈빛이었다. 나는 순간 말문이 턱 막혔다.

오전에 순자 언니가 쓰러졌어.

언니는 종이를 다 나눠주고 나서야 입을 뗐다.

누워 있는 순자 언니를 흔들어 깨운 사람은 영애 언니였다. 순자 언니는 창고 안에서 발견되었다. 창문이 없는 창고 안에서 선풍기는 강풍으로 돌아가고 있었다. 잠든 거야? 영애 언니가 물었을 때 순자 언니는 대답이 없었다. 가만히 있더라고. 입술이 파래져 있었어.

나는 말없이 주위를 둘러보았다. 정희를 포함해 다들 망설이는 듯하다가 하나둘 종이에 이름을 적기 시작했다. 언니가 말했다.

반대하는 사람이 있으면 하지 않을 거야.

나는 책상 위에 올려진 종이를 물끄러미 쳐다봤다. 여기에 이름을 적으면 어떻게 되나. 예전부터 청소노동자들 사이에선 낮은 임금과 처우로 불만들이 많았고, 이런저런 흉흉한 소문마저 돌았다. 순자 언니가 쓰러진 것도 어쩌면 예견된 일이었을지도 모른다. 문을 열지 못하게 한다고. 순자 언니는 그날 종이에 글자를 적으면서 말했다.

나는 영애 언니의 행동에 놀라면서도 내 몸 깊숙한 어느 곳에서는 하나도 놀랍지 않다는 것을 알았다. 언니와 친하게 지냈던 지난 몇 년간 나는 어렴풋이나마 언니가 언젠가는 어떤 일을 할 거라는 걸, 내가 할 수 없는 일을 할 거라는 걸 알고 있었는지도 모른다. 자연스럽게 숙이고 들어가는 태도나, 수동적인 말투 같은 것. 그런 것들이 언니에겐 없었다. 나는 그런 언니가 멋있었다. 같은 여성인데도 언니는 나와 달랐다. 어쩌면 그런 언니를 좋아해서, 그래서 미워했을지도 모르겠다는 생각이 들었다.

하지만 파업을 생각해 본 적은 없었다. 당장 일을 하지 않으면 수연이의 치료비를 감당할 수 없었다. 더군다나 학교 측과 직접계약이 아니라 용역업체를 통해 계약이 되어 있는 우리가 파업을 할 수나 있나? 언니는 움직이지 않는 내 펜을 가만히 바라보았다.

나는 펜을 꽉 쥐었다. 어차피 모 아니면 도야 언니. 옆에 앉은 정희가 나를 부추겼다. 그래, 정희야. 너한텐 모 아니면 도겠지. 너희 남편은 일을 하니까. 너 말고도 돈을 벌어오는 사람이 있고, 매달 병원비로 나가는 돈 따위는 없을 테니까. 나는 속으로 생각했다. 자리에 앉아 이름을 적어야 할지 말아야 할지 고민하는 동안, 나는 불쑥불쑥 누군가가 미워졌는데 그게 학교인지 나와 같이 앉아 있는 사람들인지 알 수가 없었다. 가슴이 답답해져만 갔다. 결국 볼펜을 책상에 내려놓고 나는 자리에서 일어났다. 내가 이름을 적지 않고 일어나자 영애 언니가 나를 빤히 쳐다봤다. 언니, 어디가. 옆에 앉아 있던 정희가 내 팔을 잡았다. 나는 말을 더듬었다.

나, 이거…… 안 쓸래. 창고에서 밥 먹는 것도 이제 익숙해졌고, 개수대에서 쉬는 것도…… 난, 좋아. 바람도 좋고. 난 창고까지 내려가는 게 더 힘들어. 그리고 나, 일해야 돼. 내 말이 끝나자 영애 언니가 얼굴을 찡그리며 바람 새는 소리를 냈다. 나는 입술을 꾹 깨물고 언니를 지나쳐 문으로 향했다. 정희가 내 손목을 잡았다. 나는 정희의 손을 뿌리쳤다. 정희의 손이 허공에 어색하게 남겨졌다. 이내 정희가 나를 쏘아보며 말했다.

언니, 사람이 그러는 거 아니에요.

기침이 나왔다. 나는 급하게 문손잡이를 잡았다. 그리고 영애 언니를 한 번 쳐다봤다. 언니는 나를 등지고 서 있었다. 언니 정말…… 나는 거기까지 말하는데 기침이 터져서 뒷말을 하지 못했다. 그대로 다목적실을 나왔다.

퇴근할 시간이 되어 지하로 내려갔다. 창고에 들어가니 이미 가방들은 다 가져가고 없고 내 가방 하나만 캐비닛에 남아 있었다. 자꾸 기침이 났다. 버스정류장에선 버스를 몇 번이나 놓쳤다. 자꾸 별생각이 다 들어서 머리가 아팠다. 집에 돌아가니 수연이는 아침에 해 놓은 진밥을 먹고 있었다. 나는 수연이에게 인사를 하지 않고 안방으로 들어갔다. 화장대에 앉아 얼굴을 비볐다. 엄마 왔어? 수연이가 신음 소리를 내며 말하는 소리가 들려왔다. 나는 귀를 막았다. 제멋대로 헝클어진 머리가 거울에 비춰졌다. 수연이의 말소리가 멈췄다. 대신 신음 소리가 방으로 흘러 들어왔다. 수연이는 밥을 잘 먹고 있을까. 나는 헝클어진 머리를 손으로 만져 보았다. 요즘 밥이 점점 질어지네. 문득 정희가 했던 말이 생각났다. 수연이가 틱 때문에 소화를 잘 못한다는 걸 알고 난 후로 무의식중에 물을 많이 부었던 것 같다. 수연이가 매일 밤마다 구토를 하는 게 싫어서, 이불을 빨고 화장실을 청소하는 게 싫어서, 허리가 너무 아팠다. 길게 살라며 가래떡을 보내준다는 정희의 시부모님이 생각났다. 수연이가 그날 먹은 떡볶이를 토해서 다행이었다.

수연아 그러지 마라. 길게 살지 마.

나는 거울에 비친 내 얼굴을 바라봤다. 무언가 터질 듯 터지지 않는 느낌이었고, 계속 기침만 나왔다. 거실에선 수연이의 신음 소리가 계속해서 터져 나오고 있었다.

그가 남긴 불꽃

아름다운 청년 전태일. 그는 50년 전 근로기준법 준수를 요구하며 뜨거운 불길과 함께 죽음을 맞이했다. 그의 죽음에 관한 이야기는 주변에서, 학교에서 자연스레 알게 되었다. 어릴 때는 그저 대단한 사람이라고 생각했다. 하지만 이제는 궁금해졌다. 어째서 그는 꽤 오랜 시간이 흐른 지금까지 '아름다운' 청년으로 기억될까. 대체 어떤 삶을 살고, 어떤 일을 겪으며 살아왔을까. 어떻게 노동자들을 위해 스스로 불길에 휩싸일 수 있었을까. 이러한 물음표들이 생겨나 나는 이 책 속에 담긴 그의 이야기를 읽기 시작했다.

책 속에 담겨 있는 그 시절은 놀라웠다. 먹고살기 위해 나보다 어린아이들이 구두통을 메고, 신문을 들고 거리로 나섰다. 집 같지도 않은 집에서 밥 같지도 않은 밥을 먹으며 그렇게 살았다. 전태일도 그랬다. 배우고 싶었지만 사는 게 우선이었다. 당장 굶어 죽지 않으려면 뭐라도 해야 했다. 학교에서 배운다는 건 평범한 일인 줄만 알았는데, 이때의 아이들은 아니었다. 사실 오래된 시대이기에 정확히 어떤 상황들인지 잘 상상이 가지 않는 부분도 있었다. 그럼에도 불구하고 책장을 넘길수록 시대의 부조리함에 대한 분노가 커져 갔다. 대부분의 사람들이 힘겨운 삶을 살았으며, 인간으로서 권리가 제대로 지켜지지 않았고, 부조리한 현실에 반발할 수 있는 사람도 많지 않았던 그 시대를 보며 속이 답답해졌다.

약자로 살아야 했으니 옳지 않아도 그저 따르며 살았겠지. 나라도 그랬을 것 같다고 생각했다. 하지만 전태일은 달랐다. 어린 여공들에게 주어지는 너무 많은 업무량. 그에 상응하지 않는 임금. 잠도 제대로 자지 못하고, 허리도 제대로 펴지 못하며 건강이 망가져 가는 작업환경. 물질적 가치로 전락해 버린 사람들. 전태일은 이 모든 것에서 쌓여 온 약자의 억울함을 시정해야 한다고 생각했다. 그리고 그는, 행동했다.

그는 행동의 시작으로 바보회를 만들었다. 바보회는 말 그대로 바보들의 모임이었다. 인간이 아닌 기계처럼 대해지며 업주들에게 학대를 당했지만 대항하지 못했던 바보들. 이제는 스스로 노동운동이라는 힘든 일을 하려는 바보들. 전태일은 이 모임을 통해 자신의 뜻을 함께하려는 동지를 모으려 했다. 하지만 바보회는 직장을 쉬던 중 취직 정보를 얻으려고 온 이들이 많았기에 사실상 제대로 운영되지 않았다. 또한 조금의 기대를 갖고 찾아간 근로감독관도, 노동청도 자신의 역할을 제대로 하지 않았다. 이러한 현실 속 약자라면 좌절하며 타협하는 것이 일반적이라고 생각한다. 하지만 전태일은 아니었다. 오히려 극복할 수 있는 모든 투쟁 방법을 철저히 연구하며 그 의지를 굳혔다.

전태일은 노동법이 준수되길 바라며 노력했다. 방송국도 찾아가 보고, 삼동친목회라는 새 조직도 꾸렸다. 근로자들에게 돌린 설문지를 바탕으로 노동청장에게 근로개선 진정서도 제출했다. 이런 노력 덕분인지 마침내 신문에 '평화시장 기사특보'가 났다. 삼동회는 기적이라며 매우 기뻐했다. 하지만 오랫동안 망가진 채 방치되었던 현실이 바뀌기란 쉽지 않았다. 전태일은 힘든 상황에서도 근로환경 개선을 위해 끊임없이 노력했다. 그러던 중 1970년 11월 13일 평화시장. 삼동회 회원들과 플래카드를 들고 '근로기준법 화형식'을 하기로 한 그날. 형사에 의해 플래카드가 찢긴 지 얼마 지나지 않은 시간. 뜨거운 불길이 치솟았다. 불길에 휩싸인 그는 근로기준법 책을 품고 외쳤다. "근로기준법을 준수하라! 우리는 기계가 아니다!"라고. 그의 몸이 새까맣게 타들어 갔다. 뜨거운 화염 때문인지 점점 그의 말을 제대로 알아들을 수 없었다. 그 와중에도 그는 소리쳤다. 겨우 불을 끄고 병원으로 옮겨졌지만 이미 치료받지 못한 채 오래 방치되어 버린 그였다. 결국 전태일은 어머니와 친구들에게 자신의 죽음을 헛되이 하지 말아 달라는 말을 남긴 채 눈을 감았다.

"왜 사서 고생을 해?"라는 말을 한 적이 있다. 자신의 일이 아님에도 나서서 하는 친구에게 던지는 말이었다. 나는 남의 일까지 도맡아서 하는 그 친구가 바보 같다고 생각했다. 아마 대부분의 사람들이 그렇게 생각할 것이다. 편하게 살 수 있는데 군이 힘든 길을 택하는 일은 참 바보 같은 짓이라고 말이다. 내가 책 속에서 본 전태일이 그랬다. 그 시대의 현명한 이들을 따르는 것이 아닌 바보들을 이끄는 일을 택했다. 현실에 타협하지 않고 대항하여 고난의 길을 자초했다. 뜨거운 불에 타들어 가면서까지 노동자들의 권리를 지키려 했다. 참 바보 같았다. 하지만 그의 이야기를 보며 깨달았다. 그 바보 같은 모습들이 참, 아름다웠구나. 타오르는 불길보다 환하게 빛났던 그였기에 많은 이들의 생각과 현실을 바꿀 수 있었구나. 그래서 지금까지 아름답게 기억되는구나. 아름다운 청년 전태일. 지금 그가 우리 곁에 있지는 않지만 그의 삶이 우리 안에 꺼지지 않는 뜨거운 불꽃으로 남기를. 또한 그 불꽃들이 모여 그가 무엇보다 환하게 웃을 수 있는 시대가 오기를 바란다.

민들레가 사라진 방직공장

방직공장으로 가는 오솔길에는
시멘트 바닥의 틈으로 피어난 민들레가 있었다

미주와 나는
그 민들레를 보기 위해서
매일 성실하게 출근했는데

오늘 아침 출근길에 보니
다 피지도 못했던 민들레가
먼지 쌓인 길바닥에
줄기만 남기고 죽어 있다

우리 공장에서
제일 비싼 원단보다
고운 색을 가지고 있었던 것이
먼지 쌓인 길바닥 위에

노랗게, 노랗게
유언 하나 없이
자리를 그만둬 버렸다

재봉틀 의자에는 빈자리가 생기고

미주가 본다면 울어 버릴 텐데,
나는 생각했지만
몇 분 후에 출근한 미주는
아무 말 없이 죽죽 원단을 자르기만 했다

속 대신 원단이라도
시원하게 자르기로 한 건지

실밥 하나 떨어트리지 않아서
나도 하려던 말을 삼키고
미주를 따라
원단만 죽죽 잘랐다

나의 전체의 일부*

* 전태일의 일기에서 힘겹게 살아가는 노동자들을 표현하던 문장.

미주의 전체의 일부가

사라진 채로 우리는

민들레처럼 샛노랗게 물든 원단을

하염없이 재단했다

쇠 맛이 나는 과일

울음소리를 내며 열리는 문
통조림 공장의 아침은 하얗게 가루처럼 내린다

나는 한 손에
영원히 열 수 없는 캔을 들고
단내가 나는 컨베이어 벨트를
넘어 다니는 사람,

바닥에 떨어진 과일 껍질처럼
손에 딱 맞게 끼워진 장갑에서는 단내가 났다

나는 싸구려 머리끈을 매고
공장 안에 단맛이 나는 과일들을
모두 캔 속으로 집어넣었다
나는 눈동자가 씁쓰름해지면
가끔 장갑을 벗었다

알맹이만 담긴 통조림 속에는
달게 절인 시간이 있고

아무도 우리를 기억하지 못했다

어떤 기억은 같이 녹아서
달콤한 맛을 내고,
어떤 기억은 차가워져서
새콤한 맛을 내는데

우리는 평생을 같은 캔 안에서
살아야 하는 운명인가 봐

그렇게 말하면
공장 안의 모두가
아무 말 없이
딱딱한 가난들을 깎아 먹었다
달지도 않은 기억을
껍질만 벗겨서,

마지막까지 공장에 남은 사람들은
모든 마음을 통조림 캔처럼 닫아 버렸지

우리는 죽은 과일의 냄새가 나는
장갑을 다시 꼈다

밤새 서로의 발아래 떨어져 있는
과일 껍질의 이름을 알아낼 때까지
공장의 조명은 꺼지지 않았다

별 모양 벽지 위의 꿈

반지하의 습기로 얼룩진 벽지 위의 낙서는
알록달록한 가난의 일대기

우리 자매의 일기의 첫 번째 페이지는
물이 새는 낡은 천장,
동생과 함께 자라온 물 얼룩이
가족들의 얼룩을 기억하고 있었다

천장에서 물이 떨어지면
함께 눈물을 떨어트리던 우리의 여름,
서로의 이불을 엮어
한 덩이의 가난을 나눠 매었다

이제 내가 짊어져야 할 이름의 무게는
동생의 명찰보다 무거웠다
이어지는 나의 일기장은 슬픔 대신
벽지 위의 빈 종이

빛을 다한 야광별 아래서

동생은 벽지에 모두 쓰지 못할 만큼
커다란 마음들을 적었다

나는 일기의 끝에
내일 해야 할 일들을 적었지만,

동생은 나의 어제를,
나는 동생의 내일을,
우리는 서로의 일기장에
서로 잊어선 안 될 기억을
그려 넣는 꿈을 꾸었다

찬장 위에 올려둔 마음들이
슬픔 대신 반짝이기 위해 조용히 빛나는 밤
나는 동생을 꼭 끌어안았다

야광별 대신 반짝이던 별들이
꺼지지 않는 조명처럼 한 층계씩 올라가고 있다

#111동_엘리베이터

1990년대에 지어진 서울의 한 복도식 아파트의 엘리베이터에서 이상한 일이 벌어졌다. 재개발이 곧 시작될 예정이었던 아파트 단지였다. 페인트가 듬성듬성 벗겨진 아파트 외관만큼이나 낡은 엘리베이터였는데, 그곳에 들어갔다 나오기만 하면 원하는 것을 얻을 수 있었다. 여섯 명이 들어가면 빈틈없이 꽉 찼고 닫히는 문도 시원치 않았다. 엘리베이터는 0.5센티미터 정도가 닫히지 않은 채 사람들을 실어 날랐다. 덕분에 엘리베이터 안에 가만히 있으면 기계 돌아가는 소리를 생생히 들을 수 있었다.

엘리베이터의 신비함을 가장 먼저 알아챈 사람은 7층 제일 안쪽 집에 사는 사춘기 여학생이었다. 그녀는 다음 주에 쌍꺼풀 수술을 하기로 예약을 한 상태였다. 그녀는 후에, 움직이는 엘리베이터 안에서 쌍꺼풀이 어떤 모양으로 생기면 좋을지에 대해 아주 구체적으로 생각하고 있었다고 말했다. 그러다 우편물을 깜빡해 다시 1층으로 돌아갔고, 엘리베이터는 마침 수리 중이라 비상계단으로 다시 7층까지 올라갔다. 집에 도착해서 다녀왔습니다, 하고 말하자 그녀의 엄마는 못 말린다는 듯 한숨을 쉬었다.

"다음 주가 수술인데 눈꺼풀 더 처지게 하려고 작정했어? 쌍꺼풀액도 조금만 참아 봐."

수술을 위해 쌍꺼풀액을 꾹 참아 왔던 그녀는 억울했다. 없던 쌍꺼풀이 생길 리 없었으니 거울로 달려갔고, 한동안 입을 다물 수 없었다. 엘리베이터에서 상상한 모습과 그대로 쌍꺼풀이 아주 예쁘게 자리 잡혀 있는 것이었다. 그녀는 다음 날 학교에 갔고 친구들은 어딘가 다른 그녀의 모습을 보았다. 그들은 곧장 그 엘리베이터에 대한 연구를 시작했다. 그들의 연구를 통해 밝혀진 엘리베이터의 비밀은 총 여섯 가지였다.

1. 신체만 변화할 수 있다. (대신 기억력이 좋아진다거나, 장기가 건강해질 수 있음)
2. 1~7층으로 올라갔다 내려갈 때만 효과를 보장할 수 있다.
3. 엘리베이터엔 무조건 한 사람씩만 타야 한다.
4. 엘리베이터에 있는 시간만큼은 내가 바라는 것에 대해 아주 구체적이고 상세하게 생각해야 한다.
5. 효과가 나타나는 건 개인마다 시간차가 있다.
6. 한 사람당 단 한 번의 기회가 주어진다.

그녀의 친구가 이 사실을 SNS에 올리자 빠르게 퍼져 나갔다.

덕분에 그 엘리베이터는 아는 사람들 사이에선 '믿거나 말거나'로 꽤 유명해졌다. 마침 그녀와 같은 아파트 단지에 살고 있던 A씨는 그것을 증명해 보겠다며 그곳으로 당당하게 들어갔다. 결과는 대성공이었다. A씨는 평소 키가 작은 게 스트레스였다고 SNS에 후기 글을 남겼다. 본인이 185cm가 되는 상상을 마치고 엘리베이터에서 나오자마자 보이는 눈높이가 달랐다고 했다. A씨의 글은 전보다 빨리 확산됐고 마침내 연수의 귀에도 들어갔다. 그 엘리베이터의 신비한 능력을 처음 들은 연수의 반응은 되도 않는 소리, 였다. 그래도 한편으로는 궁금했다. 다리를 꼬는 습관을 버리지 못해 틀어진 오른쪽 골반을 내려다보았다. 매번 자세 교정을 받으러 다니는 것도 슬슬 귀찮아지던 참이었다. 연수는 엘리베이터에 대한 소문이 사실인지 확인하고 싶었다.

*

연수가 그 아파트 단지에 갔을 땐 이미 사람들로 북적였다. 초반엔 A씨의 생생한 후기로 호기심이 생긴 사람들이 만족스러운 결과를 얻고 나왔다. 그에 힘입어 새로운 해시태그도 생겼다. '#111동_엘리베이터_후기.' 각종 SNS에서 이 해시태그의 인기는 식을 줄 몰랐고 언제나 상위권에 위치했다. 사람들에게 노출돼서 엘리베이터 앞이 문전성시가 되는 일은 순식간에 일어났다. 마침 그 엘리베이터의 미스터리를 풀겠다, 뉴스와 다큐멘터리로 제작하겠다는 여러 방송국에서 취재를 나왔다. 그렇게 텔레비전에 대거 등장하다 보니 사람들의 관심은 끊이지 않았다.

신비한 엘리베이터로 세상이 떠들썩했던 그 주 주말, 연수는 옷을 챙겨 입었다. 그 아파트로 가 볼 생각이었다. 아파트는 버스로 40분 정도 거리에 있었다. 그 근처 고등학교에 다녔기에 위치를 정확히 알고 있었다. 작은 가방에 지갑과 이어폰, 보조배터리만 챙겨 집을 나섰다. 시내버스를 타고 아파트로 향했다. 내릴 정류장에서 하차 벨을 누르자 수많은 인파가 연수의 눈에 띄었다. 그 큰 아파트 단지에 사람이 바글바글했다. 연수는 이 앞을 3년 내내 지나다녔지만, 지금처럼 사람이 많은 것은 처음 보았다. 순간 당황스러워 교통카드도 찍지 않을 뻔했다. 차가 멈추고, 기사님의 내리지 않느냐는 소리에 헐레벌떡 하차했다. 아파트 입구 바로 앞에 있는 음식점이나 카페는 발 디딜 틈이 없었다. 밖에서 봐도 가게 안은 사람들로 바글바글했다. 신비한 엘리베이터가 있는 111동을 찾는 일은 어렵지 않았다. 모두 한곳을 향해 줄을 서 있었다. 앞으로 가면 갈수록 여기서 며칠 밤을 새운 것인지 돗자리와 간이의자, 신문지, 전기난로 등등 짐이 한가득하였다. 이곳 주민의 통행을 고려한 것인지 줄을 서 있는 사람들은 도로 한쪽에 붙어 있었다. 연수는 한참을 걸어 줄의 제일 앞쪽까지 가서 111동 안을 바라보았다. 엘리베이터 앞에는 일수 가방을 메고 5만 원 뭉텅이를 세고 있는 사람이 있었다. 언뜻 보기에도 꽤 많은 금액이었다. 기웃대는 연수가 의심스러웠던 것인지 다음 순서를 기다리고 있던 사람이 말을 걸었다.

"새치기하지 마쇼. 나는 여기서 3일은 기다렸다우."

연수가 한참이나 내려다봐야 하는 늙은 아저씨였다. 연수는 허리께까지 오는 아저씨의 키가 어딘가 이질적이라고 느꼈다.

"그냥 안에만 보는 거예요. 얼마나 대단한 엘리베이턴가 싶어서……."

아저씨는 답답하다는 듯 읽고 있던 책을 '탁' 소리 나게 덮었다. 필기하려고 했던 것인지 책 옆엔 노란 형광펜이 끼어 있었다. 아저씨는 간이의자에서 일어나 까치발을 들고 뒤로 길게 늘어선 줄을 가리켰다. 사흘 동안 씻지 않은 것인지 시큼한 냄새가 연수의 코를 찔렀다.

"저 뒤에 길게 줄을 선 사람들이 보이나? 무엇 때문에 몇 날 며칠을 이러고 있을 것 같소? 나는 그나마 빨리 와서 3일이지. 아주 양반이야. 저들은 적어도 5일은 있어야 할 걸세. 당신도 호기심으로 온 거면 지금 당장 가서 줄을 서는 게 좋을 거야. 고민은 시간만 버릴 뿐이라고."

아저씨의 말이 끝나자마자 어리둥절한 얼굴로 자신의 손을 물끄러미 보고 있는 젊은 여자가 111동에서 천천히 걸어 나왔다. 여자는 머리를 한 번 흔들더니 기분 좋은 비명을 질렀다. 3

일 동안 2백 번은 더 들은 소리야 하며 아저씨가 아파트 안으로 들어갔다. 유난히 가벼워 보이는 발걸음이 부럽게 느껴졌다. 연수도 더 지체할 수 없었다. 끝없는 줄을 향해 뛰기 시작했다. 사람들과 반대 방향으로 달리고 또 달렸다.

고작 30분 늦었을 뿐인데 줄은 그새 또 길어졌다. 경비원이 코너를 기점으로 다시 서라며 경광봉을 흔들고 있었다. 더는 자리를 뺏길 수 없다는 생각에 연수는 가장 마지막 사람 뒤로 뛰어갔다. 가쁜 숨을 몰아쉬었다. 고등학교 졸업 이후 이렇게 격하게 뛴 건 처음이었다. 땀이 식자 연수의 몸이 오들오들 떨렸다. 집에서 챙겨 오지 않은 롱패딩과 수면양말, 내복 생각에 한숨을 쉬었다. 줄은 굉장히 천천히, 눈곱만큼 줄어들었다. 연수는 그 흔한 핫팩 하나 없이 얇은 맨투맨과 코트로 추위를 버티고 있었다. 연수가 너무 추워 보였는지 주변에서 뜯지 않은 핫팩 두 개를 건네주었다. 고맙다며 고개를 끄덕인 후 하나를 뜯었다. 나머지는 자리를 비우지 못할 경우를 대비해 남겨 두었다. 시간이 지나면 지날수록 밝은 표정으로 연수 옆을 지나 아파트 단지를 빠져나가는 사람이 많아졌다. 습관적으로 SNS를 켜 '#111동_엘리베이터_후기'를 검색했다. 저마다의 사정으로 변한 모습을 찍어 올렸다. 글을 하나하나 읽을수록 곧 변화할 자신의 모습이 상상됐다.

"저기…… 어쩐 일로 여기 오신 거예요?"

두꺼운 옷으로 몸을 칭칭 감은 덩치가 큰 여자가 뒤를 돌아

물었다. 연수는 자기에게 질문한 건가 싶어 피드를 내리던 손을 멈추고 잠시 고민했다. 연수의 말똥한 눈을 보고 여자는 먼저 말했다. 여자는 두꺼운 옷을 입고 있음에도 얼굴빛은 창백했고 입술은 다 말라 입을 열 때마다 쩍쩍 소리가 날 것 같았다. 짧은 머리에 모자를 쓴 여자의 얼굴을 자세히 보니 30대 초반 같았다.

"전 지금 암 투병 중이에요. 작년 이맘때쯤 3기를 선고받았어요. 길어 봤자 두 달이라는 의사의 소견 때문에 병원에서 나와 집에서 살고 있어요. 남은 생을 병원에서 보내는 건 너무 억울하잖아요. 그러다 그 해시태그를 봤어요. 아, 어떤 건지 아시죠? 네네 그거요. 남들은 무모하다고 말렸지만, 저로서는 이게 최선의 방법이었어요. 사실 그 글을 보자마자 오고 싶었는데 보시다시피 제가 어딜 함부로 갈 수가 없어서……. 그 소문이 정말 사실이면 항암치료 받는 비용보다 훨씬 더 싼 엘리베이터를 타는 게 낫겠다 싶었어요. 아 저는 충남에 살고 있어요. 제 간호 때문에 엄마랑 함께 살고 있는데, 같이 오시겠다는 걸 말린다고 고생 꽤 했어요. 결국 하루에 세 번씩 영상 통화하는 거로 합의 봤지만 말이에요. 제 이름은 미정이에요. 송미정."

연수는 놀란 얼굴로 미정을 바라봤다. 연수 앞의 여자는 목숨을 걸고 이곳까지 온 것이었다. 미정에겐 연수가 그 얘기에 동조하는 것처럼 보였는지 계속해서 말을 이어갔다. 이 아파트에 온다고 쓴 비용이 총 얼마나 되는지, 며칠이나 있어야 엘리베이터에 들어갈 수 있을지 등등 한동안 말과 단절했던 사람처럼 입을 쉬지 않았다. 연수가 다시 핸드폰을 들여다보아도 신경 쓰지 않았다. 그렇게 10분쯤 지났을 때, 미정은 멋쩍은 얼굴로 연수에게 다시 물었다. 그래서 이곳에 왜 왔다고 하셨죠? 연수는 보고 있던 휴대폰을 다시 코트 주머니에 찔러 넣고 코를 훌쩍였다. 막상 말하려니 부끄러웠다. 암을 치료하러 온 사람 앞에서 차마 틀어진 골반 얘기를 할 수 없었다. 연수는 다른 사람들처럼 호기심 때문에 왔다고 대충 얼버무렸다. 줄은 조금씩 줄었고 둘은 어느새 106동 경비실 앞까지 옮겨 갔다. 이대로라면 엘리베이터 앞까지 도달하는 것도 먼 얘기가 아니었다. 소원이 이루어지는 것은 시간문제인데, 연수는 기분이 이상했다. 무엇인가 잘못되고 있다는 생각에 불쾌해졌다. 분명히 알고 있는 답이 생각나지 않는 것처럼 찜찜했다.

미정은 연수의 집을 물었다. 여기서 얼마 걸리지 않는다는 말에 미정은 옷을 조금 더 챙겨 입고 한숨 자고 오라며 연수의 등을 떠밀었다. 아픈 사람을 혼자 두고 가면 안 될 것 같아 연수는 망설였다. 그러자 미정은 둘이 짝을 이뤄 정해진 시간마다 볼 일을 해결하고 잠을 자고 밥을 먹자는 제안을 했다. 벌써 저녁 시간대였고 먼저 다녀오라는 뜻으로 미정은 손을 흔들었다. 버스정류장 근처에도 인파는 가득했다. 모두 버스를 타나 싶었지만, 사람들의 목적은 은행이었다. 돈을 출금하려는 것 같았다. 연수는 고개를 절레절레 흔들었다. 출금하는 것까지 기다릴 자신이 없었다. 내일 다시 이곳으로 오기 전에 은행에 들러야겠다고 생각했다.

엘리베이터는 한 번 탈 때 10만 원을 지불해야 했다. 텔레비전에 방영되기 전에, 그러니까 지금처럼 유명세를 타기 전에 111동 주민들은 회의를 열었다. 사람들이 엘리베이터를 탈 때마다 돈을 받자는 것이 안건이었다. 앞으로 이곳을 찾는 사람들과 비례하게 주민들의 불편함도 커질 테였다. 동대표는 얼마 전에 다친 1205호 청년의 얘기를 꺼냈다. 엘리베이터에 그런 비밀이 있는지 모르고 탔던 1205호 청년은 폭행을 당했다. 소원을 빌기 위해 그 안에 있었던 남자에게 맞은 것이었다. 자신의 소원을 방해했다는 것이 폭행의 이유였다. 불편함은 그뿐만이 아니었다. 1205호 청년의 소식을 들은 사람들은 엘리베이터를 이용할 수 없었다. 자신도 화를 당할까 두려웠다. 덕분에 출근시간의 비상계단은 쉴 새 없는 뜀박질 소리로 가득했다. 이런 불편함도 감수하고 있는데, 보상을 받아야 한다는 것이 동대표의 주장이었다.

여러 의견이 오간 끝에 엘리베이터를 탈 때마다 10만 원씩 받자는 의견이 채택되었다. 수익 배분은 층에 따라 달리했다. 총20층인 아파트였기 때문에 1층은 5퍼센트, 2~5층은 10퍼센트 그리고 6~10층은 20퍼센트를 받았다. 그 위층인 11~15층은 30퍼센트를, 가장 꼭대기 층인 16~20층은 35퍼센트를 받

왔다. 엘리베이터는 하루에 100명 정도 태울 수 있었고 아파트
는 한 층에 네 가구였다. 한 가구씩 하루에 못 해도 10만 원 이
상을 벌어들일 수 있었다. 주민들은 일하지 않아도 계속해서
돈이 생겨났다. 엘리베이터가 유명해질수록 그 금액은 점점 커
졌다.

*

어젯밤, 연수는 틀어진 골반을 만지다 말고 몸을 번쩍 일으
켰다. 집에 오는 내내 불쾌했던 이유를 찾은 듯했다. 미정의 암
앞에서 연수의 골반은 한없이 작아졌다. 그 신비한 엘리베이터
는 미정의 목숨이었다. 단순한 호기심과는 차원이 다른 문제였
다. 확실히 잘못되고 있다는 생각이 들었다. 연수는 미정을 한
시라도 빨리 엘리베이터에 태우고 싶었다. 어떻게 하면 할 수
있을까 밤새워 뒤척이며 고민했다.

연수는 미정과 교대를 하기 위해 아침 8시까지 아파트 입구
에 도착했다. 눈이 퀭한 연수의 손엔 아침 대용으로 산 빵이 들
려 있었다. 출근시간에 딱 맞춰 도착한 것인지, 아파트 단지 안
에서 반듯한 옷차림의 사람들이 우르르 빠져나왔다. 패딩 대신
코트를 입고 한 손엔 가방을 들고. 그들의 표정은 하나같이 어
두웠다. 전날 잠을 자지 못한 듯 눈이 퀭했고 입꼬리는 누가 잡
아당기는 것처럼 내려가 있었다. 그도 그럴 것이 신비한 엘리

베이터가 유명해지자 사람들은 끊임없이 이곳을 찾았다. 연수는 어제보다 사람이 많아진 것 같은 느낌을 받았다. 눈으로 줄을 따라가 보니 꽤 넓은 아파트 단지를 사람들이 2바퀴 정도 휘감고 있었다. 사람들 틈에서 중간중간 우뚝 솟아 있는 낡은 아파트가 어색했다. 아파트 입구와 그 근처에 있는 음식점이나 카페도 모두 24시간 영업으로 시간을 늘렸고 안 쓰던 경비실까지 모두 끌어와 경비 인원을 보충했다. 이곳 주민들의 피해도 막대했다. 아주 늦은 밤에도 소리치는 것은 기본이었고 롯데리아와 카페베네, 세탁소, 교회가 있는 2층짜리 상가 건물과 화장실은 그 많은 인원을 수용할 수 없었다. 화장실이 턱없이 부족한 탓에 주민들의 집으로 무작정 찾아가 문을 두드리는 사람도 많았다. 아침이건 밤이건 싸우는 소리는 끊이지 않았다. 아이들이 학교에서 하교할 때에도, 직장인들이 퇴근할 때도 사람들은 서로의 머리를 붙잡았다. 대부분의 이유는 새치기였다. 잠시 자리를 비운 새에 쏙 들어와서 당당히 앉아 있는 모습에 화가 난 사람들이 소란을 피웠다.

사람들의 배려 없는 행동에 질린 주민들은 서둘러 한둘씩 아파트를 떠났다. 아침에 연수가 본 이삿짐 트럭만 해도 두 대였다. 그러나 신비한 엘리베이터가 있는 111동 주민들의 집은 밤이 되어도 창밖으로 새어 나오는 불빛이 빼곡했다. 그곳에 살면서 얻는 소득이 높으니 아무도 이사를 하고 싶지 않아 했다. 오히려 이사를 떠나는 것은 다른 동의 주민들이었다. 단지 전체를 휘감고 있는 사람들 때문에 이삿짐 트럭은 여러 번의 시도 끝에 주차장에 도착했다. 큰 가구들도 엘리베이터로 움직일 수 없으니 사다리차는 필수였다. 짐을 올리고 내리고 넣는 데엔 주의가 필요했다. 잘못 떨어져 누구 하나라도 다치면 큰일이었다.

밤새 그렇게 움직였음에도 연수와 미정은 아직 107동 경비실에서 조금 더 앞에 있었다. 아직 111동의 아파트도 보이지 않는 거리였다. 미정에게 빵을 건네고 근처 마트에서 산 목욕탕 의자를 깔고 앉았다. 돗자리도 살까 싶었지만 잠은 집에 가서 자고 싶었다. 미정은 어제보다 상태가 좋지 않았다. 어떻게 해서라도 앞으로 가자는 말은 아침을 다 먹은 후에 꺼내야 할 것 같았다. 따뜻한 옷을 챙겨 입은 만큼 몸을 움츠리고 연수는 핸드폰을 꺼냈다. 습관적으로 가장 상단에 있는 해시태그로 들어갔다. 이제 그 해시태그는 엘리베이터의 후기뿐만 아니라 공유할 정보나 알아야 할 이야기들을 적는 공간이 되었다. 아침을 먹던 미정도 옆에 앉아 SNS를 뒤지고 있었다.

"헐!"

갑자기 벌떡 일어난 미정에 깜짝 놀라 연수는 들고 있던 핸드폰을 놓칠 뻔했다.

"104동 쪽에 유명 연예인이 있대요! 그 왜, 얼마 전에 '저승사자' 찍은 사람 말이에요. 어라 모르시는 눈치인데……. 드라마 잘 안 보세요?"

방금까지 거의 죽어 가던 미정의 눈이 번쩍 띄었다.

"저승사자라는 드라마는 이름만 들어봤어요. 제가 워낙 바빠서 텔레비전 볼 시간이 안 나서요."

연수는 미정을 올려다보며 대답했다.

"잘나가는 연예인이 뭐가 부족하다고 여기까지 왔을까요? 참 알다가도 모르겠어요."

미정은 그렇게 말하곤 주머니에서 약을 꺼내 먹었다. 연수는 먹은 빵의 쓰레기를 정리했다.

"그 쓰레기 제게 주세요. 가면서 버리게요. 아, 말 나온 김에 그 연예인도 봐야겠네."

몸도 좋지 않으니 그냥 여기 있으라고 말릴 새도 없이 미정은 떠나 버렸다. 미정이 떠나고 순간 정적이 찾아왔다. 줄이 조금 줄어들어 의자를 포개어 앞으로 옮겼다. 연수는 바닥에 떨어진 약 봉투들을 집어 들었다. 미정이 급하게 움직이다 떨어트린 것 같았다. 지퍼백에 담긴 약들은 보기에도 어마어마한 양이었다. 연수는 결심한 듯 앞사람의 어깨를 툭툭 쳤다. 연수는 계속해서 앞사람들을 설득했다. 한 손엔 포개진 목욕탕 의자를, 한 손엔 넘치도록 많은 미정의 약봉지를 들었다. 연수는 시한부를 선고받은 동행자가 있다며 호소했다. 처음엔 다들 미심쩍어했지만 알겠다며 선뜻 자리를 비켜 주었다. 어떤 사람은 연수의 얘기를 미리 듣고 먼저 서라며 양보해 주었다.

미정이 돌아왔을 때 연수는 보이지 않았다. 불안해진 미정은 전화를 걸었다. 연수는 앞으로 쭉 오라는 말만 하고 뚝 끊어 버렸다. 미정은 지쳐서 앉아 있는 사람들의 얼굴을 살피며 나아갔다. 한참을 걸어 연수를 발견했다. 그들의 자리는 엘리베이터가 있는 111동이 눈에 보일 정도였다. 미정은 목욕탕 의자 두 개가 어떻게 여기까지 온 것인지 궁금했다. 몰래 새치기한 게 아닐까 생각하다 연수의 손에 있는 자신의 약봉지가 눈에 들어왔다. 어딘가 언짢아 보이는 앞사람과 고개를 숙인 연수도 보였다.

"먼저 온 사람이 안 비켜 줬다고 욕을 먹어야 합니까?"

검은 캡 모자를 쓰고 왼쪽 뺨에 흉터가 있는 젊은 남자가 소리를 질렀다.

"말씀드렸잖습니까, 제 지인이 몸이 많이 안 좋다고요."

연수는 숙인 몸을 일으켜 남자를 똑바로 바라보았다. 금방이라도 싸움이 날 것 같았다. 그 상황을 지켜보던 미정은 쉽사리 끼어들 수 없었다.

"그건 그쪽 사정이잖아요. 나도 내 나름대로 오래 기다렸습니다. 나랑 그렇게 자리를 바꾸고 싶으면, 돈 줘요. 돈 주면 바꿔 줄게."

어이가 없다는 듯 남자는 말했다. 순간 그의 왼쪽 뺨에 난 흉터의 붉힌 자국이 섬찟하게 느껴졌다. 꽉 쥔 연수의 손이 부들부들 떨렸다. 그때 111동 경비실 앞에 있던 나이 지긋한 할머니 한 분이 연수에게 다가왔다.

"지인분이 아프시다구요. 저랑 자리를 바꿔요. 저 자리면 얼마 안 기다려도 될 거예요."

연수는 연신 고맙다고 말하며 바닥에 내려놓았던 짐을 챙겼다. 발걸음을 떼자 남자가 연수의 옷을 턱 잡아끌었다.

"아무리 저 할머니랑 자리를 바꿨다고 해도 내 앞을 지나가는 건 맞잖아? 그러니까 돈은 내셔야지. 어딜 내빼려고."

남자의 말도 안 되는 계산법에 헛웃음이 나왔다. 돈을 주지 않으면 줄 맨 끝으로 돌려보내겠다고 으름장을 놓는 남자 때문에 머리가 뻐근해졌다. 뭉친 고개를 돌리다 연수는 미정과 눈이 마주쳤다. 미정의 머리는 산발이었고 심하게 갈라진 입술이 눈에 띄었다. 토를 한 것인지 입 주변에는 미처 닦지 못한 분비물이 묻어 있었다. 연예인을 보러 가겠다며 좋다고 뛰어갔다기엔 아까보다 안색이 창백했다. 연수는 오늘 아침에 뽑아둔 10만 원을 남자에게 던졌다. 그리곤 멀리 떨어진 미정을 챙겨 앞으로 이동했다. 돈을 챙긴 남자는 끝까지 고래고래 소리를 지르며 욕을 뱉었다.

*

다른 동보다 111동은 경비실과의 거리가 유난히 멀었다. 할머니의 배려로 앞으로 왔지만, 아마 여기에서도 하루는 기다려야 할 것이었다. 주차장엔 차가 별로 없었다. 더 많은 사람이 찾아오기 전에 미리 빼 둔 것 같았다. 그때 경비실에서 큰 소리가 났다.

"엘리베이터 사용료 분배를 다시 해야 하는 거 아니에요? 지금은 5층 이하 주민이 더 피해를 보고 있는 거 아시잖아요!"

현금 10만 원을 손에 쥔 여자의 목소리에선 신경질이 묻어나왔다. 밤에도 시끄러운 111동 때문에 잠을 잘 이루지 못한 것이 분명했다.

"그럼 다시 한번 동 회의를 진행하시던가, 저한테 이래 봤자 아무 소용이 없다니까요? 전 그냥 알바라구요."

엘리베이터 앞에서 보았던 일수 가방을 찬 남자가 피곤하다는 듯 말했다. 몇 번 더 언성이 오가다가 경비원이 둘 사이를 갈라놓았다. 여자는 씩씩대며 111동 안으로 들어갔다. 여자가 자연스럽게 비상구 계단 쪽으로 몸을 트는 것까지 본 연수는 그제야 자리에 앉았다.

오늘 밤은 연수가 맡기로 했다. 이틀 내내 밖에 있던 미정은 곧 죽을 것처럼 시름시름 앓았다. 돈을 더 써서라도 앞으로 가자는 연수의 말에 미정은 고개를 저었다. 근처 24시간 병원에서 잠깐 쉬면 괜찮아질 거라고 택시를 불렀다. 원래 자리로 돌아오기 전에, 미정은 돗자리를 하나 가져왔다. 조금이라도 편히 있자고 사 온 것이었다. 연수는 아스팔트 바닥에 돗자리를 깔까 말까 고민했다. 그러나 밤 10시가 되자 앞뒤 할 것 없이 돗자리를 주섬주섬 펼쳤다. 계속 앉아 있던 목욕탕 의자를 베개로 쓰는 사람도 있었다. 연수도 1인용치고는 조금 큰 돗자리를 바닥에 깔았다. 곧이어 물- 물- 하고 외치는 사람이 지나갔다. 단지를 몇 바퀴나 돈 건지 추운 겨울인데도 이마엔 땀이 송골송골했다. 연수는 한 병에 5,000원을 주고 물을 샀다. 비싼 가격이었지만, 편의점에 간다고 해도 줄이 길게 뻗하니 여기서 사는 게 나았다.

차가운 바람을 맞으며 꾸벅꾸벅 졸고 있는데 사이렌 소리가 들렸다. 곧이어 얼마나 크게 싸우는지 물건을 깨부수는 소리가 귓가를 때렸다. 사람들은 모두 자리에서 일어나 소리가 나는 쪽을 향해 서 있었다. 인상을 찌푸리며 연수도 일어났다. 목욕탕 의자를 밟으니 경찰차가 보였다. 술판을 벌이다 언성이 높아졌고 술병을 깨며 싸움까지 하게 된 것이었다. 경찰 둘이 한 사람을 붙잡고 차로 들어가려던 때였다. 가장 오른쪽에 있던 경찰의 얼굴이 어딘가 익숙했다. 상황이 종료되자 경찰은 파출소로 돌아갔다. 분명 자신에게 돈을 요구했던 그 남자였다. 검은 캡 모자를 눌러썼었지만, 왼쪽 뺨에 깊게 베인 것 같은 상처로 알아볼 수 있었다. 아까 그 남자가 지금은 왜 저기에 있는지, 그가 정말 경찰이 맞긴 한 것인지 연수는 혼란스러웠다. 돈이 목적이었던 걸까 하고 생각하는 그 순간에도 자리는 점점 앞으로 당겨지고 있었다.

이제 연수 앞엔 30명 남짓한 사람들이 남아 있었다. 이 정도면 2시간 안엔 끝날 수 있을 것 같았다. 미정에게 전화를 걸려고 할 찰나에 저 뒤에서 연수 씨, 하며 미정이 불렀다.

"여기요, 아침밥."

어제보다 안색이 괜찮아진 미정이 햄버거를 건넸다. 포장지를 보니 아파트 입구에 있는 햄버거집에서 산 것이었다. 연수는 돗자리를 잘 접어 가방에 넣고 목욕탕 의자를 내려놓았다. 잘 먹겠다는 짧은 인사를 건넨 후 감자튀김의 포장지를 벗겼다.

"사람이 얼마나 많은지, 저 40분 기다려서 사 온 거예요."

연수가 괜찮냐고 물어보기도 전에 미정은 입을 뗐다. 일부러 활기찬 척을 하는 것 같았다. 갈라진 입술로 24시간 병원에도 사람이 많았다며 조잘조잘 떠들었다. 연수는 어젯밤에 있었던 일을 얘기할까 하다 그만두었다. 얼마 안 남은 차례를 마음 편히 기다리게 하고 싶었다. 동마다 배치된 쓰레기통에 쓰레기를 버리고 오니 줄은 더욱 앞으로 당겨져 있었다. 미정은 설레는 마음을 감추지 못했다. 머리를 귀 뒤로 쓸어넘기고 옷매무새를 단정히 했다.

"고마워요, 연수 씨. 덕분에 나 더 빨리 건강해질 것 같아요."

미정이 연수의 손을 잡고 말했다. 건강해지면 그땐 자기가 밥을 사겠다고 연수가 멋쩍게 대답했다. 미정의 바로 앞에 있는 사람이 엘리베이터에 올라타자 미정과 연수는 입구로 들어섰다. 일수 가방을 찬 남자가 손을 내밀었다. 미정은 주머니에서 돈을 꺼내 건넸다. 한 명만 탈 거냐는 물음에 연수가 그렇다고 답했다. 액수가 맞는지 확인한 남자는 잠시 기다리라고 했다. 미정은 손까지 모으고 가만히 서 있었다. 미정의 얼굴이 발그레해졌다. 이틀 동안 함께 있으면서 처음 보는 표정이었다. 1층을 알리는 땡- 소리가 복도에 울리자 어리둥절한 얼굴로 앞사람이 천천히 걸어 나왔다. 이렇다 할 반응은 없었다. 겉으로 티가 나지 않는 소원을 빌었거나 효과가 늦어진다는 뜻이었다. 앞사람은 내심 아쉬운 표정으로 111동을 벗어났다.

드디어 미정의 차례였다. 연수는 뒤돌아보는 미정에게 파이팅하라는 뜻으로 작게 주먹을 쥐어 보였다. 올라가는 버튼을 누르자 덜커덩, 하며 엘리베이터가 열렸다. 미정은 심호흡하고 그 안으로 들어갔다. 엘리베이터의 내부는 연수도 처음 보는 것이었다. 소문대로 정말 작았고 거울은 문을 뺀 삼면에 모두 붙어 있었다. 엘리베이터는 후기에서 본 여섯 명이 아니라 다섯 명이 들어가도 꽉 찰 것만 같았다. 문이 닫히고 점점 올라가는 층수를 바라보았다. 불안하게 닫힌 문 사이로 기계 소리가 들렸다. 불규칙한 소리는 연수의 심장을 괜히 더 뛰게 했다. 1분 남짓한 짧은 시간이 끝나고 미정은 엘리베이터에서 내렸다. 아까보다 눈에 띄게 좋아진 혈색에 입이 저절로 벌어졌다. 그렇게 둘이 벙긋대고 있을 때 비명이 들렸다. 미정의 다음 순서였던 여자의 비명이었다. 그 소리에 111동 바로 밖에서 기다리고 있던 사람들이 하나둘씩 모여들었다. 사람이 점점 몰리기 전에 연수는 미정을 데리고 인파를 빠져나갔다. 모여든 사람들이 올라가는 버튼을 아무리 눌러도 그 엘리베이터는 열리지 않았다. 당황스러운 마음에 사람들은 엘리베이터를 발로 차거나 문을 억지로 열려고 했다. 그러자 얼마 지나지 않아 땅이 쾅, 하고 울렸다.

*

연수는 그 신비한 엘리베이터가 더는 제 기능을 하지 못한다는 이야기를 후에 SNS로 알게 되었다. 아파트 단지를 빠져나가기 전까지만 해도 뛰어다녔던 미정은 그곳을 벗어나자 가슴 통증을 호소했다. 연수가 당황하자 미정은 괜찮다고 말했고 바로 본인의 고향으로 떠났다. 그 이후 어떻게 지내는지 알 길이 없었다. 엘리베이터가 고장 났다는 소식은 빠르게 퍼져 나갔다. 그러자 아파트 단지를 굵게 두르고 있던 사람들은 순식간에 빠져나갔다. 추락한 엘리베이터를 고쳐도 신비한 기력은 돌아오지 않았고, SNS에서도 '#111동_엘리베이터_후기'는 잊혀 갔다. 그렇게 두 달이 지났다. 시간이 지나면 지날수록 이상한 일이 일어났다. 시력이 좋았던 사람들은 대거 색맹이 되었고 키가 큰 사람들은 손이 급격히 작아졌다. 연수가 기사를 보며 신기해하고 있을 때 SNS의 알림이 울렸다.

'저는 오른손잡이였는데 왼손잡이가 됐어요.'

환자복을 입고 밝게 웃고 있는 미정의 사진도 함께였다. 오랜만에 보는 반가운 얼굴이었다. 미정에게 잘 지내냐고 묻자 미정은 병원에 오고 나서 건강이 더 좋아졌다고 했다. 연수는 사진 속 미정을 따라 웃으며 밥 약속은 아직 유효하다고 말했다.

11개월짜리 알바생

정우에게 전화가 온 건 내가 『전태일평전』을 막 다 읽고 발표를 하기 위해 PPT를 만들던 중이었다. 학교 숙제로 어쩔 수 없이 읽게 된 책이라 급하게 읽었지만 그래도 마음에 드는 구절들에는 파란색 형광펜으로 진한 밑줄을 그어 놓았다. 그런데 전화를 건 정우의 목소리가 미세하게 떨렸다. 친구는 최대한 티를 안 내려고 하는 건지 목소리를 몇 번이나 가다듬었다. 그렇기에 나는 무슨 일 있냐는 물음 대신 일단 만나자고 말한 후 잠옷도 갈아입지 않은 채로 집을 나섰다. 아파트 현관문 너머로 친구의 모습이 보였다. 한 손에는 파란색 캔 음료 두 개를 동시에 쥐고 다른 손에는 자신의 호텔리어 명찰을 꽉 움켜쥐고 있었다.

정우가 지역 호텔에서 아르바이트를 시작한 것은 작년 이맘때부터였다. 학교 복도에서 내 얼굴에 자퇴서를 들이민 정우는 내일부터 당장 알바를 시작하기로 했다고 말했다. 녀석은 자퇴하는 사람답지 않게 싱긋 웃음만 지을 뿐이었다. 갑작스러운 정우의 자퇴 선언에 당황한 나는 자퇴하는 이유를 물었다. 그러자 정우는 자퇴서를 가슴팍에 있는 작은 주머니에 접어 넣으며 대답했다.

"우리 집 원래 돈 없잖아. 뭐, 그런 것도 있고 어차피 나 공부도 못 해서 대학도 못 갈 거야. 아빠도 집 나간 지 오래고, 이제 엄마도 안 아픈 데가 없는데 나라도 벌어야지. 동생은 학원도 제대로 못 다녔는데 걔는 공부에만 집중할 수 있으면 좋겠어서."

대답을 듣고 나니 마음이 더 불편해졌다. 미간을 더 세게 찌푸렸다. 하지만 나는 정우의 자퇴를 말릴 수는 없었다. 그저 복도 끝 계단으로 향하는 정우의 뒷모습이 사라질 때까지 그쪽을 바라보았다. 정우의 어깨가 무거워 보였다.

우리는 집 앞 벤치에 있는 나무 탁자를 사이에 두고 마주 보며 앉았다. 정우는 파란색 캔 음료를 건넸고, 경쾌한 음료수 따는 소리와 함께 정우는 말을 꺼냈다.

"나 알바 잘렸어."

정우는 잠시 망설이더니 이내 이야기를 시작했다.

"한 달만 더 다니면 알바한 지 벌써 1년째인데 아르바이트생이 1년 이상 일하면 나중에 퇴직금을 줘야 하거든. 그래서 갑자기 고객한테 클레임이 들어왔다며 꼬투리를 잡아서 쫓아내더라고. 11개월 동안은 아무 말도 없었거든. 아직 이번 달 동생 학원비도 다 입금 못 했는데……."

정우는 고개를 높이 치켜들었다가 다시 다리 사이로 시선을 파묻었다. 정우의 표정에서 故 전태일 열사가 마주했을 청년 노동자들의 모습이 겹쳐 보였다. 그는 자신보다 어린 동생들을 위해 자신의 버스비로 빵을 사서 나누어 주었다. 어린 동생들이 빵을 먹는 모습을 흐뭇하게 바라보면서도, 자신도 모르게 우렁차게 울려 대는 배를 쥐어 잡고는 집으로 향했을 것이다. 그는 강도 높은 장시간의 노동으로 지친 몸을 버스에도 싣지 못한 채, 두 발로 걸어 집으로 향했다. 하지만 비록 몸은 무거웠을지언정 그의 마음은 가벼웠을 것이다. 그러다 통금 시간이 되어 길에서 붙잡혀 경찰서에서 잠을 잤을 때에도 그는 아이들을 탓하지 않았다. 그는 그런 사람이었다. 자신보다 남을 먼저 챙길 줄 아는, 그래야만 하는 것이라고 생각했던 사람.

문득 별생각 없이 그저 숙제를 위해 『전태일평전』을 기계적으로 읽었던 내 모습이 떠올라 부끄러워져서 고개를 숙였다. 10년이면 강산이 바뀐다고 하던데, 전태일 열사의 분신 이후 강산이 다섯 번이 바뀔 만큼 시간이 흘렀지만, 여전히 차별과 억압은 형태만 바뀌었을 뿐 사회 곳곳에 산재해 있다. 오히려 더 정교해지고 눈치채기 어려운 방식으로 변했다. 적지 않은 수의 고용자들은 교묘하게 법을 피해 여전히 노동자들을 착취하고 있고, 노동자들의 현실은 '을'의 테두리를 좀처럼 벗어나지 못한다. 노동자의 퇴직급여를 보장하고 있는 법을 피하기 위한 수작에 오히려 내 친구는 눈물을 쏟았다.

이러한 악순환이 더는 계속되어서는 안 된다. 그러나 정작 정우도 그러한 굴레에서 벗어나지 못하고 그저 눈물을 떨굴 뿐이다. 나는 대학에 갈 테니까, 더 좋은 직장을 얻을 테니까 하고 안도해서는 안 된다. 노력하지 않았기 때문에 차별을 받는 게 당연하다고 합리화해서도 안 된다. 타인의 고통에 눈을 감는다면, 언젠가 그 고통은 내 몫으로 돌아온다. 자신을 위해서라도 눈을 뜨고 곁의 사람에게 따뜻한 풀빵을 떼어 주자.

『전태일평전』에서 그가 "내 죽음을 헛되이 말라"라고 했던 것을 기억하며.

청년 노동자 전태일

월곡중학교 1학년 6반 임가연

전태일은 청년 노동자이며 인권 운동가입니다. 전태일은 어려서부터 여섯 가족들을 책임져야 하다 보니 많은 일들을 하며 가족의 생계를 이어갔습니다.

많은 일들 중 공장에서 재단사를 하며 잘못된 사회현실에 강한 의문을 갖고 인간은 인간으로서 인간답게 살 수 있어야 한다는 생각에 노동인권 노동환경을 개선하고 노동법을 지키라고 주장하면서 분신자살을 하였습니다. 그의 희생은 노동운동 발전과 근로환경 개선에 큰 영향을 끼쳤습니다.

꽃의 아름다움을 볼 줄 모르는 사람은 아름다움을 키울 수 없다고 합니다. 사람의 진실된 사랑을 귀중히 여기는 사람만이 사랑하는 사람들을 위해 자기를 버릴 수 있다고 생각합니다.

전태일의 삶은 사람이 태어나 어떻게 사는 것이 참되게 사는 것인지를 알려주고 죽음으로써 참사랑이 무엇인지를 일깨어 주었습니다.

전태일은 불쌍한 사람들을 보면 지나친 적이 없었습니다. 자신이 같은 처지이기에 그런 환경을 잘 알고 힘없는 사람들에 대한 애달픔으로 가슴앓이를 할 정도였습니다.

　그는 초등학교도 졸업하지 못하였고 여섯 식구를 위해 일만 하던 바보 전태일이었습니다.

　나는 그래도 전태일이 좋습니다.

　그를 존경합니다.

시들지 않는 꽃 전태일

새별초등학교 6학년 7반 김나현

전태일은 노동자들의 권리를 찾기 위해 자신을 희생한 노동 운동가이다. 청계천의 평화시장에서 재단사로 일을 하면서 열악한 노동 현실에 눈을 뜨고 노동 운동가가 되었다.

전태일은 모든 사람들이 인권이 존중받길 바라며 자신의 몸을 던진 분이다. 죽음을 선택한 그가 이해되지는 않지만 분명 그에게 특별한 이유가 있었을 것이다. 많은 생각과 고민 끝에 내린 최후의 수단이 아니었을까? 하는 생각을 가져 본다.

어렸을 때부터 가난한 환경 탓에 일이 전부였고 일밖에 몰랐다. 자기 자신보다 남을 먼저 생각하고 배려하는 성실하고 진지한 사람이었다. 공장에서 일하는 여공들을 보며 마음 아파했고 그들을 위해 그는 발 벗고 나서서 싸우기도 하였다.

어린 나이에 많은 짐을 짊어지게 한 것 같아 마음이 아팠다. 힘든 어린 시절 그는 마침표를 찍고 말았다. 자신의 몸을 희생하면서 모든 사람이 행복해지길 바라며 자신은 못다 핀 꽃이 되고 만다. 너무 안타깝고 슬펐다. 지지 않는 꽃이 영원히 시들지 않고 우리 곁에 오래오래 남겨졌음 한다.

'우리 가슴속에서 지지 않을 꽃.'

전태일 님 감사합니다.

바보 전태일

새별초등학교 6학년 6반 최준호

전태일 그는 어릴 적부터 집이 가난하여 일을 하면서 가족을 돌보았습니다. 커 가면서 다른 노동자들의 삶을 보며 점점 노동자들에게 마음이 가기 시작하였습니다. 어느 날 전태일은 근로기준법을 보게 되었습니다. 8시간 이하의 노동, 한 달에 한 번은 쉬게 한다는 현실과 너무 다른 내용들이었습니다. 전태일은 그 후 노동자들을 모아 노동회 바보회를 만들어 노동자들을 위해 힘을 모았습니다.

1970년 11월 13일 온몸에 불을 붙여 노동자들을 위해 자신을 희생합니다. 전태일 그는 너무나 착하고 성실하고 진지한 사람이었습니다. 전태일은 하루 14시간 노동의 대가와 커피값이 같고, 하루 일당이 50원이며 한 달 월급이 150원이라는 처참한 현실을 깨닫게 되었습니다. 제대로 움직이지도 못하는 좁은 공간의 작업실 안에서 안 좋은 공기를 마시면서 일하는 어린 소녀들에게 전태일은 도움이 되어 주고 싶었습니다. 이런 청년 노동자 전태일은 22살 꽃다운 나이에 불꽃이 되고 말았습니다.

만약에 우리에게 이런 분이 안 계셨으면 우리나라의 노동자의 삶이 달라질 수 있었을까? 하는 생각이 듭니다. 내 죽음을 헛되이 하지 말라는 말을 남겼는데 그가 못다 한 일들을 이어 그의 어머니 이소선 여사가 해내셨고 그의 죽음은 결코 헛되지 않았습니다. 모든 이들이 바보 전태일의 죽음을 슬퍼하며 그를 기억할 것입니다.

고맙다 친구야

새별초등학교 3학년 7반 최연호

한국전쟁이라는 참혹한 역사의 시간을 겪으면서 뼈아픈 고통을 이겨내었던 전태일. 어린 시절부터 가난한 환경 속에서 제대로 된 교육조차도 받지 못하고 하루하루 먹고살 걱정뿐이었던 청년 노동자 전태일의 죽음은 50년이 지난 지금도 너무나 안타깝고 가슴이 아픕니다.

누군가의 귀가 되어 주고 누군가의 마음을 읽어 주며 앞장서서 약자의 편에 서 주었던 그는 우리 모두의 마음속에 길이 남을 것입니다. 뜨거운 불 속에서 타들어 가는 몸을 세우면서도 근로자들의 행복한 내일을 꿈꾸게 하려던 그의 마지막 순간은 아무도 막을 수가 없었습니다.

근로기준법을 준수해 달라며 사방으로 뛰어다녔지만 그에게 돌아오는 것은 직장과 목숨을 잃는 것뿐이었습니다. 그 시대의 어른들이 밉고 야속하기만 합니다. 전태일을 아무도 지켜 주지 못했기에…….

한 청년의 죽음은 결코 헛되지 않았습니다. 전태일이 죽은 뒤 14일 후에 노동조합이 만들어졌고 전태일의 뜻을 이어 노동자를 위한 근로기준법도 만들어지게 되었습니다.

'전태일의 묘비에는 백만 근로자의 벗 전태일의 묘'라고 적혀 있다고 합니다. 전태일이 죽을 무렵 3백만 명이었던 우리나라 노동자가 지금은 천만 명이 넘는다고 합니다. 전태일을 생각하고 그리워하는 벗들이 많아지고 있는 것 같습니다.

그 친구들이 모두 고마워하며 마음 아파할 것입니다. 전태일로 하여금 좋은 환경 속에서 다양한 혜택을 누리고 행복하게 살고 있음에 천만 명의 노동자들이 모두 함께 얘기합니다.

'고맙다. 친구야 정말 고마워'라고…….

청년 노동자 전태일

장덕중학교 1학년 12반 김찬곤

나는 "청년 노동자 전태일"이라는 책을 읽었다. 전태일은 어렸을 때 집안이 가난하여 청계천의 평화시장 공장에서 일을 하고 집에서는 어린 동생들을 돌보았다.

공장들은 모두 영세한 규모로 작은 곳은 6.6제곱미터의 공간에서 13명이 일을 하는 곳도 있고, 큰 곳은 40제곱미터의 공간에 다락을 만들어 노동자들이 밀접한 상태로 일을 시키기도 하였다.

노동환경이 매우 심각하여 전태일은 자신의 생명을 던짐으로써 한국 노동은 새로운 단계로 발전하기 시작하였다.

박정희 군사정권 아래 노동운동에 관심을 갖기도 하였고 민중의 삶과 투쟁이 역사의 전면으로 부각되기 시작하여 민주주의를 앞당기는 역사적 사건이 되기도 하였다.

1970년 11월 13일 전태일의 희생으로 지금 우리는 진정한 인간다운 삶과 민주주의를 향해 한걸음 더 내딛을 수 있게 되었다.

우리 모두가 전태일의 죽음이 헛되지 않게 오랫동안 기억하고 감사하며 살아갔으면 한다.

전태일은 이런 사람입니다

장덕중학교 1학년 2반 홍서진

인권이라는 개념이 없는 세상에서 살라고 하면 나는 단 하루도 살지 못할 것 같습니다.

다양하게 누릴 수 있는 혜택과 행복하게 살 수 있는 지금의 현실에 감사하고 또 감사함을 느끼게 되었습니다.

14시간 동안 일하고 받은 노동의 값과 그 당시 커피 한 잔의 값은 같았습니다.

하지만 전태일은 달랐습니다.

전태일은 50원을 받는 것에 대한 잘못된 사회를 고치려고 많은 생각을 하였습니다. 그런 전 태일을 존경하고 싶습니다.

그의 가슴에 담겨진 인간에 대한 사랑이 그를 착한 사람으로 만들었습니다.

나는 전태일의 그런 마음과 생각을 감명 깊게 보게 되었고 그를 다시 한번 존경하게 되었습니다.

전태일은 바른 사람입니다. 전태일은 불쌍한 사람을 보면 그냥 지나치지 않고 관심을 가졌습니다. 자신이 가난하게 살았기에 누구보다 그들의 처지를 잘 알고 이해했기 때문입니다.

전태일은 어릴 적부터 자신의 처지에 불만을 갖지 않고 오히려 바른 사람으로 자라려고 노력하였습니다.

전태일은 아름다운 사람입니다.

전태일은 평화시장의 어린 여공들을 보고 사회와 맞서 싸웠습니다.

그 결과 전태일은 꽃이 되었죠. 전태일이 아니고서는 할 수 없는 행동이었죠.

그 누가 나서지 못할 때 전태일만 앞으로 나서서 외쳤죠.

그로 인해 그는 꽃이 되었고, 우리나라는 그 아름다운 꽃으로 많은 것들이 달라지기 시작했죠.

전태일 그는 아름다운 꽃이자 아름다운 사람입니다.

전태일

새별초등학교 6학년 7반 최현진

전태일은 아름다운 사람입니다.

초등학교도 졸업하지 못한 그는 어린 나이에 일을 하며 동생들을 돌보았습니다. 어린 나이에 구두닦이, 신문팔이 등 많은 일들을 하면서 평화시장의 공장에서 재단사가 되었습니다. 평화시장 다락방에서 피를 토하며 쓰러진 여공들을 보고 잘못된 현실에 대한 강한 의문을 가지게 되었는데 전태일은 뒤늦게 근로기준법이 있음을 알게 되었습니다.

전태일은 동료들을 모아 바보회를 만들고 근로기준법이 현실에서 적용될 수 있도록 하기 위해 많은 노력을 하였습니다. 평화시장의 노동환경과 실태를 조사해 노동청에 근로조건의 개선을 요구하는 진정서도 제출하였습니다. 하지만 그들의 요구는 받아들이지 않았습니다.

전태일은 결국 자신의 몸에 불을 붙이고 분신자살을 하고 말았습니다. 전태일은 죽어 가는 마지막 순간에도 '근로기준법을 준수하라. 우리는 기계가 아니다'라고 외치며 눈을 감았습니다. 그의 희생으로 우리나라 노동자들은 즐겁게 일을 할 수 있게 되었습니다.

'나'라면 전혀 상상조차도 할 수 없음에 전태일이 대단하고 한편으로는 가슴이 아프기도 합니다.

전태일은 아름다운 사람입니다.

전태일의 이름에 아름다운 꽃이 피기 시작합니다.

청년 노동자 전태일

새별초등학교 6학년 4반 박준서

한 청년이 노동자의 미래를 밝혀 주고 본인은 불꽃이 되어 세상을 등지고 말았습니다.

인간은 누구나 존중받을 수 있고 인간답게 살아갈 권리가 누구에게나 주어집니다.

그런데 그 시대에는 인권조차 존중받지 못했습니다.

전태일이 평화시장에서 재단사로 일하면서 여공들의 열악한 환경과 부당한 대우를 받는 현실에 노동자들이 더 이상 고통받지 않게 하려고 바보회를 만들어 많은 사람들과 맞서 싸우고, 문제를 해결하기 위해 많은 시간을 보내기도 하였습니다.

전태일은 근로기준법 화형식이 있던 날 자신의 몸에 불을 붙인 채 '근로기준법을 준수하라. 우리는 기계가 아니다. 일요일은 쉬게 하라'를 외치며 눈을 감고 말았습니다.

22살의 전태일은 그렇게 사랑만 실천하다가 눈을 감았습니다.

노동자들에게 큰 선물을 안겨 주고 그는 눈을 감았습니다.

정작 본인은 사랑을 받지 못하고 아쉬운 생을 마감하였습니다.

그런 전태일을 우리는 사랑하고 영원히 마음속에 간직해야 합니다.

제15회 전태일청소년문학상

심사평

지금 여기의 시

올해 '전태일청소년문학상' 시 부문 심사는 코로나19 확산세로 인해 온라인으로 진행되었다. 3명의 심사자가 각각 시를 삼등분해 살피고, 예심 후보작을 추려 긴 시간 논의를 거쳤다. '전태일청소년문학상'은 '전태일'이라는 한 노동자의 생애를 기억하고 그의 정신을 새기고자 제정된 상이니만큼, 문학성과 함께 그의 시 정신을 담고 있는지를 중점적으로 검토하였다.

응모작 경향을 잠시 살펴보면, 전반적으로 '지금' '우리' '근처'와 같은, 당장 자신에게 직면한 문제에 골몰하는 작품들이 대다수를 이루었다. 자본, 소외, 노동 등 다루기 쉽지 않은 광범위한 주제를 소재로 삼기보다는 각자가 직면한 현실에서 시를 길어 올리려는 시도가 많았다는 뜻이다. 그러나 주제의 형상화가 미숙한 작품들, 머리보다 마음이 너무 앞선 듯한 작품들도 적지 않았다. 그중에서도 자신만의 개성적인 시각을 확보하면서 발화하려는 시들에는 눈길이 갔다.

가장 많은 호응을 얻은 권승섭의 시 「마음창고」에는 땡볕을 가르며 오토바이에 얼음을 싣고 배달 다니시는 할아버지의 삶이 생생하게 담겨 있다. 오렌지 슬러시가 되고, 갈치의 배 위에도 덮이는 얼음을 배달하느라 붉게 달아오른 몸을 식히는 할아버지, 손끝이 간지러워 긁으시는 할아버지의 모습에 절로 두 손이 모아진다. '잘못된 이야기 앞에서 겉과 속이 같은 얼음이 되라'는 할아버지의 말씀은 마음 창고에 단단하게 저장된다. 「최소한의 젠가」 「우울공장 고교생의 하루」 역시 독특한 표현 속에 화자의 내면을 읽을 수 있는 빼어난 작품이었다.

김수진의 「정원」 외 2편은 언어 감각이 돋보이는 작품이었다. 전개가 자유로우면서도 선명한 이미지를 놓치지 않았으며, 정원에 여러 종의 꽃이 피어 있듯이 한 사람을 호명하는 무수한 방식을 확인할 수 있었다("아마 엄마는 부를 이름이 많을지도 모르겠고", "살갗이 스치면 이름표를 하나씩 추가해 꽂았다"). 한 곳에 서서 바라보는 것이 아니라 옆과 뒤, 그리고 위를 살피는 자세를 오래 유지하길 응원한다.

전하람의 「비와 메트로놈」 외 2편에서 느껴지는 태연함이 좋았다. 우리 사회의 이면을 태연하게 상상력 풍부한 이미지로 전환하는 것이 마음을 울렸다. "삑삑대는 바코드 스캐너"에 화음을 더할 줄 알고, 반복적인 일상을 "빗방울 소리"와 "메트로놈"에 연결시키는 상상력은 큰 장점이었다. 슬프다고 말하는 것보다 슬픔을 견디는 게 더 어렵다는 걸 알고 있는 응모자였다.

조가을의 「공존」 외 2편은 먹고 사는 일, 즉 생계의 비루함과 잔혹함을 세련된 방식으로 드러낸 수작이다. "새가 새를 먹는 그런 일과 그런 일을 바라보고 있는 또 다른 새"를 바라보던 시선을 자기 삶의 영역으로 옮겨와, 아버지와 자신의 관계성을 토대로 다시금 성찰하는 태도가 읽는 이를 겸허하게 만들었다. 함께 응모한 다른 시가 다소 아쉬웠음에도 불구하고 「공존」의 화법과 태도는 그런 우려를 불식시킬 만큼 좋았다. 「공존」을 쓸 때의 감각을 오래 기억하기를 바란다.

이지현의 「민들레가 사라진 방직공장」 외 2편은 연출력과 섬세한 감정선이 돋보이는 작품이었다. 작고 보잘것없는 민들레꽃 한 송이에 의지해 삶을 지탱해 나가는 공장 노동자의 심리를 생생하게 그려 낸 시였다. 고됨과 고립감이라는 이중의 고통을 과장하지 않고, 납득 가능한 이미지를 통해 제시하고 있다는 점도 미덕이었다.

이 외에도 많은 응모자가 후보에 있었지만, 끝내 모두의 손을 들어 주지 못한 점이 아쉬웠다. 이토록 다양한 시를 읽고 감상한다는 것은 심사하면서 얻을 수 있는 큰 기쁨 중 하나다. 어려운 시기에도 끝내 시를 놓지 않은 모든 응모자에게 감사를 표한다.

　심사자들은 응모작들을 읽으며 청소년들이 마주하는 현실에 대해 오래 골몰했다. 이 역시 큰 기쁨일 것이다. '전태일청소년문학상'이 '지금 현실'을 바라볼 수 있는 믿음직한 창구가 되기를 기대한다.

심사위원 김은지(시인), 안희연(시인), 양안다(시인)

주제의식이 드러나는 서사

올해 산문 부문에는 145편이 응모하였다. 심사위원들은 그중 일곱 작품을 본심에 올렸고 논의 결과 네 작품이 수상하게 되었다.

배수진의 「형의 자전거」는 일찍 철이 든 주인공이 대조적 인물인 형과 함께, 가족의 노동과 그에 따른 수입과 가족의 미래에 대해 심도 깊게 고민한 작품이다. 그 고민을 풀어내는 데에 슬픔에 매몰되지 않고, 유머를 적극 활용한 점에서 높은 점수를 주었다. 형과의 갈등을 다루는 방식에서도 끝까지 두 인물의 긴장을 잃지 않으며 화해하는 모습을 그려 내어 높은 점수를 주게 되었다.

공장 노동자인 화자가 여러 외적갈등에 놓인 상황을 그려 낸 유수진의 「컨베이어 119」는 노동자가 집이라는 공간에서조차 아픈 엄마를 돌보아야 하는 돌봄 노동자로 설정한 면이 독특했다. 전개에 무리가 없었고 결말 또한 작품의 완성도를 올려 주었다.

김서혜의 「그 여름엔 아무 일도 일어나지 않았다」는 노동자인 화자가 집안에서는 아픈 가족을 위한 돌봄 노동이 주요 소재라는 점에선 유수진의 소설과 궤를 같이했다. 하지만 여성들의 연대를 다루었다는 점에서 다른 소설과 차별되었고, 일상 소재를 활용하여 주인공의 감정을 묘사한 부분이 탁월했다.

김나현의 「#111동_엘리베이터」는 소원을 들어주는 엘리베이터가 있다는 다소 일반적인 상상에서 출발하여, 전개 과정에서 그 상상력을 바탕으로 자본과 약자를 다루어, 소설적 상상력과 의미화가 만나는 지점에 대해 한 번 더 생각하게 만든 작품이었다.

본심에 올랐으나 아쉽게 떨어진 작품으로는 강태훈의 「우리의 적은 누구였나」와 임지윤의 「폭동기」, 박준서의 「엘리, 엘리, 라마 사박다니」가 있었다. 강태훈과 박준서의 작품은 자신들만의 스타일을 극한으로 밀고 갔고, 임지윤의 작품은 SF적 상상력이 소수자성을 다루는 법에 대해 보여 주었다.

본심에 오른 작품들 모두 완성도 있는 작품이었지만 주제의식이나 서사적 역량 등 아주 작은 차이가 수상을 가르게 되었다고 말씀 드리며, 앞으로도 열심히 써 주시기 바란다.

심사위원 김건형(문학평론가), 송지현(소설가), 임승훈(소설가)

평전에 기록된 열사의 삶을 자기만의 언어로

제15회 전태일 청소년 문학상의 독후감 부문에 접수된 글의 특징을 크게 세 가지 방향으로 정리할 수 있다. 작품에 준거하여 감상을 위주로 전개한 글, 자신의 삶을 돌아보며 작품과 연결 지어 볼 수 있는 다른 텍스트를 접목시킨 글, 구체적 삶의 문제를 가져와 전태일 열사가 활동했던 당시와 우리가 살아가는 오늘의 노동 현실을 돌아보는 글이 그것이었다. 전태일 전기를 읽고 이렇듯 다양한 방식과 관점으로 사유할 수 있었다는 점이 흥미로웠지만, 그럼에도 불구하고 다음에 열거하는 몇 가지 사항을 고려하지 않을 수 없었다.

먼저 과거와 현재의 노동 현실을 돌아보고 전태일 열사의 성과를 평가하는 과정에서 타인의 삶을 상대화하지 않는 태도가 필요하다. 과거의 삶을 현실과 비교하여 '그때 보다 나은 삶'이 어떻게 가능해졌는지 살펴 그 공적을 깨닫는 일은 중요하지만, 그 과정에서 타인의 삶이 지금 '나'의 삶보다 열악했음을 강조하는 일에 담긴 윤리적 태도에 대해 한번 생각해 볼 필요가 있다. 또한 다른 사람의 삶을 전태일의 전기에 담긴 주제 의식에 빗댈 때, 그 삶이 그저 소재로만 이용되지 않도록 하려면 어떤 질문이 더 필요한지 고민해야 할 것이다. 단지 전기에서 그려진 인물의 가난, 노동자와 일치시키기 위한 데에 머무른다면 타인의 삶을 납작하게 보는 일이 되고 말기 때문이다. 가령 평전에서 전태일을 가난한 노동자이자 노동 운동가이기도 하지만 또한 그가 배움에 뜻을 굽히지 않고 노력한 사실을 기술하는 일에는, 전태일의 삶과 이념을 다층적으로 이해하려는 노력이 담겨 있다.

독후감 부문 심사에서는 전태일의 삶과 그의 생각을 다층적으로 파악하려는 시도를 얼마나 담아내었는가를 심사의 한 기준으로 삼았다. 또한 작품에서 얻은 주제의식을 얼마나 충분히 자신의 언어로 말하였는가 하는 요소를 살펴보았다. 작품에 대한 줄거리 요약 역시 읽는 자의 관점에서 재구성된 주제의 집약이라 할 수 있다. 이에 추상적인 언어가 아니라 구체적이고 정확한 언어로 이를 설명해 낼 수 있는가가 하나의 심사 요소가 되었다. 나아가 작품 자체에 의미를 한정하지 않고, 전태일이 그러했듯 어떻게 '현실적 삶'과 연관시킬 수 있을 것이냐는 문제의식도 함께 보았다.

　　「기억은 오로지 우리의 몫」은, 평전과 만나기 전에는 그저 이름만 알았을 뿐인 전태일의 삶에 다가가는 과정을 밀도 있게 잘 그려 내었다. 또한 책에서 만난 전태일의 삶과 살았던 시대의 노동 현실을 다면적으로 이해하려는 노력이 돋보였다. 나아가 오늘날 우리 시대의 노동이 처한 현실을 다시 생각하고, 스스로 어떠한 삶을 살아가야 할지를 여러 가지로 고민하며 자신의 언어로 담고자 했다는 점에서 심사위원들이 정한 기준에 가장 부합하는 글로 기억한다. 「나의 침묵 금지 선언」은 자신의 곁에서 일어났던 친구의 일과 최근 알려진 체육계의 부조리에서 '순응하는 삶'을 읽어 내고 이에 맞섰던 전태일 열사의 삶을 연결 지으며, 부조리에 침묵하지 않겠다는 선언을 담은 글이었다. 다만 '부한 환경'에 대한 맥락을 잘 설명하지 못하고, 또 친구의 모습을 한 측면에서만 바라보는 듯한 시각에서 아쉬움이 남았다. 「그가 남긴 불꽃은」 비록 전태일의 문제의식을 오늘날의 현실과 잇는 일에는 다소 아쉬움이 있지만, 평전에 기록된 열사의 삶을 자기만의 언어로 다시 정리하고 이해하려는 노력이 돋보인 글이었다.

　　전태일 문학상 독후감 부문의 단체상이 신설되었다. 올해는 한 팀이 접수되었고 단체팀 수상작으로 선정됐다. 초중등생으로 구성된 단체팀의 원고를 읽으며 10대 초중반의 학생들이 이 문학상 공모전에 참여하고자 전태일 전기를 읽으면서 이제 막 노동에 대한 숙고를 시작했다는 것에 큰 인상을 받았다. 여러 명의 학생들의 글이 묶여 전달되었기에 글 자체에 대한 하나하나의 평가를 덧붙이기는 어렵겠으나 특히 「고맙다 친구야」라는 글이 인상적이었음을 전한다. 사회적 약자에 대한 이해와 근로기준법의 현재적 의미를 고찰하고자 한 이 글에서 오늘날 노동자가 전태일을 한 명의 '친구'로 여기고 그의 정신을 계승하고자 했다는 점이 특징적이었다. 신설된 단체상에도 많은 관심 가져 주시기를 부탁드린다.

수상작으로 선정된 분들에게 축하의 말씀을 드린다. 아울러 이번에 수상작으로 선정되지는 못한 분들에게는 위로의 말씀을 전해 드리며, 전태일 열사의 삶을 책으로 함께한 시간은 분명 앞으로 살아가는 일에 훌륭한 길잡이가 될 것이라 생각한다.

심사위원 김태선(문학평론가), 선우은실(문학평론가)

전태일문학상 제정 취지

"노동자는 기계가 아니라 인간이다!"
"내 죽음을 헛되이 하지 말라!"

전태일이 스스로를 노동해방, 인간해방의 횃불로 불사르면서 외쳤던 이 피맺힌 절규들은 오늘도 우리들 가슴속에서 뜨겁게 고동치고 있습니다. 노동이 있고 싸움이 있는 곳이라면 그 어디에서나 폭풍처럼 해일처럼 메아리치고 있습니다.

죽음마저도 넘어서 버린 전태일의 불꽃은 바로 '인간선언'의 불꽃이었습니다.

불의의 힘이 아무리 강하더라도, 그리하여 그것이 아무리 인간을 억누르고 소외시키고 파괴한다 할지라도, 인간은 끝끝내 노예일 수 없으며 기필코 일어서 스스로의 주체적 삶을 실현시키기 위해 싸울 수밖에 없다는 진실을 밝힌 인간선언의 불꽃이었습니다.

전태일기념사업회에서는 노동해방, 인간해방의 횃불을 높이 든 전태일을 기념하고자 '전태일문학상'을 제정합니다.

우리는 인간을 억압하고 착취하는 모든 불의에 맞서 그것을 이겨 내려 노력하는 모든 사람, 모든 집단의 목소리를 한데 모으려는 뜻에서 제정된 이 전태일문학상이 노동운동을 그 핵심으로 하는 우리의 민족민주운동과 문학운동에 새로운 활력과 힘찬 응원가로 자리 잡을 것임을 믿어 의심치 않습니다.

전태일문학상이 공장에서, 농촌에서, 학교에서, 각각의 삶터와 일터에서 인간이 인간답게 살 수 있는 사회를 건설하기 위해 노력하는 모든 사람들이 함께 참여하고 함께 나눠 갖는 문학상이 될 수 있도록 많은 분들의 관심과 격려를 부탁드립니다.

1988년 3월
전태일기념사업회